INGRID CAVEN

JEAN-JACQUES SCHUHL

Ingrid Caven
Romance

Tradução
Antonio Carlos Viana

Copyright © 2000, 2002 by Éditions Gallimard

Título original
Ingrid Caven

Capa
Victor Burton
sobre detalhe de
MZ 180. Figurine (1921), colagem de Kurt Schwitters.
Kurt und Ernst Schwitters Stiftung, Hanover. Foto Michael Herling/Aline Gwose
Kurt Schwitters Archive, Sprengel Museum, Hanover. © ADAGP, 2002

Preparação
Eugênio Vinci de Moraes

Revisão
Isabel Jorge Cury
Beatriz de Freitas Moreira

Dados Internacionais de Catalogação na Publicação (CIP)
(Câmara Brasileira do Livro, SP, Brasil)

Schuhl, Jean-Jacques
   Ingrid Caven : romance / Jean-Jacques Schuhl ; tradução
Antonio Carlos Viana. — São Paulo : Companhia das Letras,
2002.

   Título original: Ingrid Caven
   ISBN 85-359-0291-0

   1. Romance francês I. Título.

02-5238   CDD-843

Índice para catálogo sistemático:
1. Romances : Literatura francesa   843

[2002]
Todos os direitos desta edição reservados à
EDITORA SCHWARCZ LTDA.
Rua Bandeira Paulista 702 cj. 32
04532-002 — São Paulo — SP
Telefone (11) 3167-0801
Fax (11) 3167-0814
www.companhiadasletras.com.br

Sumário

Prólogo 9

1. Noite feliz 11
2. Noite infeliz 177
3. A folha de papel 221
4. 44 W. 44 233

Ich weiss nicht was soll es bedeuten
Dass ich so traurig bin
Ein Märchen aus alten Zeiten
Das geht mir nicht aus dem Sinn

Eu não sei o que isso quer dizer
Estou muito triste
Uma história de épocas remotas
Não sai de minha cabeça
Heine/Silcher
Lorelei, ária popular

A graça se manifesta da forma mais pura na marionete com vida ou em Deus.
Heinrich von Kleist
Sobre o teatro de marionetes

Prólogo

Noite de Natal, 1943, em algum lugar no mar do Norte. A mão da menina acaricia distraidamente o pompom que abotoa seu casaco branco de pele de coelho da Sibéria. O rosto escondido sob o capuz, muito séria para seus quatro anos e meio, ela está só, afundada no banco, mantas de pele de lobo sobre as pernas. O trenó, capota arriada, puxado por dois cavalos, corre velozmente pela neve. O cocheiro, chicote no ar estalando nas trevas. Um triturar de seda sob as rodas, buquês de neve lançados no ar, ele prossegue sua corrida silenciosa pela planície deserta, apenas alguns arbustos, depois percorre a linha do mar espesso: juncos cobertos de espuma, rede de diques contra os quais se choca o vento, escuras balizas esféricas boiando, relincho dos cavalos que se funde com o ribombar surdo e regular das bombas e depois o prolonga. *Achtung!* Sentinela *Halt!* O cocheiro mostra um *Ausweis*, documento, ao soldado, que o cumprimenta com a mão na testa: "Pode passar... pode passar...", a sentinela afasta com o pé os fios de arame farpado, levanta a barreira, o

trenó prossegue sua corrida até a guarnição: barracões iluminados por raras lanternas, revérberos da neve e, de vez em quando, rapidamente, clarões no céu, rostos subitamente iluminados. Bem ao longe, parábolas de luz no céu, foguetes sinalizadores de cores várias caem lentos em forma de árvore de Natal. O cocheiro salta, abre a portinhola do trenó, ajuda a menina a descer, a sentinela adianta-se, abre-lhe a porta do barracão, ela sobe os dois degraus de madeira e, lá dentro, ajuda-a a tirar o casaco de pele: ela está usando um vestido de veludo bordô de mangas curtas e bufantes, a gola redonda bordada com uma dupla carreira de florzinhas brancas; dois jovens marinheiros a acompanham até um pequeno tablado, em cada lado um pinheirinho, uma grande e sinistra bandeira ao fundo, erguem-na e a colocam lá em cima: ela se põe a cantar "Stille Nacht, Heilige Nacht"
— Noite feliz, Santa noite — com uma voz maravilhosa, uma voz de sonho.

1. NOITE FELIZ

A folha branca, completamente aberta sobre as roupas. Ordenados ao redor: uma seqüência de lápis, pincéis em leque, frascos em círculo, vasinhos e potes de cremes de baquelite, estojos de pó compacto. Ela está com os olhos voltados para a dupla página manuscrita: linhas, algarismos, chaves, linhas curvas, horizontais, diagonais, misteriosos hieróglifos suspensos nos fios do pentagrama.

— O mais importante é a forma do rosto, depois a pele, como uma tela esticada, e, para você, bastam alguns toques, e de repente já é outra.

A voz é suave, latina, finas modulações, de algum país latino-americano.

Para começar, uma base bem suave, porcelana, um pó leve, translúcido. Agora os olhos, fechados: pálpebras superiores: sombra marrom que esmaece aos poucos do centro para os cantos, depois violeta, azul-clara, azul-escura. A partitura decorada, as notas, as letras, as cinco linhas: violino — cello — Ingrid —

piano; cada um na sua linha, duas para o piano: mão direita, mão esquerda, ela: um instrumento entre os outros.
— A máscara já está ali. Basta trazê-la à superfície, revelá-la. "Maquiagem", ela pensa, "em alemão é *Maske*..."

Ele abre uma caixinha de onde tira uma fina pedra escura, trazida dos confins do mundo.
— O ministro perguntou então a Jeanne: "Mas quem é esse tal de Ronaldo de quem todo mundo fala, canta louvores...?".
Ele cospe um pouco de saliva na pedrinha preta: assim fixa melhor....
— Ele embeleza as mulheres, senhor ministro!
... e, com um pincelzinho, passa rímel nos cílios dela.
— Então que lhe dêem o mais rápido possível o visto de permanência...
Muito rímel... muito. Ela sorri um pouco sob a máscara incipiente. Era o mesmo que dizer: "Que lhe dêem logo..., proclamou Sua Majestade!".
Ele é um mágico, seu lápis-bastão de feiticeiro parece coisa de conto de fadas: ela pensa nas mulheres "mascaradas" por ele, as damas do reino, suas rainhas, suas estrelas. Jeanne! Catherine! Isabelle! O reino de França, Paris, sua capital, com a qual ela sonhava em criança...
A partitura está à sua frente: sol mi *sehr langsam* muito lentamente *crescendo* ré *fermate* sol maior...
"O que seria aquela história de ossos, outro dia no jornal? Ah! sim, um jovem inglês, músico, preso por ter roubado umas tíbias no cemitério, com as quais ele tinha feito umas flautas tibetanas, dissera ao juiz: 'O contato com os mortos, Excelência, me fazia tocar uma música mais bela'. 'Três meses de prisão fechada!'" Um pouco de pó caíra sobre a folha branca da partitu-

ra, entre sol mi ré. "O que é isso?" *Rose poussière*. Uma nuança esquecida, em voga nas noites dos anos 70, depois disso sumiu, mas eu ainda uso." Carícia do dedo no arco das sobrancelhas, um sopro, rápido toque de lápis nas pálpebras, pincel rápido e nervoso nas maçãs do rosto. Curto-circuito. Tudo escuro. Silêncio.

— Conheço tão bem seu rosto há todos esses anos que nem preciso de luz. De qualquer forma, agora, mesmo em pleno dia, não estou enxergando bem.

Adolescente velho feiticeiro, de gestos tão lentos, de conversa hipnótica! O dedo muito fino, não deve estar se alimentando direito, o olho esbugalhado na órbita que cada dia fica mais funda, deve viver deitado. "É culpa do cogumelo venenoso." "Ele pensa que me engana com essa história de cogumelo venenoso." E ambos, no mesmo instante, sem saber, esboçam o mesmo pálido sorriso efêmero na escuridão. Ele trabalha com lentidão, ela se distancia num semi-sono sob a máscara, em direção às músicas, a sessão continua em silêncio. Ela não pára de pensar na partitura: violino sol mi dó muito lentamente *piano* mi dó *crescendo fermate*. "... Quinze minutos", é o tom neutro do alto-falante, mas eles estão num outro tempo: o do ritual. A boca: lábio superior "interrompido" antes do canto: assim a boca fica menor. Por trás desse véu suave, uma maquiagem de cinema, ela começa de novo a viajar, um pé aqui na terra, o outro no ar, invisível. Lábio inferior: ele desenha os contornos com lápis bordô depois passa o batom Kirchner, a parte central um pouco mais clara. Ela está longe dali, entorpecida, no mundo da música, por trás do véu da maquiagem, sob a fina camada de pó. "Dentro de sete minutos..." Para concluir, na linha do nariz, imperceptível traço branco-prateado: capta melhor a luz, destaca-o, afina-o. Pronto, acabou. A sessão termina, ele se deita no sofá, ela abre os olhos, olha o espelho, olha mais uma vez a pauta milimetrada: palavras alinhadas, notas suspensas em fios. Estava na hora, ela sabia. "Venha, está na hora..." A porta estava entreaberta, ela se ergueu e com a mão agarrou rapidamente a cauda do vestido. "Siga-me..."

Ela se pôs a caminhar: do teto escuro vinha apenas uma luz tênue: "Por aqui", disse o outro com um risinho, à sua frente, num passo firme, "nós chamamos isso de favela...". Com sua tênue máscara, ela avança, salto alto, cabeça baixa, um pouco inclinada para o lado, não deixa o vestido arrastar, segura a cauda, levanta-a um pouco mais, toma cuidado quando pisa, fios, cabos, vigas de madeira, passa por cima, evita-os. "... metade do caminho", ela ouviu. Sempre lhe parecia uma eternidade o trajeto que vai da *Máscara* às luzes do palco. Quatro degraus de ferro terminam numa parede de concreto, uma porta fechada. "Stop!" Retorna. "Um verdadeiro labirinto!" Elevador. Agora um corredor: paredes metálicas numeradas de ambos os lados, suportes de luz retangulares embutidos, luz letal de cristal líquido, outro elevador, de novo a penumbra. "Atenção! Cuidado com o salto, há um espaço entre as tábuas do piso... Rápido, está na hora..." Uma mão a toca de leve, como se toca um totem, ela a evita: totem tabu, e o outro rindo novamente: "Apresse-se lentamente!". Era possível uma velocidade lenta? E um pouco mais adiante, ouviu-se um ruído seco de ferragens a seus pés, ela se abaixou, era um pedaço de corrente, deveria ter servido para segurar algum spot, distraída, automaticamente, sempre andando, deu duas voltas com a corrente em torno do pulso. "Pronto, chegou", e seu guia desconhecido desapareceu. Ela achava vagamente que se encontrava em cima da sala de maquiagem, ou seria embaixo? Será que tinha chegado ao subsolo? "Proibido o uso de câmaras e de flashes!" Abre-se a cortina, *"No cameras! No flashes!"* Ela leva a mão aos olhos para se proteger da luz ofuscante dos holofotes e toma a direção do palco.

Pleno Norte, inverno, na longa e estreita faixa de terra entre o Báltico e o mar do Norte: uma pequena guarnição de artilharia da Marinha com sua bateria, Eckern Förde, assim se chamava, uma linha de defesa antiaérea contra os bombardeios da Inglaterra sobre Kiel, Berlim, Bremen e Hamburgo. Um pouco mais para o interior, quatro, cinco quilômetros, está a propriedade de Bornhoeft! Parecia saída dos Nibelungos. Gente nobre, aristocracia do Schlewig-Holstein, latifundiária, milhares de hectares, centenas de vacas, porcos, gansos, gansos por toda parte, cegonhas nos telhados. Inúmeros complexos de edifícios, quintas, pombais, aléias de tílias, freixos, bétulas, dois açudes cobertos de junco, mas logo ali, inesperadamente, a charneca, planície infinita, a perder de vista. "Meu pai, que comanda a base marinha, fornece mão-de-obra para Bornhoeft: prisioneiros russos, poloneses. Em troca, me acolhem. Há lebréus ruivos mais velozes que o vento, dezenas de cavalos, os mais belos da Europa: no inverno, os holsteiner puxam o meu trenó. Os prisioneiros talharam para mim um carrossel na madeira: macacos azuis, cavalos vermelhos, pássaros amarelos, que giram. De tarde, o chá nas amplas varandas, muitos jovens, primos, jogam xadrez nos jardins-de-inverno, falam um alemão do Norte um tanto altivo, elegante mas sem ser rígido, às vezes entrecortado pelo francês, restos perdidos da época de Potsdam, o castelo Sans-Souci, Frederico, o Grande, o amigo de Voltaire, Fritz der Grosse, eles possuem sua estatueta eqüestre com seu famoso chapéu tricórnio em meio às baixelas e grupos de dançarinas de porcelana de Saxe. É a própria dona da casa que cuida de tudo, enquanto Bornhoeft, depois dos digestivos e do charuto, tira uma soneca, o rosto sob o jornal, cujas manchetes anunciam as notícias do front oeste, um imenso guarda-chuva preto aberto, colocado de lado, para atenuar a luz, livrava-o também um pouco das moscas. Trinta, quarenta empregados, a toalha de mesa fina, rendas: a senhora Bornhoeft vinha para a mesa, era ela quem dava o sinal: todos sentados... Ovos frescos, frangos, codornas, presuntos, perdizes, o problema eram as sobremesas: à grande mesa, onde também se sentavam os administradores, as governantas, o segredo era se sentar, se possível, não muito longe da senhora Bornhoeft, a primeira a ser servida e a primeira a se levantar, como mandava a etiqueta, e todos deviam sair com ela, os últimos a se servir das sobremesas tinham que se levantar e acompanhá-la, mal haviam começado a saborear suas tortinhas de frutas vermelhas com baunilha, enquanto ela saía saciada, daí todos comerem numa rapidez incrível, e o serviço começava a partir da sua direita, no sentido anti-horário. Depois, os digestivos e os charutos. Às vezes, em visita, por assim dizer, de inspeção na guarnição vizinha, meu pai, que desde o começo da guerra perdera metade da audição por causa da explosão de um canhão sem culatra, mas não perdera em absoluto o ouvido, punha-se, à noite, ao piano: Liszt, a 'Rapsódia húngara'... Ao longe, o céu pelas bandas de Kiel incendiava-se: foguetes sinalizadores se cruzavam, clarões de incêndio..."

A garotinha olhava tudo aquilo num misto de angústia e êxtase. Naquele inverno, o trenó a leva pelo campo de neve, ela no seu casaco de pele com capuz branco, a noite, ao longe, pelos lados de Kiel, aquele mundo feérico para ela não pára: luzes no céu, foguetes que se cruzam, e também havia as parábolas de luz, as "árvores de Natal" cadentes: os sinalizadores caíam muito lentamente, assinalavam o alvo para os aviões ingleses, vermelhos, verdes, amarelos, uma cor para cada zona: industrial, comercial, militar, eram os sinais que anunciavam os bombardeios, a destruição, a morte. Dizia-se: "Depois das 'árvores de Natal', vêm as bombas". Sim, era assim, quase sempre assim quando o céu se esbraseava: o horror nunca está distante, e se não ia além de Kiel, dizia-se: "Nunca seremos atingidos", e aquilo nunca chegava até Bornhoeft, até suas varandas onde os jovens primos vestindo *jodhpurs* de *whipcord* ou de *corduray* jogam xadrez, onde, à noite, Bornhoeft fuma seu charuto, enquanto meu pai toca Franz Liszt, Franz Lehár ao piano:

Wien,Wien, nur du allein
Sollst stets die Stadt meiner Träume sein.

Viena, Viena, tu sozinha
Serás sempre a cidade de meus sonhos.

Era uma valsa lenta como a que ela canta agora ali no palco, ao lado do piano, com a mão protegendo o rosto, seria a luz que a cega ou para sufocar as lembranças? "Valsa de rimas", é esse o título, são as rimas que valsam, as palavras, palavras que preenchem o tempo de um acorde, soltas no tempo, sozinhas, palavras que rimam com outras semelhantes: *Amour tous les jours, Vidéo Garbo, Lanterne Caserne*, uma valsa imperfeita, um tanto árida, descarnada, incompleta, desesperançada, mas, apesar disso, alegre, uma valsa sem os faustos e os ouros de Viena... *Par hasard Mozart, Rêve Rouge à lèvres*: chega de utopias, uma valsa moderna, ora!

Restam as palavras que se procuram, que se aproximam, valsam, vão e vêm, *Liebe kommt, Liebe geht* e vêm e vão, apenas palavras, um estribilho, um carrossel de notas estridente... *Mort Kennedy Airport, Coeur Ordinateur, Homme recherché, Chat perché*... Palavras isoladas, pobres rimas sem sentido, suspensas no ar, um ar de suspense, em ritmo de valsa: 1 2 3 — 1 2 3... elas não se ligam a um verbo nem se associam a um advérbio, nem a um adjetivo esporadicamente... são palavras soltas, que não servem para quase nada... mas! Talvez todos aqueles anos, aquelas guerras, tivessem destruído um pouco as frases, e as palavras não passassem de fragmentos de ruínas suspensos no ar: valsa de rimas, valsa de ruínas.

Ela continuava ali, perto do piano, *Fluegel*, asa em alemão: as notas da partitura têm asas! Como está cantando num salão, ela canta só para alguns, apenas um pequeno foco de luz sobre ela, um spot, Charles acabava de chegar, um pouco atrasado, sentou-se, sétima fila, na lateral, na ponta da asa.

Nas coxias, ela havia recolhido o pedaço de corrente que caíra lá do alto, do arco da abóbada, maquinalmente deu três voltas em torno do pulso... correntes que lacravam os vagões de mercadorias, como, por exemplo, aquele que ela tomou para voltar quando a guerra acabou, aquele pedaço de corrente dependurado na porta do vagão para animais, parecido com aquele agora em seu pulso, talvez um pouco mais pesado, e não tinha muita certeza, com um grande cadeado aberto. E para quê? O que carregava aquele vagão se não se transportavam mais animais? Para que havia servido? *O trenzinho vai pelos campos, o trenzinho vai apitando...*

"Eu não me perguntei então, claro, que tipo de viagem aquele vagão fizera antes, o nosso vagão, e quem poderia tê-lo ocupado na ida... não, bem depois, isso foi bem depois... Quanto a nós, rezávamos: era uma corrida contra o tempo, ou melhor, contra os russos, será que nos alcançariam, estávamos sozinhas, minha mãe, minha avó, minha irmãzinha... a família do oficial da Kriegsmarine, Arthur, que ficara 'detido' algum tempo pelos ingleses... Depois de várias semanas, aquele seria o nosso vagão, exclusivamente nosso, e bruscamente a locomotiva desaparece, levada para outros fins... para puxar um outro vagão talvez, quem sabe? Ficamos a noite inteira no descampado, nas trevas, e os russos será que viriam? Tinha de haver uma outra locomotiva... não sabíamos por que havíamos ficado ali, paradas, por quanto tempo, duas, três noites, quem sabe, nenhuma luz, nem mesmo nas estações, tudo escuro!... nem sabíamos também quem iria nos tirar dali, o que poderia ter acontecido: ter entrado numa linha errada, estávamos numa estação de conexões, viria uma nova locomotiva, mas de onde viria? De repente, o trem partia sem nenhum aviso."

O pedaço de corrente encontrado no chão das coxias, sim, ela deu três voltas distraidamente em torno do braço, como qualquer um faria numa reuniãozinha de amigos, a cabeça distante, enquanto conversamos, grossos elos, um metal sem brilho, e vejam o que ela pensou: "Isso é coisa de roqueiro..!". Aquela corrente já tivera sua utilidade, como a do vagão: a recuperação, a reciclagem, isso é típico das guerras, sua poesia, em suma, aquela coisa de os objetos terem dupla utilidade e com fins diferentes: as balas do front, em 1914, viraram pingentes, ornamentos de pulseiras, nada a ver com vanguarda, nas noites mundanas do *faubourg* Saint-Germain, os pneus tomados dos soldados americanos pelos vietcongues transformaram-se em sandálias de borracha... E agora? Uma corrente? O vagão da volta para salvá-las... e na ida? Mistério... A avó rezava sem parar, dia e noite, à meia-voz, numa litania sepulcral, dedilhando o rosário incansavelmente, *Rosenkranz*, a longa corrente de contas do rosário: "Senhor, ensina-me a superar todas as minhas angústias confiante em ti, Senhor, faz de meu rosto o teu, tuas mãos, tua palavra, para todos os homens do mundo", uma voz bela e fina, musical, "ficávamos em volta do aquecedor, não podia apagar, e a cada solavanco parecia que ia cair sobre nós, sobre o bebê...". Sim, faz parte das guerras levar ao proscênio o que estava nos bastidores, coisas que normalmente não vemos, colocá-las sob os holofotes, como ela faz naquela noite: cantar, mas com beleza, sob os holofotes, sotaques que era melhor esquecer, o gesto de uma mulher desconhecida que ela vira uma meia hora antes na rua, uma pessoa qualquer, isso lhe vinha agora à cabeça, e ela era por um instante aquela mulher, e aquele pedaço de corrente enrolado no pulso... igual àquela outra corrente do trem e sua avó rezava, o *Rosenkranz*, o rosário... "sem parar, durante um mês, um mês e meio para voltar, *O trenzinho vai pelos campos, o trenzinho vai apitando*, e eu dentro, mas para mim aquilo significava o regresso, a volta para casa".

Aquela cidadezinha residencial é uma ilhota iluminada bem cinzelada no meio daquela paisagem de rochas e florestas e pequenas colinas. Sua imagem é bem agradável porque as casas, todas pintadas de branco-gelo e de alturas desiguais, dão uma impressão diferente. É assim que Goethe descreve Saarbrücken, em 1770. Mas agora tudo está destruído. Por toda parte já começara a reconstrução, não se viam homens, só mulheres, lenços na cabeça, pesadas pás, elos de uma corrente sobre os destroços, entre as ruínas, sem perguntas: destruição-reconstrução, ora uma, ora outra, não se pergunta por quê. "Do outro lado, na parte de trás, ficava meu quarto, de minha janela vejo espectros perdidos na espessa fumaça de carvão, vejo os altos-fornos, as minas, chamas e clarões de fogo na noite, vindos das minas de carvão vizinhas, um ruído metálico: pequenos vagões gemem, oscilam, chocalham, balançam sobre os trilhos, aqueles clarões logo substituíram os das noites cheias de bombas sobre Kiel, as "árvores de Natal". Uma negra fantasmagoria substituía a outra. Ergue-se o que foi destruído, *no problem*, sem problema, era sempre assim, continuamente, segundo tempo de um mesmo movimento, o essencial continuava ali, uma coisa substituía a outra: "Mas por quê", perguntava-se Karl Valentim, cabareteiro macabro e neurastênico, rosto de máscara, distante, humor lúgubre, cínico, "por que os ingleses vêm nos bombardear aqui?". Um tipo longilíneo, puro osso. "E por que vamos bombardear a Inglaterra?" Seu sarcasmo era sempre de uma lógica absurda: "Os ingleses deviam jogar suas bombas neles mesmos e os alemães as suas sobre Hamburgo. Isso economizaria combustível".

O Grande Cinema reabrira e, toda noite, Branca de Neve se projetava sobre um fundo de ruínas, fantasmas evanescentes coloridos. E, no desenho de Disney, os anões cantavam: *Eu vou eu vou pra casa agora eu vou... trabalhando, trabalhando...* Não tinha nada mais a ver com o conto de Grimm, que todas as crianças alemãs leram: "'Mate a menina', disse a rainha ao caçador, 'e me traga o fígado e os pulmões dela como prova...' O cozinheiro os cozeu com sal e a perversa rainha comeu e achou que tinha comido os pulmões e o fígado de Branca de Neve... Os sete anões disseram: 'Não podemos enterrá-la', e fizeram um caixão de vidro transparente para que a vissem de todos os ângulos, depois a colocaram dentro e escreveram em cima o nome dela com letras de ouro e que ela era filha do rei. Depois levaram o caixão para a montanha e um deles ficou tomando conta. E os animais vieram também chorar Branca de Neve, primeiro a coruja, depois um corvo, e por fim uma pombinha. E Branca de Neve ficou muitos anos, muitos anos naquele caixão sem se decompor, parecia dormir, continuava sempre branca como a neve, a pele rosada e os cabelos negros como o ébano... E um dia ela ergueu a tampa do caixão e se levantou, ressuscitando... 'Te amo mais que a qualquer coisa no mundo', disse-lhe o príncipe; 'venha comigo para o castelo de meu pai, serás minha esposa.'".

Encontraram um piano! Estava ali, como estalando de novo, entre as ruínas, entre as casas adormecidas, encantadas, enfeitiçadas, sabe-se lá o quê, de paredes carcomidas, onde se entrelaçam silvas e roseiras selvagens, um mundo de sortilégios, ameaçador e mágico, do "Era uma vez...": "Era uma vez uma garotinha linda, de voz maravilhosa, mas com uma doença de pele que a fazia sofrer terrivelmente, cujo pai, que a adorava, encontrara um magnífico piano entre as ruínas...". Ele o levou para casa e colocou-o no primeiro andar, chamaram um afinador. "Irei amanhã de manhã, às oito...", "Mas...", "Sim, sim, às oito da manhã..., quando acordamos, o ouvido está mais apurado, ainda não poluído pelos ruídos, pelas conversas, pela cacofonia, nosso ouvido é ultra-sensível às notas, é de manhã cedo que se deve ouvir música!" Ele tensionou, distendeu, retensionou os cordames metálicos, três para cada nota, com a preciosa chavezinha prateada, batendo, cabeça inclinada, nas teclas. "Foi nesse piano que comecei a tocar..."

A garotinha o fez rir bastante: sapatos de salto alto e rebolado imitando a mãe e também Rita; a criada, ela o seduz, encantadora, pernas cruzadas, faltam-lhe três dentinhos, mas encantadora, ela canta, a voz mais para os graves, músicas ouvidas por acaso no rádio, *In der Nacht ist der Mensch gar nicht gern allein*, o homem não gosta de ficar só na noite, *denn die Liebe, Sie wissen was, was ich meine*, porque o amor... já dá para entender o que quero dizer... Braço erguido, mão apoiada na parede, assim está numa foto 4,5 x 6,5, sim, uma *vamp*, ela está ali condensada, o futuro latente, a sedução, seus estratagemas, nada mais próximo de uma mulher fatal que uma garotinha, depois é que isso desaparece, as mulheres fatais são menininhas que não cresceram, basta que, mais tarde, anos depois, despertem essa menina: e ei-la inscrita no corpo, adormecida, *von Kopf bis Fuss*, da cabeça aos pés...

O avô não teve muito tempo para apreciar a garotinha toda música. A morte vive à espreita. *Freund Hein schleicht ums Haus*, um velho ditado alemão, povoa todas as cabeças: o amigo Hein ronda a casa, e é um familiar, um amigo mesmo, um velho amigo. Talvez para esconjurá-lo um pouco, deram-lhe um nome, um apelido, a esse velho amigo: Hein, forma abreviada de Heinrich. Sim, a Morte na Alemanha é um homem, o amigo Hein. Faltou pouco para o convidarem a entrar, a tomar um copo de vinho. Por mais que rondasse em silêncio, o cão sentiu sua presença, o velho companheiro Hein desiste de descer, fica deitado sem dar um gemido, sem comer, ao pé do leito, ao lado do piano. Logo compreenderam tudo e disseram à menina: "Ingrid, suba para ver o vovô... ele gosta tanto quando você canta...". Ele agonizava num cenário de teatro: "Minha netinha, você tem uma voz de ouro...". Tinham encostado a cama na parede onde havia um imenso buraco feito pelas bombas e que fora tapado com o que encontraram: caixas, embalagens, caixas de papelão ondulado ou reforçado, papel kraft, papel machê, jornais velhos, que ainda davam para ler, suas manchetes, fotos, histórias da guerra... Ela cantou para ele, tocou músicas no piano que tinham achado: *Es geht alles vorüber, es geht alles vorbei*, tudo passa, tudo passa. Ele amara Karl Liebknecht e Rosa, o que não o impedia de gostar também de belos carros, de ter um chofer, de fumar charutos!... Da França, Joséphine Baker, *J'ai deux amours*, ele também tem dois amores: seu país e Paris... Um soco na cara do contramestre insolente, paf! E adeus, emprego! Dá um jeito de abrir uma loja de charutos... e sempre: música, festas, pequena orquestra para núpcias e banquetes... Charutos! O antigo operário rebelde ia pela rodovia Hispano-Suíça, e com chofer. Charutos! Mas continua espartaquista. Aquilo lhe rendia admiração por onde passava. Faltava a cena do porto... Paciência! Ainda iria acontecer...

1923, crac! Carrinhos de mão cheios de cédulas! Um milhão de marcos por um pão! Quase arruinado... A boa velha idéia: *Amerika, Amerika!* A fuga para Hamburgo, de noite, sem dizer nada a ninguém, em silêncio, clandestinamente, a Hispano, a grande mala de couro. "Alô, estou em Hamburgo... Parto amanhã para a América. Fico rico e volto..." No outro dia: "Alô! Estou sem um centavo... me roubaram tudo". Estava num bordel, as putas do cais do porto, os marinheiros, Sankt-Pauli, Ripperbahn, a ralé de Hamburgo... Mal partira e já estava de volta, aos prantos, seu filho Arthur teve de ir buscá-lo. Desde então, Anna, sua mulher, passara a odiar o toque dos telefones...

Desde havia muito, por todo o casarão em L que ele mandara construir nos anos 20 na Brunnenstrasse, rua de la Fontaine, 2, a música passou a morar em tudo quanto era canto! Uma casa encantada. A orquestra? A família, os amigos, e ele tocava quatro instrumentos. Três pianos, dois contrabaixos, um acordeão, tudo à mão, flautas, gaitas-de-boca, por toda parte, era a Casa da Música, e veio a guerra, uma bomba e tudo se reduz a poeira...

* * *

"Desnorteada, fraca, rosto inchado, olhos fechados, feridas nas articulações, nas pernas, nos braços principalmente, dez, doze, quinze chagas, num verão minha avó Anna as contara, sangue, mãos e braços envolvidos em gaze, toda enfaixada para não me arranhar, me ferir, me mutilar." Uma boneca buda! Seu rosto: uma máscara; sua pele: uma carapaça. Não dormia. Pele que isola sem proteger, solidão, isolada do mundo humano e no entanto vulnerável, aos frangalhos, despedaçando-se, ora fica boa, ora fica pior, termina se habituando, longe de tudo, petrificada, buda inexpressivo e sorridente... termina-se por gostar um pouco dessa situação, uma doce asfixia. O corpo amorfo, lento, compactado, enclausurado em si mesmo. Semiparalisado. Tremores internos. Mal pode andar. O fundo da língua ficara insensível. Enorme cansaço interior, cansada daquilo tudo. Ela escapara por pouco da morte ao nascer, e não demorou muito, bem rapidamente adquiriu aquela doença que durou muito muito tempo. Agora tinha de criar a si mesma, fabricar-se, inventar-se um novo corpo com novos movimentos... Alergia!!...??... Um castigo, uma incompreensível punição que aparece de repente para ficar, sem nenhuma razão. Uma bela garotinha, alegre, graciosa, que de repente surge no salão e vira um pequeno monstro, mal pode andar, mal pode enxergar, a pele sangra, um pequeno monstro com a voz de ouro, dádiva do céu. Os pais desviam o olhar, choram lágrimas silenciosas, deixam o salão.

"Mas eu ouço as músicas, ao longe, por trás daquela máscara, daquela carapaça. Meu pai ao piano, algumas pessoas cantam, a ordem cifrada, a disciplina dos números, tirania, mas que também me entorpece: uma pausa para o meu corpo doente e caótico, sem rumo, para o meu rosto desfigurado." Um outro mundo de ordem e beleza... tranqüilo... prazeroso, as partituras nem tanto, mas as sonoridades, os números que pareciam ter uma origem distante, na eternidade, um tecido musical, um outro tecido diferente do da minha pele: um mundo cifrado, sem sobressaltos, tranqüilo, suavíssimo, o mundo dos números. Puro prazer! Alergia melodia... E, traçadas no papel, figuras simbólicas, signos misteriosos, hieróglifos eternos, cifras cabalísticas, equações lacônicas que existiram antes do universo e continuarão existindo sempre, o mundo se recuperava.

Primeiro professor, uma velha senhora, exercícios musicais cem vezes recomeçados, o polegar em ação: "Dó ré mi, o médio, continue com ele... agora o polegar, o polegar, o dedo mais grosso, isso, passa por trás... o médio gira, o polegar bem ao seu lado, ultrapassa-o, isso... assim... sobre o fá e sol, o indicador passa pela frente e toca o sol, e agora lá si dó...". "*Oh! Jesus ne! Oh Jesus ne!*" Uma blasfêmia em saarlandês, dialeto de Saarbrücken, ela se joga no chão, morde o tapete! "*Oh! Jesus ne! Ich kann nicht! Ich kann nicht...!*" "Não agüento mais!" "Levante-se, não precisa blasfemar. Vamos de novo: dó, ré, mi, agora o polegar... torça assim o braço, e fá, sol, lá, si, dó..." A garotinha e o grande piano: ela quer dominá-lo, mas ele resiste, ele é um animal-máquina, um cavalo, ela fica possessa, vontade de rasgar tudo: "*Oh! Jesus, ne!*".

Pequenos concertos aos domingos em casa, ela tem seis anos, todo mundo toca, canta, Brahms a quatro mãos com Arthur, seu pai, o antigo seminarista. As noites na sacada, ela ergue os olhos para a abóbada celeste, e ele lhe mostra sem pressa as constelações e suas formas, sua ordem, um estudo dos astros: Auriga, Plêiades, Órion, Ursa Maior, Ursa Menor, às vezes, mas raramente, a Via Láctea, plano cintilante de uma maravilhosa máquina de sonho. Às vezes, pedem que ela toque órgão à noite, nas vésperas, em lugar do organista doente na igreja do Coração de Jesus, um vitral representa uma estação do caminho da cruz, um raio de luz atravessa a nave em diagonal como um laser, suas pernas muito curtas para alcançar alguns dos trinta e dois pedais que correspondem à gama cromática dos agudos e dos graves do teclado, então, durante a missa, ela vai de uma ponta a outra da banqueta escorregadia e gasta, trauteando com sua voz de criança, corajosamente tenta arrastar a platéia um tanto morna para um *Te Deum* mais rápido, *Grosser Gott wir loben Dich, Herr wir preisen Deine Stärke, Te Deum Laudamus Te glorificamus Te*. A fênix renasce das cinzas, alergia melodia, e ainda se sentia mais feliz no dia seguinte, ia brincar com as amigas, tirava notas ao piano, mas logo caía num abismo, melodia alergia.

Marie! Marie! Ich kann nicht mehr! Ich kann nicht mehr!
"Tenho sete anos e meio. Diante do espelho de minha penteadeira, de cada lado um buquê de lilases brancos — lilases de maio — que roubei nos jardins abandonados das casas quase em ruínas, coloquei uma pequena Nossa Senhora de madeira pintada, o rosto rosa-claro orlado com um véu azul-claro." É a Festa de Maria. Há algum tempo que ela não dorme. Sofre de terríveis alergias cutâneas, coberta de chagas, sobretudo nas articulações dos joelhos e dos cotovelos, vermelhas, algumas abertas, outras com cascas, sempre, não importa a estação, mangas compridas, rosto inchado, olhos quase fechados, apenas uma fenda, rasgados. "Não se mexa, não se mexa, se se mexer, tem de ser bem devagar para não esgarçar a pele", uma pequena múmia de voz de ouro, uma boneca mal articulada. Envolta em panos e ataduras, ajoelhada, as mãos em prece, ela está diante daquele altar que ela mesma fez, arrumou, diante daquele espelho onde o reflexo de seu rosto é encoberto em parte pelo da Virgem. Reza para ela uma Ave-Maria bem pessoal, bem baixinho, ela ora, uma litania em forma de salmo, o dedo escorrendo pelo ro-

sário, cujas contas escorregam por suas mãos, por seus braços feridos. A penteadeira está apoiada na parede, entre duas janelas que dão para a rua.

Ora pro nobis pecatoribus.

Sua prece em surdina é para aquele pedaço de madeira esculpida: ela pede que a livre dos sofrimentos, para ter uma outra pele, para fazê-la dormir. Aquele altar de maio tem como pano de fundo os altos-fornos das fábricas, estreitas chaminés de onde saem rolos de fumaça negra e clarões de acetileno, céu opaco amarelado em pleno dia, parecendo de estúdio de cinema, clarões vermelhos, púrpura, incandescentes, que iluminam o céu dia e noite, e a água do rio também, com seus reflexos. E lá na rua, duas vezes por dia, o batalhão de mineiros, capacete na mão, lâmpada na testa, silenciosos, ar grave e altivo, rostos enegrecidos, sujos de fuligem. Pareciam se encaminhar lentamente para a guerra, num ruído de passos cansados, alguns morriam cedo dos pulmões e poder-se-ia pensar que era para eles também que ela entoava sua prece. O pequeno rosto da virgem rosa e azul, cercada pelos lilases de maio, como sobreposto àquela metrópole.

Muitas vezes, já está escuro quando a pequena musicista, que agora tem seis ou sete anos, atravessa de bonde toda a cidade, metade em ruínas, o rio Saar, prédios sem fachada, janelas e portas lacradas com tábuas, a ponte sobre a estrada de ferro por onde passam os trens que ligam o Reno à França, Forbach bem ao lado, mais quinze minutos a pé: ela costeia os muros do velho castelo, cujos fundos dão para um abismo, ela sobe a grande escada de um prédio antigo e toca a campainha da casa de Walter Gieseking, a pasta com as partituras numa mão, uma caixa de charutos na outra: vinte e cinco charutos cada aula de piano. A escola de Gieseking: bem atual, moderna, baseada no relaxamento, na flexibilidade, na memorização da partitura que favorece o automatismo. Guardada na memória, uma sonatina completa: sinais, números, chaves, nas cinco linhas da pauta que lembram delgados fios. No amplo salão burguês, sob o grande quadro a óleo da escola holandesa, em sua trabalhada e antiga moldura dourada, um barco sobre as ondas revoltas, espumantes, cinza e negro, um céu espesso, ainda mais inquietante ali, na penumbra, entre dois Steinway, mundo obscuro que acentua ainda mais o branco da folha da partitura sob a pequena lâmpada, o professor às vezes passa, alto, sorridente, todo elegante, supervisionando um momento a aula de piano que também dão seus *Meisterschüler*, eles também concertistas, estão na rádio aos domingos, na Rádio Saarbrücken: "Relaxe o braço... punho leve... sobretudo não force". Dedos, falanges em queda livre, controlada, flexibilidade articulada de autômato, como um boneco que cai sentado, o método, que liberava a interpretação, ignorava, como todas as novidades, a sua profetisa, sua pioneira, uma pianista: Clara Schumann... mas naquela época! E ainda mais mulher! E, ainda por cima, à sombra de um marido tão famoso...! Um belo rosto com traços regulares, oval perfeito, lábios sensuais, grandes olhos negros, uma fina correntinha cruzando os ombros nus, um fio, um cordão, como uma corda de piano trançada, um outro cordão no alto da testa, segurando os cabelos negros como azeviche, um bandó de cada lado, depois mais soltos, os cachos caindo no pescoço: extraída de um devaneio romântico de Edgar Poe, é o rosto que podemos ver na cédula de cem marcos e duplamente: em forma de medalhão e dissimulado em filigrana na trama do papel para desmascarar os falsários, e esse rosto circula, se cambia, passa de mão em mão, todo dia, inúmeras vezes. "Relaxe os músculos... Isso! Relaxe... Nenhum esforço muscular." O professor levanta o braço tenso da menina até a altura do ombro, depois o solta e o braço tomba inerte, uma marionete sem vida que faz vibrar as cordas.

O rosto distorcido de Dora Maar lhe apareceu numa noite de novembro, numa página de revista que ela folheava lentamente com seus dedos envolvidos em gaze e curativos. Blocos misturados, quebra-cabeça mal encaixado, pedaço de cabeça fora do lugar, tudo deslocado, mal distribuído, a figura não tinha forma humana. "Já sei! É isso! É isso! É exatamente o que sinto! Por dentro sou assim!" Foi uma revelação. Cabeça coberta por uma barretina, a modelo está sentada numa poltrona com encosto, de madeira esculpida, as mãos, animais, entre mão e pata, garras apoiadas nos extremos dos braços da poltrona em arabescos: o caos com grandeza... Aquela página era seu espelho, que lhe apresentava a imagem de seu estado interior. Encontrara-se... encontrara-se! Ela sabia interiormente o que significava aquilo, não era uma impressão vaga mas uma sensação bem física, uma seqüência de peças que não se encaixavam, era assim dentro dela, dentro de sua cabeça. Animal-máquina! Ela observou a figura longamente, longamente, através de seus olhos semifechados, rasgados, de pálpebras inchadas. Sentada em sua cama, com os punhos da camisola bem abotoados no pulso para não se automutilar, observava atentamente aquela outra mulher e, sozinha, isolada do mundo, de muito muito longe, de um outro lugar, de um fraco ponto obscuro situado por detrás de sua máscara, ela reconheceu o talento do pintor: ele tinha dado uma forma ao que ela achava ser uma vergonhosa, uma inominável anomalia, ele trazia à plena luz, com brilho, insolência, altivez, aos olhos de todos, de todo o universo, os monstros da sua noite. E então, desde aquele dia, ela se sentiu representada.

Sempre com os punhos da blusa abotoados nos pulsos, apesar do seu lado cultivado, enobrecido pelo estudo da música clássica, conhecedora da tirania dos exercícios, da difícil decifração da partitura e do poder dos números, ela queria ser igual às outras crianças, e mesmo naqueles tempos ia, entre uma lição e outra de piano, brincar entre as ruínas das casas sem fachadas, um lavabo esmaltado continuava lá, dependurado em uma parede dos fundos, caindo no vazio, uma bandeirola desbotada com a cruz gamada, vigas de aço num equilíbrio instável, encaixes, sucatas, algumas ainda soldadas, restos de metais, ela caminha por cima de tudo isso, sobre essa carcaça de ferro e pedra, excitada pelo medo e pelo perigo... e depois, era sair correndo por entre as silvas e o emaranhado das roseiras selvagens, ameaças encantadas de um mundo desconhecido... E, ao voltar, trazia consigo o cheiro traiçoeiro da flor do salitre, que cresce no lixo, nos escombros, misturado ao das rosas, e ela subia ao terceiro andar para as clandestinas visitas cúmplices, curiosas sessões: panatela entre os dedos, perfume pesado de lavanda, Anna, sua avó, penteado Herrenschnitt, *à la garçonne*, era espírita, uma forma de sobrevivência. Estivera em voga nos anos 20, ela dialogava com os mortos. Para se justificar, citava Santo Agostinho: "Os mortos são invisíveis, estão entre nós". A garotinha apreciava aquilo, aquelas manigâncias e cerimônias secretas, à revelia dos pais; o rigor da matemática, a sujeição aos números eram substituídos pelo simulacro de um diálogo com o invisível por entre a fumaça do tabaco de Sumatra.

Todos os participantes em volta da mesa, as mãos estendidas, o contato entre eles se faz com o dedo mindinho! As mãos estão sobre um pequeno pires no qual está desenhada uma flecha que parte de seu centro. O pires está sobre uma cartolina quadrada onde estão escritas as letras do alfabeto. O magnetismo dos participantes é que move o pires e a flecha vai apontando letra por letra, formando, assim, palavras: elas constituem a resposta dos mortos. "Shikemitsu, sou eu!", foi a resposta do avô, invocado numa daquelas sessões noturnas: a menina, ao nascer e depois com as alergias que lhe deixavam o rosto inchado, igual a um pergaminho, os olhos como duas fendas, recebera dele esse apelido, ele a achava parecida com o ministro japonês dos negócios exteriores! "Shikemitsu, sou eu!" O senhor Cornelius, amigo de Anna, coordenador principal daquelas estranhas sessões, fora taxativo: "Essa menina é médium de nascença!".

Ela entrara em cena suavemente e com uma delicadeza perfeita, e tudo se ordenou à sua volta, o espaço parecia estar a seu serviço.

"... é como o desenrolar de um filme", pensou Charles, "como se o que a fazia existir a cada instante fossem as luzes, a música, algumas palavras, que não eram as dele, e que a vida dela era aquilo, sem antes, nem depois, absolutamente igual a um filme." Animada, inventada continuamente sob os holofotes como uma marionete, com a diferença de que estava viva, muito viva, e que passava de um estado a outro mesclando a mulher e o fantoche, e ela também era o fantoche. Uma marionete, uma predicante: eis uma coisa que não me pertence e, no entanto, eu lhe dou, eu a captei, eu lhe ofereço: uma música, algumas palavras e, no fundo, até esses gestos, eu os lanço no ar... Ela era uma intérprete, um instrumento perfeito... uma intérprete-sacerdotisa? Maravilhosa faculdade de poder dar o que não se tem. Sim, ela parecia nascer, seu rosto, sua voz, da luz, do som, dos refletores, dos fios que iam do microfone até os amplificadores. "Uma marionete...", pensou Charles, que também sabia de cor as linhas da partitura, aqueles fios, cinco por cinco... Uma efemérida animada pelos raios de luz e pelas vibrações musicais nessa zona perigosa: o palco... Chega a deixar de ser humana, muito embora tenha mais vida que ninguém. Aquela graça não era completamente natural, pois ela tivera de se recompor, isso estava mais do que claro... Ela reinventara seu corpo por causa da doença, ficara inválido, em estado lamentável, machucado, uma carapaça, uma máscara que a isolava e a tornava ao mesmo tempo vulnerável, as coisas lhe eram estranhas, muito longe e muito perto, ameaçadoras, ela era estrangeira de si mesma. Presa àqueles fios invisíveis, ela não forçava, um misterioso centro de gravidade dava seu impulso a cada um de seus membros, músculos, tendões... Sim, o senhor Cornelius tinha razão: uma médium de nascença! Mas cuidado! A médium se comunicava também com coisas materiais, numa relação quase animal: o ar, a terra, as paredes e a luz que ela sabia "incorporar", como por instinto, todo o espaço da cena, e, no além, ela estava com eles, a seu lado.

Charles a olhava e pensava: "É com ela, com esse animal que eu vivo!". Naquela tarde ainda, ele lia o jornal e ela, de camiseta e jeans, ensaiava algumas notas, "Pierrot lunaire". E ela, de repente, alcançara duas oitavas acima num minuto. Fulgurante! Aquilo lhe parecia uma brusca aceleração de um motor de Fórmula 1 na reta do porto, nos treinos de um Grand Prix de Mônaco, aos quais ele assistira. Não vira quase nada, mas aquele barulho, quando passam a quarta marcha em alguns segundos, está mais para o inumano. Igual a ela, no sofá, de camiseta. Selvagem. Eles voltaram depois a uma conversa tranqüila como se nada houvesse acontecido. Ela voltou ao seu estado de calma, voltara de novo à terra, sentada no sofá grená — uma cor berrante de que Charles não gostava nada, ele preferia tons menos vivos: cinza, preto, branco... Aliás, por que essa ausência de cor, o branco? É como o silêncio na música, que é também um tempo musical. Pois é! Ele vivia com uma cantora! Num dia, numa noite em que caminhava por uma rua de Berlim, esbarrou com o rosto dela, imenso, dois metros por dois, um cartaz na Kurfürstendamm, ele pensou: "Curioso, é ela e não é". A distância era muito grande entre uma e outra, no palco e "na rua", na sua cidade. Era difícil fazer a ligação, relacionar... Sentada no sofá, ela aprumara o corpo, apenas para respirar, a boca um pouco contraída, mordendo levemente os lábios, as narinas ofegantes, como um piloto, os traços deformados sob o capacete, os olhos? Os de sempre, talvez o olhar um pouco concentrado e, hop!, já não estava mais ali, a rapidez de um foguete, não por causa dos ruídos que emitira, mas por sua naturalidade na propulsão-aceleração-decolagem: *In einem phantastischen Lichtstrahl*, num fantástico raio de luz. E depois, stop. Eles se puseram a falar tranqüilamente de outra coisa, ela mordiscara um tablete de chocolate. E por falar em Fórmula 1, uma jovem dissera: "Ingrid é o Porsche das cantoras!". E ainda sobre o mesmo tema, assim pensava Charles: "Sinto-me, muitas vezes, como a noiva de um piloto de corrida. Eu a acompanho pelo mundo em seus shows, pelos hotéis, atendo ao telefone várias vezes, assisto aos ensaios, aos últimos preparativos, fico ansioso antes e também depois do espetáculo, às vezes quero que tudo termine rápido!".

Ela, agora, vinha do fundo do palco... "E o que era aquele pedaço de corrente, aquele metal sem brilho enrolado no pulso? Nunca vi ele antes..." Pobre acessório que mais parece sucata, coisa recolhida no lixo, tranca de vagão de trem, de vagão para animais, ruído de ferros, aquilo destoava do vestido de cetim preto tão bem talhado... Ela estava à contraluz, *Gegenlicht*, sua sombra se projetava para o lado, no chão e na parede esquerda, muito maior que ela, levemente deformada e fazendo um movimento um pouco diferente, imponente como se tivesse vida própria e fosse aquela sombra fugidia, trêmula, que, por alguns segundos, ela projetasse, mas muito depressa, muito devagar, e de repente, lá se foi, aquele desenho se apagou, a sombra desapareceu... Ela dava dois, três passos, rápidos e lentos ao mesmo tempo, leve sorriso, um passo de adolescente, quase uma criança. Ela corre... ela corre, era Shikemitsu... que corria...

Estamos na Floresta Negra, e ela está com que idade? Doze, treze anos. Duas vezes por mês um padre vai a Koenigsfeld para arrebanhar os católicos, umas trinta almas, e a chamava para tocar harmônio na capela. Terminado o ofício, ela atravessa às pressas a aldeia, correndo, tira do bolso de seu casaco o chapéu de tule, amarra a fitazinha cor-de-rosa sob o queixo, passando, sub-repticiamente, de um culto a outro num piscar de olhos, num passe de mágica, usando aquele pequeno acessório, apenas um pedaço de tule, uma fitazinha. "Chego em cima da hora para integrar o coro da igreja luterana da confraria Zinzensdorf. Eu canto, acompanho o doutor Schweitzer, vestido de preto, bela gravata *à lavallière*, que toca Bach ao órgão, era um especialista, um órgão magnífico, um dos mais belos da Alemanha..." Um verdadeiro prazer, uma alegria, aquelas vozes juntas! E a sua entre elas! Eram as cantatas, aquelas oferendas gloriosas, *Jesu meine Freude, meines Herzens Weide, Jesu meine Zier*. Lá no alto, nos cumes das montanhas, os últimos contrafortes mostram os vestígios da era glacial. O doutor, teólogo melômano, tinha escrito uma vida de Jesus, vinha todo ano de Lambaréné, onde cuidava dos leprosos, tinha uma casa em Koenigsfeld. Ela o vira na floresta, todo curvado, empurrando um carrinho de mão, e, quando chegou perto, viu que o carrinho estava cheio de cartas, pacotes, uma vez por semana ele ia buscá-los no correio, e ao trocar algumas palavras com ele, deu uma olhadela naquilo tudo: aquelas cartas vinham de várias partes do mundo, até da China. "Então havia no mundo inteiro gente com pele pior que a dela, até na China?", perguntava-se.

Naquele pensionato da Floresta Negra, como as cantoras sagradas da Índia que não pagavam impostos e eram vistas como monumentos históricos ou tesouros do Estado, ela era dispensada das tarefas domésticas: fazer a cama, passar a camisola de dormir, preparar uma refeição, em troca de sua voz. À noite, ela e as outras jovens se espremiam junto ao rádio: *Ohne Krimi geht die Mimi nie ins Bett*, sem sua novela policial Mimi não dorme... *Das machen nur die Beine von Dolores*, é por causa das pernas de Dolores que os homens não conseguem dormir, *Dass die Senores nicht schlafen gehen*... Gol, gol de Fritz Walter! O grito do locutor ficou ainda mais famoso que o gol: *"Mein Go-o-ott! W-a-a-a-a-alter!"*. Éramos campeões do mundo!... Reintegrados, honrados, não mais párias, e toda a Alemanha cantava *Die Capri Fischer*: as férias na Itália, ah! A Itália! *Wenn bei Capri die rote Sonne im Meer versinkt und am Himmel die bleiche Sichel des Mondes blinkt*, sol rubro que some no mar, lua crescente que brilha nos céus. Luzinhas ao longe no mar... São os pescadores... opereta kitsch... a guerra já era, tudo já era, esquecer tudo! *Bella bella Maria bleib mir treu Bella Maria vergiss mich nie!* Seja fiel, nunca me esqueça! Sim, podia-se começar a esquecer... as ruínas, os destroços, as trevas, as brumas da infância e junto com elas as do horror. Fim do preto-e-branco. Primeiros filmes coloridos, primeiros vestidos de moça, decote à

Gina Lollobrigida debruçada na sacada, ela diante de um espelho: "Mas com essa pele? Rapazes?...", um pouco triste essa coisa da doença, melhor não pensar no futuro, melodia... primeiro perfume, uma lembrança de Paris de um parente: *Air du temps*, de Nina Ricci... não, *Mitsouko*, de Guerlain, *Air du temps* foi bem depois... pulemos cinco anos.

... Estamos em Munique, e ela se prepara sem entusiasmo para um show, hesita diante de seu exíguo guarda-roupa... "Ah! Estou pouco me lixando..." Descontraída, desenvolta... desde que esteja bem, que a alergia não a perturbe, ela esquece, alegre, despreocupada, brincalhona com todos, até que vem a recaída: *alergia-melodia-alergia*... No bonde, ela folheia uma revista que acabam de lançar, *Der Stern*: a moda, Paris, um jovem estreante, sua primeira coleção, mantém a cortina afastada com uma mão, longilíneo, cara de adolescente, de inquietos olhos míopes, grudados, ligados, diríamos por um fio, a Vitória, sua manequim-estrela, desfilando. Ele tem um nome que a faz sonhar: Yves Mathieu Saint Laurent. Ela fecha *Der Stern*, a Estrela, chegou.

"*Mein liebes Kleines*, minha queridinha..." A voz era rouca... "Vamos mudar um pouquinho isso, esse nariz de pato"... voz de baixo que escandia as sílabas... A jovem ergueu a vista e a olhou sorridente: penteado *à la garçon*, *Bubikopf*, lábios pintados de vermelho-forte, a famosa Trude Colman segurava a piteira entre o indicador e o dedo médio, a mão espalmada no ar... "Vamos deixar esse nariz um pouco mais reto... basta isso, e vejam, nasce uma estrela..." Antebraço estendido para a frente... terno negro de corte geométrico com vinco impecável, jeito um pouco acanalhado à la Marlene: *todchic*, chique de morrer. A verdadeira berlinense cosmopolita, grande elegância, belíssimo porte, altiva, mas sem perder a leveza, gosto pelos bons vinhos... pelas belas mulheres: um arquétipo que teria se incorporado em alguém. Um pequeno eco persistente do fim dos anos 20, República de Weimar, Georg Grosz, Wedekind que recita poemas, Brecht, casaco de couro de belo corte e seus havanas, um tom aristocrata levemente abastardado, Albertine Zehme canta num cabaré, pela primeira vez, "Pierrot lunaire", de Arnold Schoenberg, ah!, não, Albertine foi oito anos atrás: Berlim 1912, mas ainda restam suas marcas e durante muito tempo, músicas acanalhadas, corpos orgulhosos, cheios de amor-próprio, audaciosos corpos de acrobatas: *"Akroba-a-at!Schö-ö-ön!"*, repete então o palhaço Grock, sim, é belo um acrobata, os corajosos saltos no ar, aquela altivez desmesurada, amparado apenas por cordas sob o imenso teto móvel do Wintergarten, e no mesmo programa os Weintrop Syncopators: os seis tocam vinte e cinco instrumentos, fazem pantomimas, uma mistura de jazz e espírito vienense!

1926. Berlim conta com noventa jornais diários: noventa espelhos diante dos quais a cidade se olha e se acha bela. Claro que essa bravata não pode durar! Corpos espirituosos, o espírito do tempo, *Zeitgeist*, o espírito do momento. *Berliner Luft Luft Luft...* o ar o ar o ar de Berlim. É o refrão da moda. Era aquele ar que ela levava agora para Munique, assim como outros levam um perfume, o Arquétipo, um desvio forçado por Hollywood, algumas rugas a mais, mas com a ilusão de um tempo reencontrado, sem nada de nostálgico e sem cheiro de naftalina, eterno retorno. Apesar de tudo, ainda se salvaram alguns poucos sobreviventes, representantes dessa insolente e fria elegância debochada, só alguns poucos... profetas talvez, quem sabe? "Quer que eu cante o quê?" E sem deixar margem para resposta: 'Lascia mi piangere', uma ária de Verdi, ou então..." e eu comecei a cantar de repente, divertindo-me, "Comtesse Czarda", de Franz Lehár e também, sem nenhum aviso, "Leise flehen meine Lieder", Schubert.

"Eu não tinha preparado nada, cantei o que me vinha à cabeça, o que cantávamos por prazer, com o antigo seminarista, Arthur, meu pai, como eu fazia na casa-da-música." Ela fazia aquilo como se estivesse brincando, cantava por cantar, sem ambição, apenas um capricho, *Hausmusik*. "Lascia mi piangere"... deixe-me chorar... a ária de Verdi. "Emendava uma canção na outra, isso me divertia. *Machen wir's den Scwalben nach*, façamos como as andorinhas." E o Arquétipo sorria. "E eu também. Eu não tinha preparado nada, cantava o que me vinha à cabeça" e, de repente, toda séria: "Gilbert Bécaud, *Am Tag als der Regen kam*, o dia em que vier a chuva, e *Leise flehen meine Lieder*, meus cantos suplicam com muita doçura".

Cantava naturalmente, com prazer, fingindo ou não, bem relaxada, sem nenhuma pretensão, e, como Pigmalião, se divertia! Pot-pourri, tudo no mesmo plano, ela não faz diferença. Aos domingos, Brahms a quatro mãos com o pai, Bach na igreja Coração de Jesus, as cançonetas da rádio: óperas antigas, latim de igreja, refrãos tolos, ritmos ingênuos, tudo é música.

"Foi tua versatilidade, *meine Liebe*, que me entusiasmou, disse o Arquétipo, tua versatilidade e tua descontração... Te lançar... Te proteger... uma carreira!..." "Uma carreira?" Mas fora justamente o lado amador que a tinha seduzido. "Eu havia cantado para Deus ou à noite e aos domingos em casa... para Deus e por diversão! Mas uma carreira?! Uma star?" Monstro e sagra-

da por sua terrível doença, seus ferimentos de intocável e por sua voz de sonho, ela sempre o fora!...
Ela olhou mais uma vez aquela representante do que tinha sido talvez a época mais livre da Alemanha, que desaparecera em 1933, do dia para a noite, os exércitos do nojo já em ação: ela usava uma piteira curta e de baquelite, um detalhe de hoje colado ao quadro... deturpando-o... No fundo, era melhor que fosse assim, mais realista, mais pé no chão.

A Pigmalioa berlinense não existe mais, mas o Arquétipo, o espírito, sim, vaga agora por algum lugar, com outra cara, ou espera sua hora para reencarnar, aos poucos, se preciso, em épocas diferentes, em diferentes pessoas, em diferentes cidades. "... tua versatilidade, *mein liebes Kleines*!"

Estava um dia perfeito. Mas no dia seguinte, um fim de semana com uma amiga nas montanhas da Baviera, ela estava no banheiro de um chalé-albergue.

— Erika! Erika! Não posso mais caminhar!...

— Espera, vou te ajudar, vou na frente, a porta é estreita, não podemos passar juntas... Cuidado, há dois pequenos degraus... entre o banheiro e o quarto...

— Erika! Não estou enxergando nada!...

"Ela me segurava pelo braço, foi uma eternidade caminhar do hotel até o carro, meu rosto estava todo deformado, inchado, meus olhos: duas fendas. Ela precisava me guiar... Cega! Não tinha escolha: fui bater no consultório do doutor K. As duas bandas da porta alta e estreita abriram-se lentamente, sozinhas, sem dúvida ativadas por um controle remoto. Parado no meio da sala, um pouco recuado, enquadrado pela moldura da porta, sob uma luz fria e implacável, lá estava ele recortado na semiobscuridade da iluminação indireta, numa sala de ângulos bem definidos, planos bem recortados, bem interseccionados. "Eu estava esperando por você faz tempo. Eu sabia que você viria!" Era o que parecia dizer, mas sem nenhuma malícia no olhar. Fez-me sinal para entrar, acompanhei-o com dificuldade pelo longo corredor, meu corpo quase não me obedecia: foi a minha primeira sessão. Sua voz tinha um pequeno defeito, reconheci-a logo: um programa radiofônico à meia-noite, toda quinta-feira, na terceira faixa das ondas curtas, as que iam mais longe. Corriam histórias: vestia-se elegantemente à italiana, cercava-se de belas mulheres com as quais percorria de Porsche vermelho, à noite, o bairro da moda de Schwabing. Tivera um caso com a famosa dançarina Carra Carroza. Exalava um certo ar orgulhoso, um pouco aristocrático mas sem cair na frivolidade, só pelo simples prazer... de agradar e, se fosse preciso, de desagradar! Contavam-se histórias: ele hipnotizava os pacientes, dava-lhes drogas proibidas. "O doutor K, foi isso que você perguntou? Ah, sim, acho que ele trabalha com essas 'coisas da cabeça'", disse a minha hospedeira. Ele freqüentava os meios influentes, as pessoas importantes da cidade, mas era visto com suspeição: quando se "trabalha com a cabeça" dos outros, não se pode ficar por aí de Porsche vermelho, de mocassins Gucci feitos sob medida. Não se devem misturar as coisas, meter os pés pelas mãos. Bom, então, eu tentei, ele tentou, tentamos, tentamos, não se tratava de encontrar o fio, mas perdê-lo, deixar fluir, as coisas deviam vir desordenadas que fossem, perdidas no tempo, perder-me com as palavras, dentro das palavras, entre as palavras, sobretudo, os silêncios, as pulsações, a respiração, as aproximações do que parece inaproximável, digamos assim. Deixar vir o que parece não ter nada a ver conosco. "Que isso tem a ver comigo? Por que apareceu assim de repente?!"

O doutor K sabia escutar, pegava tanto o som das frases quanto o seu sentido, seu pai, é bom que se diga, era um especialista em Mozart, e esse tipo de tratamento tem muito a ver com a capacidade de ouvir e ter um bom ouvido ajuda muito.

Na parede havia uma máscara negra, que deveria ter sido usada no ritual de alguma sociedade secreta... usava-se o rosto de um outro: uma divindade, um animal. "Sonhei que estava no deserto... Uma enorme esfinge ao longe, de metal... era minha mãe, um olhar cego, ela não me via, olhava ao longe no deserto, era uma esfinge do tamanho de uma pirâmide, mas feita de metal. Eu gritava 'Mamãe! Mamãe!', mas ela não me respondia, minha voz penetrava naquela pirâmide de metal. Oca, e voltava mais lenta, transformada em infindáveis ecos... 'Mamã-e-e-e-e! Mamã-e-e-e-e!' Eu berrava e o que voltava era minha própria voz, bem lentamente, naquele deserto sem fim. Era horrível, horrível... uma angústia terrível: 'Mamã-e-e-e-e! Mamã-e-e-e-e! Mamã-e-e-e-e!'." A máscara em forma de coração, o nariz triangular, os olhos de lua crescente, trazia a presença do invisível e do mistério.

— Uma lembrança da infância me ocorreu, tenho quatro, cinco anos talvez, estou num trenó puxado por cavalos, é inverno, a neve, o cocheiro grita muito alto na charneca, usa uma espécie de boné que protege as orelhas, depois vejo a linha do mar, ouvimos o estrondo das bombas, dos foguetes, canhões se escondem sob toldos camuflados em forma de dorso de tartaruga, depois me vejo numa espécie de hangar, estou usando um gorro de pele do qual pende uma borla, dois marinheiros me pegam pelo braço em silêncio, me erguem, me colocam num tablado, e eu canto, muito alto, o canto de Natal, "Noite feliz", acho que sete ou oito marinheiros me acompanham ao acordeão.

— E o que mais?

— Nada, não vejo nada, ah, sim, uma bonequinha de baquelite, numa mesa... e... uma insígnia, acho que com duas asas, *zwei Fluegel*...

— Não havia ninguém para ouvi-la? A máscara, rachada, pintada de caulim, parecia estar vigiando a sessão.
— Tive um outro sonho. Sou um cachorro, um cão de luxo, um poodlezinho preto, cão de circo talvez, numa pista de patinação no gelo, em Englischer Garten, giro fazendo belos arabescos, encontro esse cão, que sou eu, ridículo, inútil, um objeto de luxo... e eu me digo: "Sou inútil... isso mesmo... é terrível!".
— Inútil? Luxo? Sim, e então... Você está bem..?

Stop the world I want to go out! Claquetes e ritmos da época, de cinco tempos, ela cantava treze cançonetas, mudava de roupa e de papel treze vezes, uma façanha em pouquíssimo tempo, naquela coxia apertada, saía à esquerda como *stewardess* e vinte segundos depois, pela direita, como *barmaid*, transformava-se em vários tipos, uma verdadeira Fregoli, o que fazia a sala cair na risada. Ela era a garota principal, havia mais quatro naquele musical inglês: *Stop the world...* era esse o título. Comédia leve e trepidante. Um enorme sucesso, durou dois anos... E as tardes.... no Englischer Garten, o grande parque de Munique, ela perambulava sozinha, decorava seus papéis, ensaiava algumas músicas, por prazer, não muito alto, um acorde, uma nota ou duas, apenas isso, só para trabalhar as cordas vocais onde se situavam as notas, o canto silencioso, seu corpo era todo música, a caixa craniana, os ressonadores, os pés... e assim ela ia caminhando como se estivesse participando de uma comédia musical: para trás vão ficando os quiosques, o lago congelado, o rio Isar e a Chinesische Turm de madeira, com seu telhado de pagode, onde ela faz uma pausa para um chá. Alguns meses depois, o parque será tomado por grupos de músicos que fumam haxixe, e o refrão deles encobre a sua voz: Ho-Ho-Ho-Chi-Minh, policiais a cavalo os perseguem em volta do parque acompanhados pelo rolar de bolas de gude jogadas no asfalto, os cavalos escorregam e caem relinchando, e haveria também outros ruídos, mais fortes, em ondas, que vinham encobrir seus cantos. Mas, por enquanto, toda noite, havia apenas aquele ruído sincopado: tap-a-tap, tap-a-tap, tap-a-tap...

Mas quem era aquele rapaz de blusão de couro, sozinho, em silêncio num canto, sério, introspectivo, cabeça enterrada nos ombros, de costas, virado para a parede, perto do balcão de bebidas do pobre teatro improvisado que às vezes se transformava em cinema? Ele parecia captar com o corpo inteiro o que estava à sua volta, mesmo o que estivesse atrás dele, sentia tudo. Animal! E demonstrava isso: dava para vê-lo captando tudo, ouvindo tudo, observava com os ouvidos, escutava com os ombros... sim, com todo o corpo, da cabeça aos pés. "Eu estava intrigada, mesmo de costas ele parecia me ver, mudo, não perdia um só de meus gestos."
— É um cara que diz que quer fazer cinema...

E um belo dia, numa tarde, ela vivia então com um homem de negócios havia muitos meses, abandonara o palco, vivia numa bela mansão moderna nos arredores chiques de Munique, móveis de palissandra... ela estava só, tocando piano, quando soou a campainha: o rapaz silencioso de blusão de couro estava ali, tímido, os olhos ligeiramente puxados, uma encantadora e fina cicatriz no lábio superior esquerdo, acompanhado por duas jovens.

— Bom dia...

Uma vozinha doce, foi uma das moças que falou, ele, no umbral, tinha os olhos no chão ou olhava de través, a cabeça baixa, e depois também para dentro da casa: as paredes cobertas de palissandra, a grande folha branca da partitura sobre o piano era o que mais parecia intrigá-lo, fasciná-lo, como se fosse um objeto estranho, todo um mundo desconhecido para ele.

— A gente... ele gostaria...

— Sim, eu... eu gostaria... escrevi uma peça... se chama *Katzelmacher*... A senhora faz parte... é uma cantora numa cidadezinha e a cantora, por sinal, se chama Ingrid...

Não, ela não queria:

— Obrigada... não posso... não creio... enfim... vou pensar... obrigada... um dia, quem sabe...

... E dois anos depois... "Ele estava sentado à mesa do café-da-manhã, depois de nossa primeira noite juntos, ele me esperava, coisa fora do comum para ele no dia-a-dia, com uma camisa branca bem engomada, bem passada. Eu desci as escadas, entrei na sala, ainda não tinha me sentado: 'Agora temos de nos casar!'. Ele disse isso sem me encarar."

De onde se encontra, em uma lateral da sétima fila, Charles pode observar ao mesmo tempo toda a sua evolução em cena e o detalhe de seus gestos. Ele vira quantas vezes aquele espetáculo? Cinqüenta? Cem? Mesmo que ela não fizesse nada, mesmo que mexesse só um ou dois dedos, atraía o olhar. Ela estava ali e não estava. Como conseguia? A verdade é que, para chegar a esse ponto, é preciso saber isolar-se em cena... e finalmente, sua antiga doença, quando ela estava só, com sua pele dilacerada, o mundo tão longe, lhe dera para sempre aquele distanciamento, aquela "solidão" que, hoje... mas uma distância que não excluía o prazer. "Eu estava do outro lado da vida e tudo nela me parecia um jogo." Aquela doença era, pois, também, uma oportunidade. Agora ela estava cantando "Nana's song": *Où sont les larmes d'hier soir, où est la neige de l'an passé*, e contrastava o lirismo da canção com uma interpretação um tanto fria: ela ia para a direita com um certo número de passos, um agrimensor, com um movimento de mão que faz uma aeromoça da Lufthansa: ela não esconde o que faz, acentua o gesto, desenha o espaço, o seu, no Espaço, era a lição de Brecht que, por sua vez, aprendera com os orientais, com os chineses, os japoneses, e havia uma outra lição que ela aprendera também com eles: como respirar: "Deite-se na mesa, de costas, vamos, respire forte, pense num cachorro: ele está cansado, correu muito... mas o queixo está relaxado, bem relaxado, pense que você é um peixe que respira, isso, assim, um cachorro cansado, um peixe, sem nenhuma tensão... bem natural... um cachorro e um peixe". "Conheci a sobrinha de Herrigel, fazíamos parte do coro de Christkönigskirche, a igreja de Cristo Rei, tínhamos catorze, quinze anos, ela me deu para ler o livro de seu tio: *A arte cavalheiresca do arqueiro zen*."

"'Adiante!... Vamos! Vamos! Não tenha medo... Você vai conseguir!', grita o Barão em pé, atrás de sua pequena Cameflex. Eu ando calmamente sobre a fina camada de gelo do lago de Englischer Garten, o vento seco e quente vindo dos Alpes fizera a temperatura subir quinze graus em poucas horas, o ar estava quente e agradável, estou diante do pôr-do-sol, púrpura, ofuscante, afasto-me de costas, lentamente, suavemente, com um vestido de musselina lilás. É exatamente o mesmo lugar onde tive esse sonho: eu era um poodle patinando sobre o gelo, um belo cão inútil, mas agora sou eu mesma, a máscara do cão caiu, só que, como pano de fundo, em segundo plano, havia a Torre Chinesa, seu telhado de pagode. 'Venha mais... um pouco mais...!'

"Voltei ao lugar do meu sonho, sete, oito anos depois, devo ter vinte e oito anos, mas agora não estou ligando para ele e cada vez mais lhe dou menos importância, meu sonho virou um filme: *Johanna auf dem Eis*, Johanna sobre o gelo, é o seu título. O Barão transmite confiança, seu gosto por uma beleza escondida, ali onde pensaríamos não existir: no limite do ridículo, do mau gosto. Com meu vestido de musselina lilás, diante do sol, meus gestos são um pouco inseguros por causa do medo de escorregar, medo de que o gelo se parta e eu caia no lago: a grandeza sublime que se esvai em segundos! O grotesco e o sublime, um belo canto interrompido, o desafio, a voz, o movimento para a desmedida, quase saindo dos limites, ali onde tudo pode desmoronar... mas não! O gênio do Barão é saber passar muito rápido e naturalmente de um ponto a outro, dar com alguns toques a impressão de luxo que termina num maneirismo contido: seis, sete filmes baratinhos, uma mistura de estilos, clássico, kitsch, lírico, popular, a trilha sonora que os acompanha, trechos em que se podem ver os pontos da colagem. 'Vamos! Cante mais alto! Mais alto! Mas eu não consigo, é alto demais para mim, não sou cantora de ópera.' 'Você consegue... você consegue!' Faço um gesto. 'Sim, exatamente, assim, muito bem, assim!', grita de longe o Barão, como se aquele gesto, aquela entonação, estivessem em sua cabeça e eu os fizesse sem ele me dizer nada, misterioso elo telepático entre o cineasta e sua atriz."

Ela amara tanto, ela amava tanto, ela ama tanto ainda o

ruído da câmara, o doce ruído, o intervalo entre o grito de "câmara!" e "corta!", um tempo, um espaço diferente, sagrado, aquilo lhe lembrava o rumor das igrejas, e ela ligada por fios invisíveis a uma maquinaria complexa de engrenagens humanas: engenheiro de som com seus fones de ouvido, chefe de operação, cameraman, diretor, *scriptgirl*, o deslizar da grande máquina negra nos trilhos de travelling em torno dela, como os vagões de trem de Saarbrücken, e se fosse preciso recomeçar a tomada várias vezes, para ela nenhum problema, sempre gostara dos exercícios: Estudos de Clementi, Exercícios de Bach, no começo, com Gieseking... o mundo se traduzindo em formas, o que a acalmava de seus terrores primitivos, seu rosto, seu corpo destruído, deformado no tempo da guerra e depois.

Carla Ila Magda Ingrid: quatro jovens oriundas de horizontes diferentes vão tentar a sorte em Munique. Energia de sobra, alegria, ironia e um pouco de *Sehnsucht*, melancolia bem alemã, spleen em relação ao futuro, eis tudo... Mas todas elas brincaram, em criança, entre as ruínas de seu país. Elas sonham, querem fazer coisas novas, sim, nada contra, mas aquelas ruínas ainda fumegantes, poeira de ossos deixada para trás por seus pais, elas não iam fazer de conta que aquilo não existia, jogando tudo no esquecimento ou ignorando as excrescências, elas iam assumir os escombros, encará-los sem medo, vesti-los, se preciso, exibi-los um pouco entre os sobreviventes, aqueles sobreviventes, evitar que bem depressa se achassem "limpíssimas", ter um pouco o espírito do *Schmutz*.

"Aquilo nos perseguia. Morávamos bem ao lado e aquilo dava medo, voltávamos ao assunto freqüentemente. Naquele tempo, todo dia tomávamos o café-da-manhã no jardinzinho da casa. Carla, Magda, Ila e eu, de rolo nos cabelos, despenteadas, conversávamos bobagens, depois acendíamos nosso cigarrinho de maconha com filtro e víamos a vida cor-de-rosa. E, naquele domingo, Magda disse: 'Agora vamos lá... vamos lá ver'. Ela sempre gostara do desafio, do confronto, mesmo e sobretudo se tudo terminasse no grotesco, sobretudo se terminasse diferente, adorava o inusitado, tinha isso dentro dela, era uma coisa física, a arte da transgressão. Esta não iria tardar. Era um dia bonito, naquele começo de tarde, e Ila, talvez para tomar coragem, já devia ter bebido um pouco porque, mal tínhamos dado a partida, nossos carros iam tranqüilamente, um seguindo o outro, quando vimos o grande Volvo se afastar pouco a pouco da pista, bem lentamente, como se ela tivesse cochilado, tivesse desistido do passeio. O carro parecia que nunca mais iria parar, era curioso, debaixo daquele sol, e terminou caindo direto num buraco, parecia até que ela tinha calculado com precisão aquela trajetória e, para concluir, bateu tranqüilamente contra uma árvore, igual a uma pelota batendo na quilha. Mal tínhamos saído de casa! Nós a ajudamos e retomamos a estrada. Havia uma placa indicando DACHAU 5 KM. Chegamos e cada uma fez sua visita individual. Carla foi a primeira a entrar: era uma loura baixinha, sexy, cheia de verve e vitalidade, um pouco ácida, suburbana, gostava de cantar muito alto, um pouco desafinada mas dentro dos limites, cheia de força, séria e divertida. Era o seu jeito. Cada um devia se fazer a seu modo: e com o material que nos legaram! Ela se foi por entre os fornos, pesados blocos de ferro fundido, e leu bem alto todos os nomes nas placas e também um poema que alguém tinha escrito na parede, como grafites numa caverna perdida. Quanto a mim, não consegui ficar. Quando saí, vi Magda vomitando, em pé, a cabeça pendente, sem se apoiar em nada, muito nobre, muito digna, num de seus bons vestidos de seda da casa Daisy, onde lhe davam descontos. Não falamos nada, paramos para comprar vinho numa mercearia, pegamos de novo a estrada, paramos e descemos, havia uma bela floresta, era um dos últimos dias ensolarados de outono, e caminhamos lentamente sem dizer uma palavra, só o som das folhas mortas que estalavam sob nossos pés, e chegamos a uma pequena clareira, as árvores tinham sido cortadas e abatidas e havia uma luz coada, raios de poeira. Sentamos nos troncos e ficamos muito tempo caladas, a garrafa de vinho passava de mão em mão, e bebíamos no gargalo. Ila, deitada sobre as folhas, brincava com pedacinhos de cortiça, lascas de madeira, jogando-os para o alto. Magda estava ao meu lado e me deu um empurrão nos ombros e na bunda, rindo nervosamente, e eu caí no chão e me levantei e me sentei no mesmo lugar e ela me jogou de novo no chão, sempre rindo e eu lhe disse: 'Pare, Magda, chega!'. E assim ela parou com aquela brincadeira idiota.

"Daquele domingo no campo em Munique, lembro do carro deslizando suavemente para fora da pista, como se a trajetória fosse meticulosamente calculada, uma linha que se encurva, o carro parecendo agir sozinho, e depois lembro de Magdalena, que me fazia cair e ria, dois episódios engraçados que apagam os outros. Entre esses episódios havia alguma coisa como uma mancha branca num mapa geográfico, um país sem nome, inexplorado, inominável mesmo, ou uma zona escura no cérebro, inconfessável. Tudo estava ali, exposto plenamente à luz, luz demais sempre cega, ficava uma zona de sombra. O episódio central, o que era importante, o objetivo, tinha se apagado, só ficou o menos importante, o acidental, o que estava antes e o que estava depois, pequenos detalhes, em suma, como se tivéssemos que ficar girando em torno dessa inverossímil verdade. Eu ouvira contar muito tempo antes, era ainda adolescente, que violinistas recebiam os passageiros dos trens com um tango, para iludi-los, ou então, com a voz de Rosita Serrano, o 'rouxinol chileno', que cantava para eles "La paloma", e isso não saía da minha cabeça, embora não tivesse nada a ver com a minha vida: os cigarros de haxixe, os primeiros papéis no teatro, no cinema, as amizades turbulentas e alegres. Sim, eles foram levados ao som dos violinos para que ninguém ouvisse seus gritos, um quê de estética kitsch. Muitas músicas só servem para nos iludir.

"O trenzinho passava e repassava na minha memória: *Lá vai o trenzinho pelos campos, o trenzinho vai apitando...* Quando os Rita Mitsouko cantavam isso nas rádios, na televisão, eu revia o vagão para animais no qual eu fizera, com minha mãe, minha avó e minha irmã, o trajeto em sentido inverso, tinha quase certeza disso, ao daqueles que, ao descerem, eram recebidos com "La paloma". No fim da guerra, consertaram o mesmo trem meio abandonado. Havia muitos lugares vazios, não havia ninguém para a viagem de volta, havia lugares de sobra... talvez alguém tivesse me cedido o seu, uma outra garotinha? No vagão fechado para animais, lacrado com a corrente, deviam ter recitado os versículos da Torá na ida, e, na volta, Katharina, minha avó, recitava salmos do Novo Testamento. As bombas em Kiel tinham sido para mim um misto de excitação e angústia, as ruínas do pós-guerra, alguma coisa de formidável para uma criança, até que eu viesse a saber sobre os campos de concentração...

"Quando Magda me empurrava rindo e eu caía no chão e... Magda era Marie Madeleine: Magdalena Monctezuma, a atriz do Barão, o Barão havia posto esse nome, naquela época se mudava de nome, como na Factory... Ela tinha dois: Marie Madeleine e Monctezuma: a generosidade e a dedicação da santa puta, e a altivez, o perfil orgulhoso, heráldico, os grandes traços evocadores de uma asteca, meio selvagem. De origem simples, antiga garçonete de restaurante, sempre elegante, bem-humorada mas nunca zombeteira. Por isso era curioso vê-la se comportar de repente como uma criança. Por que dizer outra coisa? Foi bem assim que aconteceu, foi o que ficou na minha memória, mas não tem nenhum sentido contar essas histórias... Às vezes, só muitos anos depois é que vemos seu efeito, de forma inesperada, sem saber por quê.

"Havia apenas o trenzinho, havia um sonho que eu tivera e que voltava regularmente: estou em nosso banheiro de Saarbrücken que é bem amplo e retangular. Os WC, que na realidade estão numa anfractuosidade, no meu sonho são substituídos por um forno e a entrada da anfractuosidade está fechada. Estou com minha mãe e minha avó, todas três nuas. E sempre é a mesma cena, lenta e rápida: minha avó está entrando no forno, as toaletes, os fornos-toaletes, minha mãe e eu esperamos, nuas, sentadas num grande baú de madeira pintada que serve para colocar roupa suja, no outro lado do banheiro. Eu nunca conto esse sonho, ele é muito transparente: ele cria sub-repticiamente um elo entre nós três e algumas pessoas que tinham ficado nuas, mas em outro lugar, longe dali. Tenho quase vergonha do meu sonho: nosso banheiro tinha uma banheira com pés de porcelana e o chão era um mosaico feito com pequenos ladrilhos brancos e pretos, nas paredes verde-água. Mas sempre que retorno a Saarbrücken, à nossa casa da rua de la Fontaine e vou ao banheiro, revejo esse sonho."

Só a mão com a corrente, apoiada na parede, está dentro de um pequeno círculo de luz, ao longe, bem ao fundo, lá aonde, em princípio, não se vai, atrás daquela parede, está a rua. Ela está de costas. Música! É uma canção em dois ritmos: a estrofe em 2/4, o refrão em ritmo de valsa. Ela chegará ao proscênio em três tempos. Lá, ela se requebra, de forma um pouco vulgar, depois se dirige para a ribalta.

Das Handtuch ist so dreckig und die Asche verstreut,
Aus dem Radio die Stimme von Brenda Lee

A toalha está tão suja e as cinzas espalhadas,
Na rádio a voz de Brenda Lee

Ela puxa um pouco nos rr, que vibram no céu da boca. Ela faz nascer em sua língua uma outra língua, a de seu próprio corpo. Começa uma frase com um sotaque *hochdeutsch*, alto-alemão, e conclui numa sonoridade iídiche, e passa, num minuto, da água para o vinho. Ela embaralha os gêneros, gosta dessa mistura, dessa mudança de tom dentro de uma canção. Avança pela ribalta, cinco dedos apoiados no quadril: o gesto das primeiras cantoras de saloon parodiando os caubóis, mão na coronha do colt, busto um pouco inclinado, voz vulgar. Com um passo lento, ela arrepanha a longa cauda do vestido, enrola-a, amassada, no braço, o que lhe descobre as pernas, e de repente está de míni! Às vezes, ela se irrita com tanto pano, com tanto pano preto!

Ao refrão da valsa se acoplam três acordes que lembram o som do cilindro perfurado dos pianos mecânicos:

Oh! Kinder das ekelt mich an
Das riecht und stinkt
Und das nennt sich Mann

Oh, crianças, elas me dão nojo
Exalam odores, fedem,
E a isso chamam homem

Pois é! Talvez. Mas toda sexta-feira, ela vai ao hotel, pois "As mulheres acham que o amor governa o mundo: o que dá para ver como elas não batem bem".*

Rainer, ela contara a Charles, que nunca se cansava de perambular pelos hotéis, escreveu essa canção no Chelsea Hotel, em Nova York, aonde fora com ela. "Conhecíamos todo tipo de hotel, viajávamos juntos mesmo depois de divorciados, alguns eram de luxo, outros nem tanto, alguns eram deploráveis:

"Park Hotel de Bremen, onde se jogava '*Mensch ärgere dich nicht*', Oh! homem, não te aborreças, um jogo de dados completamente idiota, mais ainda que o 421, mas que o deixava por demais excitado, como se fosse uma questão de vida ou morte, ele transpirava tanto que depois tinha de tomar banho.

"Parco di Principe, em Roma, onde ele procurava uma solução para um roteiro e eu cantara para ele, séria, com o dedo erguido, dois versos de uma canção tola da moda: *Da muss man nur den Nippel durch die Lasche ziehn,/ Und den kleinen Hebel ganz nach oben drehn*, 'Basta enfiar a lingüeta do abridor de latas na ranhura,/ E puxe a ponta para cima, mas, furioso, ele pegou a televisão para jogar sobre mim e ela caiu nos pés'.

"Grande Hotel de Istambul, onde, no meu aniversário, ele me deu toda uma linha de jóias feitas de casco de tartaruga, colar, anel, pulseira, e lá lemos o livro de Erich Fromm sobre as necrópoles e também uma biografia de Lilian Harvey, que fora atriz e cantora como eu, e ele tinha o projeto de filmar sua vida comigo no papel da 'queridinha da Alemanha'.

---

* R. W. Fassbinder, *Écrits divers*.

"Hotel Tropicana, Los Angeles, quarto 27, onde não havia TV mas uma enorme geladeira verde toda angulosa como um Cadillac e o hotel em frente ao Caesar Palace, em Las Vegas, onde ele queria se casar pela segunda vez comigo e tinha comprado para mim um vestido branco 'made in France' com lírios pintados e,... não, mil vezes não, eu não queria de jeito nenhum começar tudo de novo, e diante da janela havia um sapato gigante em neon vermelho que girava no meio do deserto."

"Mais um hotel, por favor!", disse Charles.

"Grande Hotel em Taormina, antigo monastério, onde, de smoking, ele havia proposto a Romy Schneider, no jantar, um projeto de filme, do romance *Kokaïn*, que devia se passar no ateliê de Paul Poiret, o costureiro, mas os dois morreram e o projeto também.

"Hotel Carlton de Cannes, durante o Festival, onde ele usava um Armani todo em cores superpostas: bege, verde-claro, malva, castanho. De linho."

Mas foi do Chelsea Hotel que ela guardou as lembranças mais precisas, o quarto 100: o rosto é bem harmonioso, apesar do nariz um pouco rude, a boca um pouco fina — mas estava na moda —, a testa bem grande, sinal de inteligência superior, dizem. Estamos falando de Goethe, sua efígie na nota de quinhentos marcos. Rainer observa longamente aquele rosto de traços nobres e clássicos. Justamente na bela testa, há uma mancha branca que vai até o olho, uma mancha, algo como lepra, algo carcomido ou uma doença de pele, uma despigmentação e uma mecha de cabelo parece peroxidada, descolorida, branca. É isso que ele observa. Sim, mas não se trata de nenhuma mancha, é pó, cocaína. Fassbinder espalhou cocaína pelos cabelos e no olho de Goethe, mas não propositadamente. Faz um canudinho com a cédula, coloca no nariz e aspira: brusca descarga de dopamina, neurotransmissores em estado de alerta, luzes o.k., decolagem em alguns segundos, bem-estar instantâneo, alegria de viver, a *Sehnsucht*, esse spleen alemão, deixa de existir. Ele esquece o peso do corpo. Flutuar, um vazio na cabeça, ele decolou para... o presente perpétuo, o presente sem nuvens.

Mesmo de passagem, seus cupinchas conseguem o pó, que vem misturado, às vezes, com lactose e até com um pouco de cianureto. E como cheira! Os quinhentos marcos, marcos do Leste, estão misturados com outras cédulas, pacotinhos de dólares jogados sobre a cama, sobre a mesinha-de-cabeceira, por toda parte, como depois de um assalto. Ele coloca aqueles pacotinhos nos bolsos, em todos os bolsos, um verdadeiro escudo, um escudo de dinheiro. Ele prefere ser pago em dinheiro vivo pelos produtores, a cada quatro dias, ele nem os vê, deixam o dinheiro atrás da porta, como se deixa uma refeição. "Ele tem uma relação abertamente erótica com o dinheiro", diz ela. "Não era esse dinheiro abstrato de hoje. Ele é como os mafiosos, gasta-o sem dó nem piedade, e ele diz, como eles, que morrerá jovem."

Diante da cama, a televisão. É um novo canal: vinte e quatro horas por dia, esporte, informações, casos violentos, parece não haver mais espaço para as boas notícias, ao fundo, música clássica contínua. *All news all the time*. Na barra da tela, da direita para a esquerda, escorrem signos esotéricos como códigos de computadores, uma escrita antiga indecifrável, hieróglifos: as cotações de Wall Street, o dólar, Dow Jones, sem parar.

Ingrid voltou tarde da noite, três, quatro horas da manhã. Saindo do elevador, ela pegou o corredor meio escuro, no fundo do qual se lia EXIT em implacáveis letras vermelhas. Ela caminhava depressa, insegura nos sapatos muito altos, tomara muita droga: *poppers*, LSD, cocaína. Abriu a porta do quarto. Rainer *ainda não* tinha voltado. A televisão sempre ligada, sem o som, as notícias quase sempre as mesmas. Ela foi tomar um banho. Deixou o banheiro com as luzes apagadas: com a porta aberta, a luz da televisão e a da rua bastavam. Entrou na banheira, sentou-se. Talvez, antes dela, outros hóspedes do Chelsea tivessem se sentado naquela posição, naquela banheira: Smith Patti, cantora, Mapplethorpe Robert, fotógrafo, Thompson Virgil, compositor, Thomas Dylan, poeta, Vicious Sid, assassino músico. Seus olhos levaram um tempo para se acomodar à escuridão e ela não as viu imediatamente. A princípio, parecia uma toalha preta, depois ficou nítido: baratas! Centenas de baratas! A banheira escureceu! O efeito das drogas a deixava imóvel, completamente. Ela percebia somente uma zona escura e fervilhante. Estava petrificada. Aqueles pequenos ortópteros de hábitos noturnos e movimentos rápidos tinham sido surpreendidos pela água e estavam agora mortos ou — dava no mesmo — gravemente feridos. Uma hora depois, ela continuava na banheira, agora fria, sempre imóvel, dezenas de baratas se mexiam na palma de sua mão aberta, apoiada na borda da banheira. Quando Rainer entrou, na escuridão, ele viu de longe a cama intocada. Preocupado, se perguntou onde ela poderia ter dormido.

— Ingrid!

Do banheiro veio uma voz fraquinha:

— Estou aqui! Estou aqui!

Ele não fora sempre o senhor feudal que reina sobre sua súcia de empregados e que repetia *"Alle Schweine!"*, todos uns porcos, e quando Ingrid lhe perguntava: *"Und du?"*, e você?, respondia *"Das Oberschwein"*, eu, o superporco! Quando se conheceram, ele era um rapaz calado e tímido que observava tudo de seu canto. Isolava-se. Quanto a ela, ainda traz seqüelas de sua doença: pareciam uns João e Maria retardados: a intocável e o mudo, já se passara muito tempo desde a manhã daquele inverno em que ele usava aquela camisa branca bem passada. Apesar de suas crises descontroladas de ciúme e de seus rompantes de raiva, ele não deixava de ser sempre atencioso e delicado com ela, como antes.

 Aquela voz que ele ouvia agora não era a do medo, mas a de alguém que, num átimo, vislumbrou o horror de um outro mundo, o horror do nosso mundo. Ele se aproximou da banheira, ela estava imóvel, não queria sobretudo se mexer. Atrás daquela couraça, ele era um homem que dominava a linguagem: logo encontrou a palavra de que precisava. Era um simples adjetivo, um dos mais simples, simples como um bom-dia: "claro". "Venha, lá fora está tudo claro." Fassbinder pegou o lençol que fora buscar rapidamente e o abriu diante dela, depois a envolveu completamente. Como um médium que obedece a uma sugestão, ela se levantou lentamente, mecanicamente, ele a segurava pelo braço, e se dirigiu para a cama: ela ia em direção à CLARIDADE. Naqueles momentos posteriores a uma crise de angústia, ela ficava indefesa, toda entregue ao abandono e receptiva a coisas esquecidas e, talvez mesmo, ao inusitado: o lençol que cobria os altares das igrejas, onde, quando criança, ela tocava órgão — o *Leinentuch*, o mesmo que sua avó comprava para a casa, na loja de artigos eclesiásticos, estava associado ao *Leinwand*, o lençol que servia de tela para projeção de filmes, a grande tela — a *silver screen* dos americanos — aquilo lhe lembrava as imagens do cinema, todas as imagens do cinema que ela apreciava: preto-e-branco e mudo. No dia seguinte, Rainer se levantou cedo, tinha um encontro na Nouvelle Nouvelle Factory: a NNF.

Sentados lado a lado, num pequeno divã Chesterfield, Warhol e ele ficaram muito tempo em silêncio, ignorando os vaivéns rápidos e decididos dos assistentes: estudantes com blazers Brooks Brothers e gravatas com os brasões de suas universidades: Yale, Harvard, UCLA. Agora, os dois falam no tom educado de bons meninos, um olhando para o outro. Rainer, desde algum tempo, vinha colecionando bonecas antigas. Por seu lado, o vampiro empoado escondia um coração de criança: à sua coleção de vasos de cookies de porcelana antiga e de Mickey dos anos 20 de terracota, estava querendo agora acrescentar uma daquelas deliciosas bonecas da Boêmia. Ele quer até fazer uma troca. Por sua vez, Rainer, um tanto esnobe, gostava dos pequenos fetiches do Mestre. Era capaz de tudo para satisfazer as próprias fantasias: foi assim ao sair da igreja Santa Sofia, quando comprou dois macacos a um vendedor na feira de Istambul para dar a Ingrid como presente de noivado e depois os queria colocar num filme, mas quando gritara "Ação", os macacos puseram-se a correr e a saltar. Ele adorava conseguir tudo na hora. Isso era mais importante do que o sexo nas saunas e nos clubes especializados para acalmar suas ansiedades mais profundas. O homem da máscara de cera foi o primeiro a falar: "Troco três Mickeys por uma boneca". O *Wunderkind* do cinema alemão abriu lentamente uma mão gordinha de Buda: cinco! O papa da pop art esboçou um sorriso olhando aqueles dedos um pouco curtos. Ele sorria também porque encontrara no outro um igual: não só um bom comerciante, mas também um artista. *The best art is business art.*

— Então três Mickeys mais um vaso bem grande de cookies.

Rainer, *ganz schweinchenschlau*, porquinho sagaz, deu o troco: abriu de novo a mão sorrindo por trás de seus finos bigodes de velho chinês astucioso, um pouco gângster: ele sabia que o outro escondia, em sua mansão, dezenas de Mickeys, em meio a um amontoado de objetos onde aconteciam os encontros mais inesperados: crânios humanos e solitários de diamante em gavetas de fundo falso. Os objetos da coleção tinham tomado conta da casa, a ponto de ele e a mãe terem ido parar na cozinha. Warhol cedeu! Negócio fechado! Enviados ao mesmo tempo de Munique e do aeroporto Kennedy em vôos transatlânticos, a preciosa boneca e os bichinhos de grandes orelhas e cauda longa se cruzariam nos céus. Mas Andy não estava completamente satisfeito. Alguém o tinha enfrentado no mundo dos negócios, e, ainda mais, um representante da Velha Europa, meio gordinho e doido por doces. Sentado na beira do sofá, o ascético albino nova-iorquino, que vivia de sopas Campbell, Coca-Cola Light e camarões congelados — e, excepcionalmente, de forma bem controlada, de um bombom ou outro — e que se entretinha com shiatsu, ajeitou com o anular sua peruca:

— Fassbinder, o senhor nunca faz ginástica?

Foi assim: agora, Rainer estava sentado, ao pé do edifício da NNF, todo largado num banco, os braços sobre os joelhos, uma verdadeira pedra. Uma voz tímida dirigiu-se a ele:

— Por favor, o senhor não é o famoso Fassbinder?

Sem levantar os olhos, ele respondeu baixinho, como se sussurrasse:

— Você acha que se eu fosse o famoso Fassbinder, estaria aqui sentado, em pleno dia, em Nova York, sozinho num banco?

Um jovem negro passa assoviando bem alto uma música dos Ramones que se funde lentamente a uma espécie de som distante de panelas desabando...

Sim, era um ruído de panelas desabando! Mas de onde poderia estar vindo aquele som de talheres e caçarolas naquele lugar tranqüilo e silencioso, o hotel Scribe, em Paris, que fora a sede do fechadíssimo Jockey Club, onde a menor falha significava exclusão e onde, antes, em 1895, os irmãos Lumière tinham apresentado o primeiro filme da história do cinema, a chegada do trem à estação La Ciotat, mas em silêncio, um silêncio quase religioso, recolhido, assustado, ouvia-se até o discreto zumbido do projetor, de onde saía um raio hipnótico levando as imagens assustadoras e mágicas?

O carro de Sua Eminência acabava de deixá-la diante do hotel, onde ela entrou, seguida do rapaz com a bagagem, recebida com cerimônia pelo diretor, a suíte fora reservada pela Maison Saint Laurent, e, no alto da escada que levava ao elevador de serviço, uma das malas, a de xadrez verde e branco de papelão reforçado, quase estourando de cheia, se abriu: a criadagem e alguns clientes levantaram a cabeça, tão abismados quanto os que viram o trem chegando a La Ciotat, e viram toda uma bateria de cozinha rolar pelos degraus, um som metálico, panelas rolando pela escada, de todos os tamanhos, e também facas garfos colheres, como saídos do nada, um tropel de objetos repentinamente vivos.

Ela fora a Paris para representar uma rainha, a suíte foi colocada à sua disposição pela Maison Saint Laurent, sinônimo então de elegância absoluta, ela é sua protegida, e é uma dona de casa preocupada — nunca se sabe, de repente pode-se precisar de uma panela —, que carrega seus apetrechos de cozinha, que chega daquele jeito em Paris, naquele hotel de luxo. Estamos de repente numa cena de comédia americana à *Gold diggers*: a pobre jovem ingênua provinciana vai tentar a sorte na capital — dias difíceis numa pensãozinha de Washington Square —, amor romântico, recitais, hesita entre o belo jovem galã e o produtor — *dandy ou daddy* —, terminará nos braços do *daddy* multimilionário que triunfou na Broadway, o nome em neon, o jovem pombinho volta para sua Idaho. Na noite da estréia, ele pronuncia as palavras fatais: "Para cada coração destruído em Idaho, acende-se uma luz na Broadway".

Ela não sabe o que fazer: pedir desculpas? Explicar-se? Ajudar a apanhar dois garfos e uma panela? Rir? Ela ri! Pensa no pai: durante a guerra, jovem oficial da marinha no mar Báltico, de bicicleta pela estrada, ele ouve as sirenes de um alerta aéreo, salta da bicicleta, esconde-se no fosso, com uma panela na cabeça, logo vê que ela está sem fundo, está furada. Parece mais o cabo do exército francês em retirada: Fernandel em *A vaca e o prisioneiro*, Carette em *A grande ilusão*, do que um Oberleutnant da Kriegsmarine, mas ele amava Pigalle, Joséphine Baker, o Moulin Rouge. E remar no rio Loire.

Mais que o espetáculo, era o som que era sacrílego, sobretudo para uma cantora, um som vulgar — "ela canta como uma caçarola" — um som um pouco estranho — "seu passado precisa ser esclarecido, aquela mulher carregando panelas" — e sobretudo ali, totalmente fora de lugar, sem relação com aquele ambiente vetusto e luxuoso — tapetes, tapeçarias, criadagem uniformizada: aquele hotel emitia um ruído que não lhe era familiar, um pouco ríspido, angustiante, irritante aos ouvidos, um hotel ventríloquo. Aquilo talvez lhe lembrasse os domingos, sua mãe cozinhando, e o ruído das panelas vinha se misturar com Liszt, a "Rapsódia húngara", que seu pai sempre tocava, sem interrupções, trancado no salão ao lado. Aquilo deve ter ficado em algum ponto de seu córtex. Uma panela se chocou contra as barras do metal do corrimão e parou, estupidamente.

Há uma foto de Marlene Dietrich que ela deu a Hemingway:[*] ela aparece com as pernas de fora, sentada, como no

---

[*] Ele havia descrito Marlene em *Ilhas na corrente*: "Eu a vi pela primeira vez

famoso anúncio que fará mais tarde para os casacos de pele Blackgammon, a cabeça inclinada, no ponto exato, em semiperfil, uma linha seguindo nariz-boca-queixo, o suficiente para identificá-la logo, como identificamos um logogrifo, uma sigla, um pictograma, e ao lado de suas célebres pernas nuas cruzadas, que ocupam o espaço e que a Lloyd segurou por cinco milhões de dólares, ela escreveu: *I cook too*. Teriam eles sido amantes? Amigos? Amor cúmplice? A velha história que fascina as multidões: o escritor e a atriz, ou a cantora, D'Annunzio e a Duse, Miller e Monroe, Gary e Seberg, Shepard e Jessica Lange, Philip "Portnoy" Roth e Claire "Limelight" Bloom, as núpcias do verbo com a carne, intrigantes, enigmáticas e tumultuosas.

Dietrich aprendera, quando jovem, violino, aquele ar de soldadinho prussiano violinista foi o que deve ter seduzido Hemingway, tinha um jeito de balançar um pouco os ombros e jogar o busto para a frente, mas isso não a impedia de ter um olhar sedutor, a boca insinuante, um quê de ironia: inesquecível! *Daring and manners!* Audaciosa e reservada. Eu ia esquecendo o cigarro que ela segurava com a ponta de três dedos, ao jeito do povão, um pequeno toque abastardado, vestida *totchic* e um ar Potsdam.*

Hemingway? Para concluir, talvez não fosse para ele a foto autografada por ela, mas para um outro de seus homens: Erich

---

num carro. Vi o carro parar. E o porteiro abrir a porta traseira e ela descer. Era ela. Ninguém mais podia descer daquele jeito de um carro, rapidamente, com naturalidade e elegância, e ao mesmo tempo parecia que ela estava fazendo um grande favor à rua ao pisar seu chão. Muitas mulheres tinham tentado durante muitos anos se parecer com ela e algumas até que foram bemsucedidas. Mas, quando a víamos, todas as mulheres que se pareciam com ela não passavam de imitação. Ela usava, então, um uniforme e sorria para o porteiro e lhe fez uma pergunta a que ele respondeu alegremente enquanto assentia com a cabeça. Aí, ela atravessou a calçada e entrou no bar".

* Marlene e Hemingway! Teriam eles sido...? Não teriam? Como se dizia nos velhos tempos: "São eles?...". *That is the question*, que todo mundo se coloca

Maria Remarque ou Fleming, o descobridor da penicilina? Gabin? Ou, quem sabe, para Mercedes de Accosta, lésbica excêntrica? Ou tão simplesmente para um fã anônimo? Pouco importa, tudo faz parte do passado, a jovem mulher das panelas é também uma fumante inveterada, que fuma um cigarro atrás do outro numa piteira comum de baquelite Denicotea, de vinte e cinco francos, que se acha em qualquer tabacaria.

Ela ri ainda no elevador e no momento em que, precedida pelo diretor, entra na suíte, fica estupefata com o que vê: lírios sobre o criado-mudo, sobre o birô, sobre o console, no banheiro, na entrada, por todo canto, tudo branco de lírios. Suíte branca: Yves saúda a rainha! Depois das panelas, os lírios! Um bom título se ela escrevesse um dia suas memórias, uma biografia, a irmã de Zza Zza Gabor, Eva, tinha escrito a sua, *Orchids and salami*.

Ela passava do grotesco ao sublime, parecia um daqueles filmes disparatados de seu amigo Werner Schroeter, a quem chamavam, ninguém sabia por quê, o Barão: *Salomé* de Oscar Wilde, *A morte de Maria Malibran*. Sua chegada a Paris só podia ter sido daquela forma, mas, para falar a verdade, seu jeito de ser estava mais para o inverso, iria dos lírios às panelas, como se uma frase muito "bela" — como esta, por exemplo — fosse de repente interrompida, mas mesmo assim continuasse "bela", este ritmo retórico que me persegue, excessivamente cadenciado. Ela, em cena, com um simples volteio de mão, seguido de um brusco giro do pulso ou de um leve chute no ar — algo roubado ao flamenco —, sabia, com precisão, estancar qualquer virtuosismo, secamente, soberanamente, dar o tempo exato a cada

---

por toda parte, tentando adivinhar... um homem, uma mulher que entram num restaurante, ainda mais se é um casal que não se combina... especular serve como passatempo, sobretudo quando se trata de dois monstros sagrados.

gesto, evitando assim o excesso, sim, e também caminhar em direção aos lírios, às orquídeas, e, inesperadamente, derrubar panelas e salames. Lupe Velez era noiva de Johnny Weissmuller, e, depois de uma desilusão com Tarzan, ela quer se suicidar, mas sem perder a beleza, conservar a imagem, mesmo depois de morta, por isso se penteou e se maquiou longamente. Para seu azar, os comprimidos e o álcool lhe desarranjaram os intestinos e foi com seu mais belo vestido, tirado de seu magnífico guarda-roupa, maquiada, enfeitada de jóias, parecendo mais uma exótica múmia mexicana, que a encontraram sufocada no próprio vômito, a cara enfiada no vaso. É a isso que se chama a arte da ruptura, um certo jeito de ser, como se a pessoa fizesse uma arte pelo avesso, feita da sucata, e, para falar a verdade, um utensílio de cozinha sempre pode ter lá sua utilidade. John Cage compôs um concerto para fôrma e batedor de ovos.

A cada três dias, Yves mandava novas flores, parecia um pouco a dama das camélias, sobretudo porque ela era asmática... suas antigas alergias... Ele lhe desenha roupas de rainha e ela sufoca entre lírios. *A águia de duas cabeças*: século XIX, um anarquista na Baviera, o telefone toca. É justamente de Munique: "Alô, Ingrid...", é a bela vozinha suave e adolescente de Fassbinder, que escapa daquele corpo que ele detesta, ele preferia ser uma loura alta com pele de pêssego, seus amigos o chamam de Mary, às vezes, la Mary. "Os Baader seqüestraram um avião lotado de passageiros, querem explodi-lo, em Mogadiscio." A voz chega até o quarto, infiltra-se entre os lírios, as flores brancas do hotel Scribe.

Com esta curta frase, o mundo de Siegfried, da consciência atormentada, da *Sehnsucht*, dos filhos do Terceiro Reich, penetra, como um trovão de ópera, no universo silencioso do grande costureiro, os sobressaltos, lá distante, da História, naquele mundo fechado, luxuosamente lânguido, a brutalidade terrorista se sobrepõe à brancura dos lírios. Mogadíscio! Ela está ensaiando Jean Cocteau, Yves Saint Laurent lhe desenha o figurino de rainha e ali, entre a fumaça de seus cigarros, o álcool e a cocaína, ela sufoca entre os lírios. Tudo se mistura: ela representa uma rainha de teatro apaixonada por um terrorista procurado pela polícia. É o argumento de A *águia de duas cabeças*, e o terrorista se parece estranhamente com o rei morto. Ela mal chegara, e vejam só, a vida imitava a arte! Ela viera a Paris para fugir do passado mal digerido da Alemanha, seus contragolpes, seus espectros, e eis que ele não lhe dá trégua, ali, naquele quarto. Ela se lembra de Baader e de Ulrike Meinhof, freqüentava os mesmos lugares que eles, cafés de estudantes e de atrizes. Em 1968, Ingrid havia abandonado suas partituras e atacado o prédio da Springer, depois do atentado contra Rudy, o Vermelho, e depois ela se encontrara com eles algumas vezes e quase a coisa terminava mal.

Ela era destemida no palco. Na vida, não. Na rua, uma BMW preta está estacionada sob a chuva. Dentro, no lado do passageiro está Fassbinder, gola do blusão de couro levantada, óculos escuros. Entre os dedos, o cigarro, como Bogart, leva-o à boca, aspira seco, determinado, provocante como Bette Davis. Começa tragando como ele e termina como ela — Bogart, Bette Davis: ele escolheu os dois fumantes mais maravilhosos de Hollywood. Ele tenta fazer tudo "como no cinema". "Aprendi todas as minhas emoções no cinema", declarou. Aquela noite, sob muita tensão, seu gesto está ainda mais acentuado, como num filme de dezoito imagens por segundo. Depois de ter olhado rapidamente para os lados e ver que ninguém a seguia, Ingrid entra no Mendes Bar, lugar noturno aberto durante o dia. Dentro, tudo estava numa semi-escuridão e em silêncio, não havia ninguém, só o barman enxugando os copos. Ela se dirigiu aos fundos, lá estava o Wurlitzer, os discos em pé formando um leque, prontos para serem tocados: *Rio das Mortes*, Elvis, *Du bist anders als alle anderen*, você é diferente de todas as outras, a música que Rainer sempre colocava quando iam ali. Depois ela se aproximou do balcão:

— Um scotch!
— Com gelo?
— Não!

No carro, Fassbinder estava preocupado, transpirava: não esquecia daquele bilhete que ele e Ingrid encontravam toda manhã sob o limpador de pára-brisa de sua BMW: "Cuidado! Urgente! Queremos te encontrar. Telefonaremos amanhã às oito horas da noite para marcar um encontro. Aconselhamos não faltar. Esta mensagem é séria". Rainer disse: "Vamos para a Grécia!". Ele estava com medo. Quando voltamos, tudo recomeçou, os pedaços de papel no pára-brisa. Oferecemos dinheiro. "Não, queremos ver Rainer!" Era o grupo clandestino Baader-Meinhoff. Fassbinder não queria encontrá-los. Tinha medo de ser seqüestrado. Ingrid tinha proposto ir no lugar dele. Ela era menos conhecida, portanto menos exposta.

Ela estava terminando o uísque. O homem se aproximou, vinha das toaletes. Foi até a porta e fez um sinal com a cabeça. Ingrid o seguiu. Era o emissário. Estava usando um casaco, estatura mediana, parecia... como dizer... não ter vida... corpo sem corpo... Foram para a rua.

— Onde está Rainer? Por que não veio com você?
— Onde está Ulrike?

Ulrike? Ela se lembrava sobretudo de sua voz, uma voz suave e viva, fina e bem modulada. Será que ela a tinha conservado como no formol, mergulhada que estava na clandestinidade e na linguagem dos chavões? Será a voz também conformada pelo tipo de vida, pelo pensamento?

Os outros? Ela os via na época das rondas noturnas por

Schwabing, bares, restaurantes, pequenos cinemas: Türkendolch, Bungalow, Simple, Chez Margot — Gudrun Ensslin, a filha silenciosa do pastor com ar de Greta Garbo, e Baader, ambos imóveis, de pé, ao lado do piano, bem perto da entrada, ou melhor, da saída, como se eles estivessem sempre prontos para fugir.

— Onde está Rainer? Ulrike quer vê-lo.

Ele usava óculos de aros finos, tinha uma voz neutra, monocórdia, cansada, de maníaco depressivo: um masoquista versátil que sonhava em fazer o mal. Ela apertou o trench coat. Tinha medo e ao mesmo tempo tinha uma impressão de irrealidade, e de estar atuando num filme B policial, um papel na medida para Barbara Stanwick. Parecia cena de filme *noir*.

— O que vocês querem de Rainer? Dinheiro?

— Já dissemos que não é isso.

— Então o que é?

— Queremos vê-lo.

— Não!

Ele entreabriu a parte de cima do sobretudo: no bolso de dentro via-se a longa agulha prateada de uma seringa hipodérmica.

— Está vendo isso? Eu podia te dar uma injeção e te levar.

Fechou a capa. Aquele pequeno objeto exibido inesperadamente, apenas entrevisto, deu a tudo, numa fração de segundos, uma coloração estranha, inquietante, ela foi tomada pelo medo.

"Só pode ser um script!", pensou ela, "um script!"

Ela se pôs a correr a toda a velocidade com seus saltos altíssimos. O mensageiro sumiu. Ela chegou ao carro, sentou-se ao volante e partiu. Naquela noite não voltaram para casa, foram dormir num hotel. De manhã, pegaram roupas, uma escova de dentes, e entraram num avião para Nova York, estavam acostumados a tomar decisões assim, e nunca mais falaram dessa história.

E agora? O que estava acontecendo em Mogadiscio não era cena de teatro nem de cinema. Embora ajam um pouco teatralmente, sobretudo Baader, sedutor machista. "A TV está dando", disse Rainer ao telefone. Noite, lá fora. Aeroporto. Um avião, na pista, cercado por forças armadas. Jipes. Caminhões com toldos. Helicópteros na pista. Silêncio pesado ameaçador.
Ingrid está entre aquelas flores brancas, de penhoar. Olha seus diversos vestidos nos cabides, seus sapatos. Põe os vestidos diante do corpo, olha-se no espelho. Vestidos feitos na Alemanha, corretos, corretos, sem grande luxo.
Na verdade, não acontece nada na TV, sempre o mesmo plano monótono, interminável e repetitivo como a revolução da Terra em torno do Sol, da Terra em torno de si mesma, igual a todas as revoluções: um tédio.Um caminhão vai e vem. São quatro horas da manhã. Projetores iluminam a cena, para a polícia ou para a TV? De novo, o telefone toca, é Yves: "Está só, minha rainha? Posso ir aí?". Ela o imagina na rua de Babylone, o criado marroquino, o grande Velásquez, os cachimbos de ópio: "Não, está tarde, estou cansada". "Por favor!" "Não, Yves, um beijo, até amanhã."
As duas chamadas telefônicas se entrecruzam como duas linhas melódicas e se encontram nos neurônios de sua cabeça: de Mogadiscio, via Munique, a História, ou seja, o Estado, os terroristas, os reféns e, em Paris, rua de Babylone, um palacete, a alta-costura, o universo fechado de um costureiro dândi opiômano. Isso também não é História? "Um novo vestido de Charles Frédéric Worth pode ter tanta importância quanto a guerra

de 70", escrevera Marcel Proust. Uma outra cena, vejamos: Dallas, uma bela manhã de novembro de 1963. Jackie Kennedy, em seu quarto de hotel:

— Vou com meu tailleur Chanel rosa.

O presidente:

— Você vai sentir calor, melhor ir com aquele de xantungue, de Oleg Cassini.

— Não, o Chanel me cai melhor e combina com meu chapéu, você sabe, aquele que parece um tamborim... Basta descer a capota do Lincoln.

Cena seguinte, algumas horas depois (a cena é muda): Jackie envereda, digna como uma rainha de tragédia, pelos salões da Casa Branca. De muito longe, Dean Rusk a vê aproximar-se lentamente: no tailleur Chanel, fragmentos de cérebro do jovem presidente sexomaníaco. A História, o que significa a História? A guerra, os campos de concentração, a tortura, os terroristas? Ou o hotel Scribe, o ópio, um perfume? As duas linhas telefônicas se cruzam no cosmos. *Cosmos*: em grego antigo significa ao mesmo tempo universo e adorno.

Guten Abend, gute Nacht,
Mit Rosen bedacht,
Mit Näglein besteckt,
Schlupf unter die Deck.

Ela está dentro de um cone de luz, num espaço só seu, parece um signo chinês escrito a nanquim, um risco no espaço, ela canta *a capella*. Mas, nesse hieratismo, uma pequena fissura: o que foi que ela escutou? Com o olhar ausente, ela se encaminha para a ribalta, arrastando os pés, os joelhos bloqueados, anda com dificuldade. E Charles, então, se perguntou quando a vira pela primeira vez... Sim, foi por volta de 72-73, fazia tempo! A música da moda era "Les magnolias", de Claude François, um dólar valia quase dez francos e Pierre Lazaref acabava de morrer. Mas foi onde?...

"... A gente tem a sensação de que está mesmo no Festival de Cannes!" Sentado à grande mesa no convés de seu iate, sem camisa, uma mecha caindo sobre o olho de olheira tão negra. Mazar, ao dizer essas palavras, apontava com o braço, sem se virar, a paisagem por trás dele: palmeiras, bandeiras ao vento, cartazes gigantes, todo um cenário montado: o hotel Carlton, os iates e, ao redor, as garotas de maiô e óculos de sol borboleta. E, para completar, um aviãozinho rasgava o céu azul arrastando uma faixa ondulante, feita com tecido de pára-quedas, onde se lia: STAR WARS A HIT A MUST A MITH. Sim, estávamos mesmo no Festival de Cannes.

Mazar remexeu em seu prato para escolher com o dedo o melhor pedaço de fígado de carneiro, enrolou-o e o cobriu com uma folha de hortelã e o estendeu por cima da mesa para um de seus convidados: "Excelência... à oriental!", disse ele, um brilho brincalhão nos olhos. O príncipe Phoumah sorriu polidamente, lançando um olhar circular sobre os inúmeros convivas do jovem produtor: mesmo com uma camisa colorida e de short, ele deixava transparecer um novo tipo de "chique descontraído".

— Olá, bandidos. Sente-se, Toc...

Toc era abreviatura, mas só Mazar a usava. Para os outros era Toctoc. Ele vinha do camarote em companhia do "coronel" Armand, um veterano de Biafra, dândi, perfil agressivo, um centurião místico, sonhava ainda com honra e moral. A cada cinco minutos, ele dizia: "Temos de viver como um senhor". Gros-Bébé, um gigante bonachão de um metro e noventa, já estava à mesa.

Todos usavam as mesmas camisetas brancas onde estava escrito CINE QUA NON, o nome da produtora de Mazar. Eram seus guardas e seus bufões. Só estavam faltando Blonblon e Nat', o grego, que tinham ficado em Paris. Tudo aquilo, todo aquele mundo, era o antigo grupo da Belle Ferronière, o bar da rua François Ier. Nat' se apresentava dizendo sempre: "Especialidade: infantaria grega!". Sempre de gola rulê e de mãos nas costas, como se estivesse escondendo algo ou tivesse as mãos sujas, diziam que ele tinha sido torturador. Também estavam faltando Romano, um antigo boxeador de penetrantes olhos azuis, e os dois negros a quem ele chamava Joe n$^{\underline{o}}$ 1 e Joe n$^{\underline{o}}$ 2, que usava lentes de contato azuis, natural do Togo. Joe n$^{\underline{o}}$ 1 era chofer de Langlois. Joe n$^{\underline{o}}$ 1 enganava Joe n$^{\underline{o}}$ 2 quando lhe trocava francos. Às vezes, toda aquela gente, melhor, uma parte, sumia: iam cumprir alguma "missão" — onde? Ninguém sabia muito bem... De repente, reapareciam ao lado do chefe.

Eles jantavam um pouco distantes sobre dois pedaços de mesa aproveitados e colados de qualquer jeito. A mesa era nova, tinham trazido de manhã, quando Mazar não estava e aqueles bufões-vagabundos tinham pulado em cima para testá-la, a mesa se quebrara e quando Mazar voltou os encontrou sentados um ao lado do outro, num pedaço de mesa, com suas camisetas CINE QUA NON, dizendo em coro: "Não fui eu!". Todos, um pouco bufões do rei, meio babacas, saídos de um provável asilo para velhos prematuros. Mancadas, gafes, babaquices de todos os tipos, não perdiam uma. Mazar devia pagar-lhes para isso. E o Pintor que, havia dez anos, não pintava outra coisa: as baías de Capri e de Cannes.

As jovens que rodeavam Mazar, não as atrizes mas as aventureiras semiputas, terminavam geralmente na cama de Gros-Bébé ou do coronel Armand, na suíte do Plaza. Gros-Bébé acompanhava Mazar por toda parte, carregava sempre uma canetinha de brinquedo, uma serra metálica do exército e cola. Às vezes, Mazar não estava contente com o hotel onde se hospedava: eles, então, serravam os pés dos móveis e passavam um pouquinho de cola para que desabassem ao toque dos próximos hóspedes.

Mazar tinha também um amigo Arquiteto. Ele decorara seu apartamento da avenida Montaigne, de quinhentos metros quadrados, um meio presente do velho Dassault, que gostava muito dele. Chamavam o apartamento de paranóico. Não tinha nada. Vazio. Nas paredes de cimento bruto, de concreto armado, parecendo mais que tinham transportado para dentro dele a fachada de um prédio, havia também granito e pedrinhas incrustadas. "Decoração industrial chique, pós-moderna, mas também muito funcional", dizia ele. Assim, quando brigassem ali dentro, podiam jogar pratos nas paredes, pois era fácil de limpar, e, também, quando se arremessasse alguém contra a parede, certamente esse alguém sairia machucado. O Arquiteto era sádico, diziam. Fora isso, havia cinco quartos, iguais, com cinco camas pretas, baixas. Cinco ajudantes, meio seguranças, meio bufões, um pintor, um arquiteto, só faltava um médico para fechar a guarda pessoal. Depois viriam os outros mais chegados.

Num dia em que Mazar não se sentia bem, chamou uma ambulância. Um jovem médico vai até a avenida Montaigne, pega o estetoscópio, ausculta-o, sentado no chão, ao lado da cama muito baixa: "Respire... faça ah... ah... de novo... tussa... respire... tussa...". O médico termina adormecendo com a cabeça no peito de Mazar. Estava mais estressado que o doente. Desde aquele dia, ele passava seu tempo na avenida Montaigne, à noite, às vezes era ele quem abria a porta. Nós o chamávamos de doutor Samu. Claro que ele sucumbira rápido ao charme de Mazar, impressionado por todo aquele vaivém de garotas, putas, atrizes espetaculares, por todo aquele dinheiro que circulava de mão em mão, as garotas também, cheques preenchidos num canto da mesa, as garotas idem, maletas de dólares debaixo da cama, em cima as garotas... O doutor se sentia bem ali, estacionava a ambulância lá embaixo, trazia do hospital drogas, de todo tipo — gastava todo o seu carnê de atendimento com falsas justificativas. Ali era como sua casa... E depois, já tarde da noite, os dois muito loucos, entram na ambulância e partem, o gentil médico pega o farol giratório no assoalho do carro, passa o braço pela janelinha, coloca-o no teto e a ambulância corre agora alucinadamente pela cidade, de noite, com aquele ridículo chapeuzinho em cima, inclinado, quase caindo, e correm, o farol girando, parecia brincadeira, parecia o chapéu psicodélico bem pequeno de um clown de circo modernista: Rond-Point, Champs Elysées, Concorde, curva brusca: o chapeuzinho cai, rola e pára bem ao pé do obelisco egípcio, e eles continuam, mesmo sem: passam pelos cais, pelos bateaux-mouches projetando suas sombras alongadas na fachada da gare d'Orsay, por alguns segundos apenas, Samaritaine, Pont-Neuf, atravessam o rio, rua des Beaux-Arts, 12: La Route Mandarine: biombos Coromandel com caracteres chineses de um lado, do outro, pedrarias incrustadas no metal, repuxos lentos e distantes, bambus, lacas, lótus, pagodes, fênix em filigranas, lanternas, lanternas... Enfim, a tranqüilidade... mas por pouco tempo... bem em frente ao restaurante Oscar Wilde morreu, no hotel des Beaux-Arts, e o quequeledisse? *"Life is a dream that keeps me from sleeping"*, um sonho que me permite evitar o sono: Mazar continuava a sonhar. Não mais por muito tempo. Lá, na praça de la Concorde, a luz giratória do chapeuzinho que caíra ilumina, por breves momentos, os hieróglifos com seus raios azuis: um gato, um barco no rio dos Mortos, um escriba.

Camisa cinza-pérola Valentino, jeans preto, três anéis, com monogramas oferecidos por três mulheres diferentes, entre elas a princesa Ruspoli, larga pulseira de platina, cabelos longos, penteado *vent d'est*, um jovem alto cruzava a passarela e se aproximava da mesa. "*Eccolo il Barone*! Não preciso apresentar-lhes o Barão!", disse Mazar bem alto. "Um outro dos geniozinhos do cinema alemão... E aí, como está indo o eterno *Flocons d'or*? Já está fazendo dois anos! E quando penso que sou eu que estou produzindo isso! A história de Kleist... no final, ele propõe calmamente à noiva que ambos devem se suicidar no mar... Louco, não?"

Mazar geralmente zombava do que o fascinava mais.

— Não vai dar nenhum lucro, mas estou produzindo... Com o dinheiro que ganhei com *Tout le monde il est beau*, e *Moi y'en a vouloir des sous* e agora A *comilança*, dá para rodar *Flocons d'or*... É mesmo coisa de alemão suicidar-se jovem, assim a sangue-frio, com a noiva...

— Por que alemão? Por que não japonês?

— Não, é coisa de alemão: é por causa da *Sehnsucht*.

— O que quer dizer com isso?

— O Barão é genial, consegue, com muito pouco, dar a ilusão do maior luxo, mistura ouro e *bel canto* com merda, com lixo. O que bebe?

— Kir Royal.

— O que eu estava falando? Ah! Champanhe Dom Pérignon com esse horrível xarope de cassis! Nem dá para imaginar! Minha irmã Anne-Marie é louca pelo Barão... Azar dela, ele é pederasta. Mais uma que pegou a *Sehnsucht*: apaixonada por quem nem existe. Enquanto espera chegar aquele que nem existe, ela se casou com um judeu sem talento. Felizmente ele tem dinheiro.

Mazar tinha se levantado: era baixo e um pouco gordo, o que não tinha nenhuma importância, nem dava tempo para se notar isso. O que chamava a atenção era sua rapidez em tudo, passava rápido de uma coisa para outra. Caminhava dando voltas sobre si mesmo, um pião, uma mecha de cabelo sobre o olho de negras olheiras. Ele não ficava parado por muito tempo e sacrificava tudo à velocidade e à busca do sucesso, sempre pronto para dizer alguma coisa — superficialidades, meias verdades, tolices — e para ser o dono do pedaço, bem o contrário de Charles, que, diante dele, se sentia uma figura de presépio da Provença. O lema de Mazar parecia ser: não parar.

— É barão de verdade? — perguntou uma das garotas lá na ponta da mesa.

— Você já viu um príncipe de verdade, quer mais? Ele não passa de um cineasta alemão duro, e eu já lhe disse por que se chama barão. Impressiona.

Mazar tinha sempre aquela voz rouca, quente, oriental, um toque de acidez e sensualidade... era do Líbano. Charles achou, de repente, que tinha uma voz seca, ríspida. Nem um pouco sensual.

— Eu quero um suco de grapefruit e um melão gelado — disse Charles.

— Não tem mais melão gelado — disse o criado de bordo.

— Um melão simplesmente.

— Ele me irrita com esse suco de grapefruit e melão gelado todo dia. Não varia — diz Mazar.

— Onde está Marie Mad', Barão, não está com você?

O Barão Werner, com seus longos cabelos, seu corpo bem magro e sua barba fina, mais parecia Jesus Cristo.

"Ele tem sua madalenazinha, Magdalena Monctezuma. O nome de guerra foi bem escolhido: compaixão, generosidade e garra, ela é incrível", diz Mazar, ficando sério de repente. "É a atriz, a egéria do Barão. Não, é algo diferente de uma atriz, é... como se fosse uma espécie de luxo com simplicidade, precisa ele. Um tesouro escondido sob uma aparência normal." Realmente, Mazar tinha, às vezes, sacadas brilhantes.

Werner se pôs a cantarolar:

Shangai land of my dreams
I see you now
In the sunny sky

— O que é que isso quer dizer? — perguntou uma garota.
— É a música de um filme, "La paloma".
— Ah, sim! — disse Mazar —, ouvi isso um dia desses no Festival... Com aquela atriz, Ingrid Caven... ela é impressionante, um ar fatal, olhos vazios, a boca aberta, às vezes meio marionete, algo de oriental, japonês ou chinês, mas com as expressões de nosso mundo ocidental.

"Atenção, aqui está o pior diretor do cinema francês, um dos piores, mas não é o único..." Mazar apontava um tipo simpático e jovial que se divertia com aquilo, como se aqueles elogios ao contrário o tranqüilizassem. "Compro seus filmes por quilo... por quilo!" Ele, de vez em quando, gostava de afivelar a máscara de uma certa vulgaridade, fingia que era assim, mas ele nunca era vulgar. Quem o achava vulgar eram aqueles que assumiam ares nobres e inteligentes sem ser.

Ele caminhava para lá e para cá, rodopiando, um pião. Agora, ele dirigia-se a um senhor de cabelos grisalhos, que comia tranqüilamente. Era Samuel Lachize, crítico de *L'Humanité*. "Eu estava passando por aqui agora", ele dissera.

"Pegue caviar, Sammy, não, assim não, com a colher grande, Sammy..." O outro fazia como ele dizia, como uma criança que aprende a comer. "Pegue uma taça de Dom Pérignon... isso... e o charuto, Sammy, pegue um charuto — ele acentuava o 'pegue' — não, o Montecristo não, é vulgar, isso! O Davidoff... o pequeno não, pegue o grande..."

Mazar estava pouco ligando para os críticos do *Humanité*, não lhe diziam nada, o que o divertia era, claro, ver chegar o momento de "viver como um nababo", como dizia o outro crítico, um pobretão que, em seus artigos, defendia o cinema social e atacava os filmes "muito parisienses" e "elitistas".

— E você — perguntou a jovem da casa de madame Claude, dirigindo-se a Charles —, você não fala? Só observa?

— É, é, sim, bem, não!

Ao ouvir sua própria voz, ele achou que soava ríspida como a de uma figura de presépio provençal. Do amolador de facas talvez... Ele odiava o sol, usava um chapéu de palha, mangas compridas, uma jaqueta branca, um verdadeiro inglês de romance do começo do século, anêmico, excêntrico. Foi por aquela época que um sujeito, desses de conversa solta, perguntou a uma jovem mulher napolitana, a beleza já um tanto fanada, no dia seguinte a um jantar: "Paola, quem é aquele ser um tanto animal, um tanto vegetal, um tanto mineral e talvez um pouquinho humano que veio com você?". Ele era alguém que dirigia a coleção Ciências Humanas de uma grande editora. Na época, aquilo deixara Charles um tanto triste. Hoje, ele era um pouco mais humano, mas ainda tinha uma queda pelo rapaz que deixara de ser. "Bah!, mas a gente não pode, ao mesmo tempo, ser e ter sido."

Agora, não tinha mais como segurar Mazar, estava impossível. Monologava, media todo mundo de alto a baixo, falava com um, com outro, pessoas que só queriam aproveitar o sol tranqüilamente. Ia para lá e para cá, dizia coisas espirituosas, a mecha não parava no lugar.

— E aí? E aí?

Nem esperava a resposta... Era uma forma de não parar. Ele precisava de ar novo, era completamente inquieto: "Tudo bem...? Tudo bem..?".

Charles não prestava atenção à conversa, mas à música das vozes, ritmada como por um metrônomo, pelo barulho regular da água no casco do iate...

— Meu Deus, mas o que é que eu estou fazendo aqui, eu, que odeio o sol, que não tenho dinheiro bastante para pagar uma dessas meninas, e além do mais não gosto de prostitutas... do mar também não...

— Mas de que você gosta então?

— Não gosto nem do sol, nem do mar, nem das putas... nem de muitas outras coisas...

O que ele estava fazendo ali, em pleno sol, já que preferia a sombra? É verdade, que diabo fazia ele ali então? Lembrou-se de certa vez quando estivera naquela cidadela em Palermo ou, tempos depois, sob o sol de Sassari, sem fazer absolutamente nada, como se sempre estivesse entrando voluntariamente em situações que não lhe convinham.

"O que estou fazendo aqui?", perguntava-se Charles. Refletiu longa e calmamente sobre essa pergunta. Um bom tempo. Um longo tempo.

"Bem, disse consigo mesmo, estou aqui, eu, judeu hugue-

note, quase sem dinheiro, que detesta o mar e o sol, porque eu sou um pálido judeu huguenote duro e esnobe!" "Os ricos são diferentes", dissera Scott Fitzgerald a Hemingway. "Eles têm mais dinheiro, é essa a diferença", respondera Hemingway. Charles, naquele momento pelo menos, estava do lado do doce maluco melancólico. Hemingway desprezava os ricos, tinha um lado camponês, agrário, inventara uma prosa elétrica, sincopada, rápida, seca e musical ao mesmo tempo, típica da cidade, mas, no fundo, era um camponês: havia um erro de casting, de papel inadequado, assim como quando uma voz não corresponde ao corpo, uma sincronia defeituosa. Assim como alguém que, às vezes, canta uma música e nada tem a ver com ela. Ele detestava Nova York, preferia a aridez da Estremadura, as montanhas da África, os touros, os leões, os peixes. Era um verdadeiro puritano, como Charles, mas este tinha, se se pode dizer assim, a sorte de ser judeu: "um judeu inteligente incapaz de ganhar dinheiro", dizia Mazar, com um ar de desdém divertido. Sim, era verdade, mas o dinheiro até que o fascinava um pouco, não o dinheiro bruto, acumulado, mas aquele que perambula, passa de uma mão para outra, cuja circulação se transforma em mercadoria, "falsos valores", cria ilusões, brilhos passageiros, volátil...
"É por isso que estou aqui, trazido por essa asiática, a sofrer como um infeliz debaixo deste sol, desta luz ofuscante e todos esses ricos, alguns belos e famosos, para quem não existo... Porque adoro os clichês e os mitos, mesmo um pouco gastos, sim, o sonho mais antigo, mais banal, o mais tolo, o dos primeiros selvagens: ouro e mulheres..." Ele franzia os olhos e olhava a água: reflexos do sol. O dinheiro, era verdade, permitia pelo menos uma coisa: ser um pouco frívolo, não ser mais você mesmo, com sua individualidade, mas membro da grande família humana. Se a pessoa soubesse tê-lo, podia servir para isso: ser mais leve.

"Foi na casa de Lasserre, há três, quatro anos..." A voz eternamente rouca e sarcástica de Mazar o tirava do ensimesmamento. "... eu estava com Jean Seberg e tinha convidado Malraux, ele estava completamente caído por ela. Sempre a mesma história: o escritor e a atriz, a palavra e aquela coisa atrás da qual ele corre e nunca alcança: aquela presença imediata, aquele apelo que tem um corpo, principalmente alguns corpos. Ela era famosa por ter interpretado a Donzela de Orléans..." — A HIT A MUST A MYTH: as letras impressas na faixa branca percorriam de novo o céu. "... e então Malraux, um sedutor dos diabos, começou a bebericar, como sempre, alguns uísques, uma garrafa de château-prieuré-lichine 1958... Ele, elíptico, estava mais ou menos embriagado, mas ainda dono de si. Contava histórias: seu gato sobe na mesa e se senta na grande folha de papel em que ele estava escrevendo *As vozes do silêncio*; ele não queria incomodar o gato — 'O profeta Maomé preferiu cortar um pedaço de sua túnica de seda onde um gato se deitara a acordá-lo' —, e foi escrevendo em torno do animal, acompanhando as curvas do corpo, uma letra torta, o centro ficou em branco, em forma de gato... 'Talvez', dizia ele, 'um belo dia, daqui a muitos anos, alguém encontrará por acaso esta folha de papel, perdida em algum canto, e se perguntará por que aquela sombra de um gato rodeada de palavras que falam em silêncio.' Depois, às onze, onze e meia, ele pediu um telefone, trouxeram-no, ele tinha 'uma idéia, uma idéia incrível'. Ao dizer isso, seu olho brilhava, cheio de malícia! 'Alô! Quero falar com o general... é Malraux... Hein? Ah, sim...' Aí ele deu sua inverossímil senha. Houve um silêncio e, dali a pouco, ele estava completamente excitado: 'Alô! general, me desculpe a hora, mas estou jantando com a *Joana d'Arc*... Não, não... não estou louco de jeito nenhum... Estou ao lado de Joana d'Arc... Ela é deslumbrante, maravilhosa. Podemos ir visitá-lo, se quiser'. Do outro lado, sem dúvida, não dava para ouvir as aspas."

Talvez Mazar estivesse exagerando, pensou Charles, mas, no fim das contas... ele o conhecia bastante bem e se, às vezes, ele "enfeitava" suas histórias, havia sempre um fundo de verdade e a vida terminava sempre se parecendo com elas...

Charles pensava neles: a mesma longa mecha negra sobre o olho, igualmente malicioso, focalizando a atriz loura — o famoso penteado à Jean Seberg —, Joana d'Arc neurastênica, habitantes fugitivos de um reino perdido. Um trio sob as estrelas: no verão, em Lasserre, os tetos se abrem e acha-se o céu. Paredes brancas. As duas almas penadas, meio embriagadas, comem patas de lagosta Bellevue. "Você notou", diz Malraux, divertido, "que a gente fica parecido um pouco com a lagosta ao segurar todos esses apetrechos, esses martelinhos, esses ganchinhos? Você conhece a frase de Nietzsche — aí seu olhar brilhava um pouco mais — 'quando você luta com as mesmas armas de seu inimigo, fica parecido com ele'?"

Mazar conta — ele estivera lá fazia algumas semanas — como Dubcek e os ministros tchecos tinham sido enrolados pelos soldados russos nos tapetes do palácio do governo e assim foram levados ao Kremlin.

Eles falam que falam, não param mais de falar, já deixaram de ser dois humanos, são apenas dedos, um olho de negras olheiras, palavras ao vento. O homem recua... desaparece um momento, a cena beira o espiritual. Adquire um tom mágico:

Os dedos traçam signos no ar
Mesma mecha negra sobre o olho malicioso
O teto de Lasserre removido
No céu, lua de papel

Splash! Uma das meninas de madame Claude pulara na água... Antes que essa carne fresca fosse vendida aos comerciantes de canhões, Akram Ojjeh ou Kashoggi, ou aos ministros africanos, Mazar ia "provando": 1. Boa aparência; 2. Nível de conversa; 3. Na cama: de frente, de costas, de lado. Notas. Observações: o rebolado, a resistência, as especialidades. Cada uma tinha uma ficha... O avião da publicidade passou mais uma vez sobre o iate STAR WARS A HIT A MUST A MYTH, as letras na faixa branca feita com tecido de pára-quedas deslizavam pelo céu azul. Ele apresentava seus amigos do Oriente Médio e, em troca, madame Claude lhe oferecia as garotas, para uso pessoal ou para negócios, tais como: seduzir os emissariozinhos da Gaumont, antes de passar à intimidação, distribuidores hesitantes, críticos pobretões...

Bem! Isso era uma verdade: *business as usual*, mas havia também o lado fútil, sentir a vida como num filme, escapar à banal realidade. Em síntese: melhor destruir, destruir tudo, do que fazer parte daquela fauna. Camicase, *desperado* a lutar contra o tédio, esse monstro delicado. Putas! Putas! Bufões! Mas isso era pouco, faltava a beleza.

Tudo aquilo parecia um pouco coisa de romance barato, um remake em menores proporções dos dois grandes mitos americanos: o gângster e o cinema fábrica de sonhos, Bugsy Siegel mais Irving Thalberg, o principesco produtor de Hollywood, 1902-1937, trezentos e cinqüenta filmes. O que aqueles sujeitos queriam, e Mazar também, era concretizar na vida algumas imagens fortes que eles tinham na cabeça, sim, tornar reais só algumas delas... aquilo a que chamamos tolamente realizar um sonho. Os atores interpretam um papel; Mazar, assim como Rainer, interpretava um sonho. As cópias se multiplicam à medida que caminhamos na vida, mas, se retrocedermos, nunca encontraremos o sonho original: nossas vidas, sobretudo as mais intensas, são ao mesmo tempo inventadas e remakes. Eles próprios, Bugsy e Irving, já tinham experimentado isso no cinema, ninguém inventava os sonhos, eles surgiam das sofridas provas da vida, condensados ou suavemente deslocados. Aquele sonho que era a matriz de todos os outros: o ouro e as mulheres e o perigo, que nos distraem de nossa condição humana, tão velhos quanto a humanidade. O problema era que o que tínhamos encontrado de melhor para nos esquecermos um momento da idéia da morte era também o que podia nos levar imediatamente a ela, na maior velocidade: Mazar logo estaria no enorme elevador negro laqueado do Régine's, às três da manhã, e desceria, assim, ao subsolo da rua de Ponthieu, o braço todo furado por agulhas hipodérmicas, numa descida ainda um pouco mais vertiginosa...

Ele não escondia nada. A verdade, pensava ele, é mais divertida que a mentira, desde que não se esconda nada, diga-se tudo. A verdade, nada mais que a verdade, toda a verdade! Ela, porém, é também mais perigosa, claro. Podia ficar só na brincadeira... Mas, atenção, há sempre os riscos. Uma vida sem compromisso tem seus riscos, não se pode ter tudo: a segurança e a diversão. Quanto a ele, já havia feito sua escolha: a realidade sem disfarces. Ele queria duas coisas: a farsa e a beleza. Primeiro: a vida social é uma comédia. Abaixo as máscaras. Eu vou representá-la como farsa. Segundo: quero a beleza como recompensa. Era impossível ter a farsa e a beleza ao mesmo tempo. A combinação nunca dá certo e, se alguém achasse que sim, seria uma concepção inaceitável. Tragam todas as putas. Mas também quero a beleza. Bem, o normal é que seja uma coisa ou outra. "Pode-se comprar tudo, comerciar tudo, foder todo mundo."

O.k., isso faz parte de um cinismo corriqueiro, mas se você tiver escrúpulos, se amar as coisas belas, as coisas refinadas, tudo se torna mais difícil, complica-se, fica sério mas muito interessante, muito muito interessante, muito delicado. É aí que está o perigo de você cair na própria armadilha. A gargalhada tenebrosa e o erotismo refinado: belo programa! Mas muito muito ambicioso. Sobretudo pelos tempos que já então se avizinhavam. De forma que hoje... deixa pra lá, melhor esquecer...

Neste sentido, neste belo programa, Rainer e Mazar se pareciam, tocavam a mesma partitura dissonante, desarmoniosa, mas eles tocavam em tonalidades diferentes, com arranjos diferentes; um, apesar de todos os esforços, mais para um romântico do Norte, o outro com um quê de oriental mediterrâneo visível: a sombra da desgraça sempre por perto. E eles iam parar de representar ao mesmo tempo, com poucas semanas de diferença.

Já era noite, mas não noite de verdade. A asiática que estava ali com ele se fora. Ela o deixou só, deve ter sido convidada para um outro iate, ainda mais belo, maior, mais amplo, mais caro, o de Akram Ojjeh? Ela deixou aquele pesado perfume na cabine: *L'heure bleue*, de Guerlain.

Charles não conseguia dormir, do salão vinham vozes que chegavam ao seu camarote:

— Trinta por cento ficam com os contadores de Montrouge, a família Schlumberger-Seydoux, com os sete por cento de Charlie Bludhorn, o americano nos dá folgadamente uma parcela pequena das cotas... está no papo... Se Bludhorn se nega a vender, eu vou lhe fazer, por meio de meus amigos das falanges cristãs libanesas, uma proposta que ele não irá recusar!

— Você não precisa de falangistas — disse Gros-Bébé, rindo. — Vamos visitá-lo em sua mansão de Mougins, e eu dou um jeito nele.

— Mais um que vive nas nuvens — disse o coronel Armand.

"Champanhe?" Era a voz de Françoise; nome de guerra, Talita. A noiva de Mazar, ou seja, a atual, bela, divertida, inteligente. Era gerente da casa de madame Claude, seu braço direito. Ela andava para cima e para baixo com um revólver, dirigia uma moto possante, uma Harley-Davidson. Charles tinha visto um dia, no escritório dela, um caderninho. Abrira-o. Era uma lista incrível: página após página, em ordem alfabética, associados, misturados e reunidos de forma inesperada, nomes de ministros e chefes de Estado, Giscard, Poniatowski e outros mais, com garotas de programa, as mais belas do mundo, e também os nomes de todos os mecânicos da Harley-Davidson... Diante do nome de cada garota, pequenos signos cabalísticos e círculos vermelhos, azuis, amarelos, às vezes dois círculos, de acordo com a especialidade e as aptidões...

Em certa época, essa amazona gostava de paquerar em sua moto jovens e belos rapazes, "seqüestrava-os", levava-os para casa e, depois de certo tempo, mandava-os de volta às suas mães preocupadas, com um buquê de rosas. Mazar e ela eram fascinados, ao extremo, pelo poder do outro, pelo dom que cada um possuía de seduzir, de manipular todo mundo. Havia cumplicidade entre aqueles dois, havia aventura. Talita via Mazar zanzando horas e horas sem sair do lugar, todo ensimesmado, e de repente se dirigia à casa de Kashoggi em frente, na avenida Montaigne, e voltava triunfante, com um cheque astronômico na mão: "Peguei todo o dinheiro dos árabes!".

O tilintar das taças de champanhe se misturava aos risos. Tudo aquilo parecia falso, Charles pensou numa história em quadrinhos que vira: um homem e uma mulher num quarto de hotel, ela é uma bandida em fuga. Estão arrumando as malas.

Ela coloca um Jasper Johns dentro de uma delas. Ele diz: "Você não vai levar esse quadro! É falso!". Ela revida na hora: "E nós, somos verdadeiros por acaso?".

Por outro lado, essa mitologia de pacotilha, o dinheiro fácil, as garotas, o cheiro de enxofre o fascinavam. Mas uma imagem o persegue e volta sempre, como em sobreimpressão, incrustada, banal mas forte: a rua de Ponthieu, de noite, às duas da madrugada, portões que se abrem, carrões estacionando, garotas saindo — primeiro as pernas, semi-abertas, salto agulha, ruído de portas se fechando —, elas estão de acordo com a moda: cabelos em delicados cachos caindo sobre os ombros, uma especialidade das irmãs Carita — maquiagem *rose poussière*, e Mazar, na frente, agitado, encaminhando-se para o porão da boate, com o braço todo furado pelas agulhas hipodérmicas, acompanhado por seu pálido e sonolento doutor da ambulância, no elevador privativo, amplo e laqueado de preto, do Régine's: é o elevador do clube, só desce, dali para o porão, para os subterrâneos, para um pequeno templo na noite.

Some a imagem. Voltam os risos, o tilintar dos copos, "chega de ficar entre quatro paredes", sufocado. Mas quem está sufocado? Ele está saturado daquelas histórias idiotas: Talita, Nat', o grego, Toctoc, Gros-Bébé.

Sufocado? Emparedado? Ele decidiu se mandar. "Aqui não é o meu lugar! E lá fora?" O barzinho do Carlton, às quatro da manhã, ainda estava aberto e fervilhava de gente. Perseguido pela *Heure bleue*, sentou-se para beber um conhaque, fumar um charuto. Tinham esquecido um isqueiro numa mesa e nele estava escrito DAEWOO, o que significava aquilo?... No corredor, uma jovem mulher magra, óculos escuros, ligeiramente despenteada, de vestido branco de linho amassado, um pouco sujo, passava, sozinha, meio trôpega. Alguém, na mesa ao lado, exclamou: "É essa a Paloma? A nova Marlene, a nova estrela do cinema alemão? Ingrid Caven? Ela mal se sustenta em pé!".

Guten Abend gute Nacht,
Mit Rosen bedacht,
Mit Näglein* besteckt,
Schlupf unter die Deck.

Essa canção de ninar, todas as crianças alemãs a conheciam. Ela arrasta os pés, aproxima-se da ribalta, bem na beira do enorme palco. Cantou as duas estrofes corretamente, muito corretamente, como devia. Retoma-as agora mas está insegura, como se estivesse escutando uma outra coisa, uma outra voz, um pouco desafinada, mas isso corresponde a alguma coisa de sua memória, que ela quer trazer à tona, algo que ficou lá sepultado e que tem vida.

É curioso: primeiro, ela cantou a versão tradicional, correta, definitiva, e depois seu esboço trêmulo, vago, ouvido antigamente, como se escutasse ao mesmo tempo que cantava, inclinada sobre o abismo de onde vem a voz um pouco desafinada de sua mãe. É ela que canta, mas parece mais estar escutando, a cabeça inclinada, o corpo inclinado, a sombra de um sorriso de criança ladina e maliciosa, alguns sons muito finos, bem baixos, mal se pode escutar, mas muito presentes, um suspense, e ficamos reféns de sua voz, igual a ela diante do poço que se abre aos seus pés.

---

* *Näglein*, pequenos pregos, no texto original, que depois virou *Necklein*, pequenos cravos (flores).

Ela procura a sensação, o movimento, de quando sua mãe cantara pela primeira vez aquela canção com a voz desafinada, a criança a tinha observado na hora, com seu "ouvido afinadíssimo", aquilo a tinha divertido, encantado, mas também lhe dera um vago sentimento de superioridade: sua mãe, então, era falível... A lei metronímica, a correção, exata como uma pauta de música, era coisa do pai, do piano.

Ela retomou a canção por duas vezes: a primeira, correta, era o pai; a segunda, vacilante, era a mãe. Uma versão para o papai, a outra para a mamãe.

Boa noite! Se Deus quiser
Ele te acordará amanhã.

Morgen früh, wenn Gott will
Wirst du Wieder geweckt

Mas o que era aquela canção? Um *leito de rosas com pregos*: um caixão, seria isso?
Boa noite. Se Deus quiser, ele te acordará amanhã!
Johannes Brahms, dizem, gostava dos bordéis.* Ele gostava às vezes de compor na casa da madame Claude da época, em Viena. Na casa de Frau Claudia! Talvez ele tenha ensaiado, cantarolando ao piano, essa canção necrófila, sobre uma puta, num intervalo :

Preguinhos! Leito de rosas!

Você gosta de Brahms?

---

* "Se eu pude continuar a compor essas belas melodias, o devo a essas senhoritas, *kleine Dämchen*."

Ela estava em plena forma, com uma súbita concentração de energia, solta e relaxada e sem angústia, tudo isso ao mesmo tempo, e atacou diretamente o A com a voz sem medo do famoso terrível *Glottisschlag* que deixa a pessoa afônica na hora e aí: o concerto não vai além do A de *Ave*: Passe bem e adeus! A ducha de luz acentuava o tipo de ossatura de seu rosto: testa larga, maçãs altas salientes, fossas nasais um pouco largas e achatadas... o nariz de pato. Dizem que essas formas fazem o palato ressoar de forma especial. As mãos comportadas ao longo do corpo, parecia uma menina que comunga de saia plissada, a gente até esquecia que ela usava um longo vestido negro de *vamp*. Mas o tom da voz não era nem o de uma nênia nem de uma invocação. Aquele canto litúrgico não parecia se dirigir mesmo ao céu. Aquele A era primitivo, associava a prece ao som vulgar de uma cidade suja, acentuado pelo acorde de blues em riff do contrabaixo, era um tom popularesco, da ralé, diga-se. Era um A cavernoso. Mas, a partir da segunda sílaba, ela a retomou suavemente num tom mais fino, porém "belo", *gratia plenum*

Gratia plena

a boca pintada, o único traço de vulgaridade.

Dentro de três focos de luz cruzados, suas mãos se fecham um instante sobre o microfone

Sancta Maria
Maria

Ela ergue os braços e ritma a canção com o pé esquerdo. Estaria pensando nas Marias que conhece e ama: Maria Montez Maria Malibran Maria Schneider Maria Schrader Maria Callas que sempre trazia, sob o forro do vestido com que ia cantar, uma pequena imagem de Nossa Senhora feita de pano sobre estrutura metálica? Agora, ela canta um gospel, uma imprecação contra aquela mulher, bendita porque próxima do Senhor: temos de estar perto do Senhor para sermos benditos e ter um menino Jesus no ventre para ser uma mulher sagrada? Ela, então, ritma com o pé, ou melhor, com o sapato de verniz salto agulha Maolo Blahnik, berrando:

Ma-ri-a! Ma-ri-a!

O microfone, mal encaixado, está tombado para a esquerda. Ela o endireita com um tapa: a quem ela esbofeteia? Maria, não, não pode ser! Suas mãos se fecham de novo calmamente, lentamente sobre o microfone, aspira longamente, longamente, depois numa suave súplica:

Ora pro noo-oobis

São muito doces aqueles quatro "os", vogais tranqüilas, pacíficas, como num soneto, o azul, a eternidade reencontrada: o mar. Ela expira profundamente. Ela é uma coluna de ar: o som é uma pequena bola no alto de um chafariz impelida por um mecanismo que a mantém suspensa, em equilíbrio. Sem esforço perceptível, apenas um estremecimento ondulante do cetim na altura do esterno. E ela retoma:

Nobis peccatoribus

Ela gosta dessa palavra *peccatoribus*: não é mais somente por ela que ela reza agora, mas por outros, por nós outros. A santa prostituta gosta de estar acompanhada. Ela lança a palavra num canto litúrgico jubilatório como uma Aleluia de Haendel!

Pecaatooooribus!

Empunha o microfone e inclina-o com o gesto emblemático dos reis do rock: Elvis, Gene Vincent, Buddy Holly, ela dobra uma perna e o tecido do vestido estica, irisado de luz, é uma mistura de rock, oração, o esboço de um gesto de dominadora sado-masô, seu salto alto se torce levemente, pouco a pouco apóia o joelho no chão, levando com ela o pé do microfone, parecendo um braço de guitarra elétrica

Nunc et in hora mortis nostrae

o vestido franze sobre a perna, a cauda vai tocando o chão em câmara lenta.

Yves Saint Laurent tinha feito aquele vestido diretamente no corpo dela, num salão de seu ateliê, na avenida Marceau, 5: ela aguardava... Um homem está lá meio escondido, imóvel: baixo, terno comum, todo aprumado, pernas e panturrilhas firmes, jarrete tenso, o dorso de uma mão no quadril, haste dos óculos na outra. Quem é? O diretor? O governador? O presidente? O vigilante? O médico-chefe? A eminência parda? O superintendente? Um amante? O grande camareiro? Ele observa, atento a tudo, mesmo se nada há para observar. Mas sempre há alguma coisa a reparar! Um pouco de pó no carpete, uma almofada jogada na banqueta, uma echarpe por terminar, o Príncipe que nasceu deprimido, resmungão: é ele em pessoa! O homem dilui-se na sombra. Yves Saint Laurent entra mancando um pouco, arrastando uma perna que ele puxa com força, o mesmo andar de Marlene Dietrich aos cinqüenta anos, ele tem uma elegância prussiana, *todchic*,* veste uma camisa branca, acompanhado por três assistentes: três senhoras elegantemente vestidas, duas delas segurando um pesado rolo de cetim negro. Como um cirurgião numa sala de operação, o olhar concentrado, ele mostra a ela os dois lados do tecido: "Que lado você prefere?". Sua voz era fina, com um pequeno defeito encantador, a língua um pouco presa. Ela escolheu um lado por causa do brilho: era o avesso, o lado de dentro. Ela não o escolhera de propósito, mas, justamente, ela sempre gostara do avesso das coisas, a parte menos elaborada, tentava mostrar a face escondida, os bastidores e as costuras do mundo, deixava a parte do fundo do palco aberta, ficando à vista as tubulações ou uma escada de incêndio.

Ela está de meia-calça, sem blusa. Com uma fita métrica, ele vai marcando os pontos em todo o corpo, uma porção de pontos, aquilo foge à tomada habitual de medidas, mais parece um manequim de acupuntura: ela sente, de repente, que cada parte de seu corpo é valiosa. Ele dita os números, a distância das omoplatas, dos joelhos e outras distâncias misteriosas. Uma das três mulheres de tailleur anota tudo em silêncio num caderninho. Ela, por um instante, pensa no quadro que Andy Warhol fez do buldogue de Yves. Ele fez quatro versões: nariz, focinho, olhos, orelhas realçados e acentuados em quatro cores diferentes: verde, azul, vermelho, amarelo. Foi na *Vogue* ou em *Stern*

---

* *Todchic*: palavra alemã, contração de "morte" e "chique". Rigidez prussiana um pouco militar, o contrário do chique descontraído de Windsor. Essa aliança da morte com o chique se ouve, curiosamente, nos bairros populares de Marselha: "*Sapé à mort*" (chique de morrer), é assim que se diz lá, uma versão meridional do *todchic* prussiano, e é por meio de uma palavra que Erich von Stroheim e Marlene se fazem presentes nos bairros populares como Belle de Mai, Joliette, Rose, onde o populacho exclama: "Oh! Puta merda! Caralho! Você está chique de morrer!". Assim diria na Canebière o Anjo Azul ao Homem-que-ela-adorava-odiar.

que ela viu o animal em quatro cores? Ou teria sido em *Ici Paris*: ela gosta de ler também esse tipo de revista.

Duas das mulheres se aproximam, segurando o pesado corte de tecido, o rolo de cetim: Yves desenrola alguns metros e joga-os sobre os ombros de Ingrid. As três mulheres avançam, recuam, às vezes ficam em diagonal, como num tabuleiro de xadrez, distantes uma, duas, três casas. Ele pegou uma boa quantidade de tecido. E pronto: começa a cortar. As três mulheres, à distância, não tiram os olhos das tesouras prateadas. Ele vai cortando rápido o cetim, seu gesto tem algo de iconoclasta, de brutal, de voluptuoso também. O ruído metálico é acompanhado por um ruído sedoso. Ela olha para a frente, o busto nu, atrás recoberta pelo tecido negro que ele segura firmemente no corpo dela com a mão esquerda.

"Não era de jeito nenhum", pensa ela, "o mesmo rapaz jovial, tranqüilo, com uma pólo listrada, de cores alegres, que me recebera em sua mansão de Deauville dois anos antes. Foi a primeira vez que o vi. As portas altas e envidraçadas do salão, com cortinas claras de cretone, davam para um enorme jardim florido à inglesa, sob a doce luz do outono das costas normandas. Viam-se as encostas que desciam suavemente até o hipódromo de Clairefontaine com seus jóqueis uniformizados, os brasões, bonés e jaquetas coloridas de seda listrada, de bolinhas, quadriculadas, bandeiras erguidas, bandeiras arriadas, que chegavam até o mar. Alguém havia posto uma música de Erik Satie: 'Gymnopédies' et 'Morceau en forme de poire': nada sério, como um convite sem compromisso, feito só para divertir ou enquanto se joga. Um criado de colete listrado trouxe coquetéis azuis e rosa. Sob o olhar divertido dos outros convidados, ambos estávamos sentados no chão, Yves e eu: ele desenhava dezenas de esboços de um traje para a rainha de *A águia de duas cabeças*, cujo papel principal ele queria que fosse meu. Distraidamente, coloquei uma camiseta com o nome de Christian Dior. Tínhamos nascido com um dia de diferença: 'Somos de leão — disse ele — e os leões no deserto ficam às vezes deprimidos. A gente pensa que eles estão derrotados e de repente eles despertam e então...'. E aí ele imitou um rugido à la MGM. Eu estava contente: meu pai, em Saarbrücken, me levava quando bem pequena ao topo de uma colina: soltávamos uma pipa em direção à França e depois tomava a direção de Forbach, voando sobre dois cemitérios repletos de cruzes brancas da Primeira Guerra, um alemão, o outro francês. Ele já cantava para mim as árias de 'A viúva alegre': 'Manon', 'Mimi', 'Fifi Frou Frou', 'Joujou', 'Maxim's'. Eu sonhava com Paris, e agora eu ia representar lá uma peça de Cocteau: Jean Cocteau! Yves Saint Laurent! Os símbolos, para mim, da inteligência e do refinamento franceses." Esboços do traje da rainha estavam espalhados pelo chão como promessas de prazer. O pequeno buldogue, que trazia enrolada na orelha uma das pontas da fita verde-veronese que lhe tinham amarrado negligentemente no pescoço, aproximou-se e se pôs a morder uma das folhas e saiu correndo com ela, dando um ar de pintura de corte a esse quadro bucólico.

Ele esculpe em silêncio, a dois centímetros do corpo de sua modelo impávida, tal como um microcirurgião fazendo incisões meticulosas na pele. O que houve? De repente, ele franze o rosto, a boca um pouco contrafeita, ou assustada, igual a um cirurgião superconcentrado, os lábios presos: parecia o buldogue... Mas foi coisa rápida... Às vezes nosso semblante adquire ares estranhos e, então, somos habitados por um cão, um móvel, um inimigo ou a morte. À medida que ele talha, as duas senhoras acompanham-no com o corte do tecido que ele vai desenrolando, quase em simbiose, amassando o cetim com os dedos recurvados... Logo termina e elas estão agora bem próximas dele. Os quatro formam um grupo compacto, um estranho grupo, um conjunto esotérico de perfomers de vanguarda: uma cantora seminua, as três senhoras de tailleur a postos e um príncipe costureiro-cirurgião, no centro da imensa sala vazia. E bruscamente, Yves, o mágico, abre e estende o tecido sobre o corpo, como um jogo de dobrar e cortar para crianças ou um origami japonês: flor de papel que se abre e se desenrola na água. As senhoras, braços vazios, vão se afastando de costas e param para ver o efeito: de frente, parece uma armadura maleável e ondulante de mangas longas justas até os pulsos que logo se abrem em forma de corola sobre as mãos; o busto bem delineado, como se estivesse dentro de uma armadura invulnerável. Visto de costas, o vestido parece insustentável — "Um vestido bem realizado", dissera ele a *Elle*, "deve dar a impressão de que vai cair." O decote aberto até abaixo da linha da cintura uns dois centímetros — ele sabe até onde pode ir! Um fino cordão, estendido no alto das omoplatas, fecha o vestido com um colchete minúsculo. Dos dois lados da espinha dorsal e caindo em cascatas até o chão, babados ondulantes — como as cristas dos grandes lagartos jurássicos, as placas dorsais dos estegossauros: um leve preciosismo que se contrapõe a um trabalho preciso e aguçado. O resultado de uma batalha. Tudo isso se via num só relance, como aquela obra fora feita de uma só tacada. Seu espírito parecia ter ficado preso ali. É a isso que se chama estilo.

... A cauda do vestido vai tocando o chão bem lentamente. Agora, ajoelhada, ela está inclinada sobre o microfone

Amém amém

É um urro prolongado, duplo fortíssimo, um riff vocal, um som arranhado, o rock and roll recobriu a oração e agora é a um ídolo pagão que ela se dirige. Ela não faz diferença: as preces e o altar de Maria e os lilases de maio, tudo isso passou, os curativos e as roupas brancas que protegiam sua pele ferida foram substituídos pelo vestido negro do grande costureiro.

Amém

A primeira vez que ela usou aquele vestido foi num recital, num show como o daquela noite: seus primeiros passos em Paris, sua noite de estréia, uma noite inesquecível, um pequeno teatro perto de Pigalle, no dia seguinte sozinha no apartamento de três cômodos do décimo nono distrito. Os jornais espalhados desordenadamente sobre a mesa, ela olhava as manchetes sobre ela, as fotos... Sucesso triunfal, em letras garrafais, Paris: parecia com alguma coisa que ela já lera sobre os outros várias vezes, que vira no cinema, e agora estava ali, acontecera com ela e aquilo não lhe dizia... não, não lhe dizia, bem... ela não iria cair naquele lugar-comum de alguns romances "Uma estréia triunfal em Paris". Houvera, sim, aquela ovação interminável e a platéia de pé e Yves subira ao palco e pusera lírios no decote das costas, rindo como uma criança e a ovação continuava e ele lhe dissera ao ouvido: "Agora, nesta noite, você é a minha rainha de Paris!". E depois aquele zunzum pela cidade.

"*Weltstar*", era Sua Eminência, ele conservava restos da cultura alemã... "farei de você uma estrela mundial..." Eles estavam no Cintra, dois ou três dias depois, ao piano os dois, a quatro mãos, cantarolavam, o que lembrava seu pai Arthur: "Primeiro vamos levar 'A viúva alegre' no teatro do Palais-Royal, depois o filme com Michael York...". Ele ria, estava de muito bom humor, o que nem sempre acontecia... "E eu queria que você fosse a embaixatriz do novo perfume de Yves Saint Laurent, *Opium*, o lançamento nos Estados Unidos, no porto de Nova York, em grande estilo..."

Uma carreira? Quinze anos antes acontecera o mesmo com Trude Coleman, "*Mein kleines Liebes...*". A mesma coisa! Tudo outra vez! Um outro Pigmalião quinze anos depois... Fora em Munique, a berlinense *todchic*, agora era Paris...

— Sim, Pierre, *Weltstar*?... sim... é engraçado!...

— Você não sabe o que quer. Marie-Hélène, Ingrid não sabe o que quer!

Uma carreira? Na música, no cinema, no teatro? Ela nunca tinha pensado nisso. As coisas lhe chegavam assim, por acaso, na curva do caminho. Existe aquele conto de Andersen, "As estrelas de ouro": a meninazinha pobre, de noite, vai descalça pela neve. Ergue a borda da camisola e as estrelas caem dentro em forma de moedas de ouro.

Sua Eminência, um formidável homem de negócios, gostava de manejar os fios, uma eminência parda, gostava de "fabricar" alguém: um pintor, um costureiro, por que não uma cantora agora? Tarde demais! Ela já tinha se fabricado a si mesma, fazia muito tempo, ainda bem pequena!

À noite, às vezes, num quarto de hotel, Charles, deitado na cama ao lado dela, não dormia, olhava aquele longo fantasma levemente suspenso num cabide na parede branca: o vestido. Ele parecia ter vida própria, ter força, parecia muito maior com aquela cauda livre. Mas, de manhã, dobrado, estendido como uma tela, voltava a ser um simples cetim negro, um objeto apenas.

Quanto a ela, estava cheia daquele vestido, e teve, uma vez mais, um pensamento inoportuno: aquilo já era, dizia-se ela, soava a passado, tinha a cabeça cheia de dúvidas... uma época já enterrada. O tempo das stars, das divas, tinha acabado havia muito, e a alta-costura estava desaparecendo. E como acontecia freqüentemente, ao olhar aquele vestido, lhe ocorriam perguntas mais devastadoras: por que cantar numa época em que as vozes pareciam todas iguais, eletrônicas? Querem sons, não vozes. As vozes agora eram de pouca extensão, sincopadas, para serem ouvidas nos telefones celulares ritmadas pelo ruído seco das passadas — clic clac clic clac "Tudo bem?" "E você, tudo bem?" "Vou na direção norte-noroeste! Te ligo" — ou restritas à TV, nos apelos da publicidade. Era assim. Não havia nada a fazer contra aquilo, contra o presente. O jeito era entrar naquele jogo, da melhor forma possível. Cantar contra ele e com ele. Citá-lo, utilizá-lo, deslocá-lo. A feiúra não existe, é como as notas musicais: tudo depende de sua posição, de sua relação. Que tal um vestido metade Yves Saint Laurent, metade Miucia Prada? Uma roupa sampleada: feita de dois semivestidos, os tempos mudaram.

Como se livrar daquele vestido? Rasgá-lo, cortá-lo em pedaços, queimá-lo seria uma espécie de profanação. Jogá-lo no lixo? E se, numa bela noite, numa rua, alguém do seu mesmo porte caminhasse em direção a ela usando aquela relíquia, uma bêbada descabelada e sem dentes, um seu duplo estranho usando aquele vestido de estrela, resmungando, arrotando ou cantando letras obscenas, como num inquietante prenúncio da morte? Então seria melhor jogá-lo bem longe, como se joga um defunto? Em outra cidade? Dentro do rio? Aquele pedaço de cetim negro voltaria a persegui-la mesmo nos sonhos, onde deslizava suavemente.

    Ela teve a sensação de não estar em seu juízo, de trair um velho cúmplice com quem tivesse partilhado muitas aventuras, fracassos e sucessos simultaneamente, e de quem agora queria se livrar, esquecer, um duplo que de repente incomoda, testemunho de outras épocas, ela, naquele dia, achou-o ultrapassado, sobrevivente de uma era que não existia mais, diva ultrapassada. E se não fosse só o vestido? E se fosse o seu canto? Ou ela mesma? Às vezes a chamavam "la Caven" e isso lhe dava prazer e também a incomodava: o "la" lhe parecia muito distante no tempo. Diva ultrapassada? Ela se lembrava de uma que ela vira, uma lenda viva, sobrevivente, em seus últimos dias, havia apenas dez anos, a tal fazia parte de um júri num festival de cinema em San Sebastian, bela cidade da costa basca, onde havia presenciado um espetáculo estranho, numa estranha noite, estranha? Vá lá que seja. O espetáculo podia se intitular:

O CHAPÉU, A ROSA E O SPOTLIGHT

    "Mas cadê os chapéus?! Que fim levaram?" Um forte vento oeste soprava do Atlântico, e lá, no sétimo andar do Maria Cristina, ela mandara mudar a posição dos móveis, pedira uma mesinha de escritório e ficara lá trancada desde a chegada, fazia uma semana. Os chapéus deveriam ter chegado há quatro dias. Telefonaram para todo canto, para a modista de Madison Avenue, para Nova York, para a TWA, para os aeroportos. Nada, levaram seus chapéus ! Chapéu... cadê os chapéus?

    Alguém os tinha levado, eram cinco, todos iguais, com uma

peruca dentro, em cinco cores: castanho para o dia, vários tons de louro para a noite. Se, naquele instante, não estivessem a quatro mil metros acima do mar, os cinco pequenos chapéus cilíndricos... alguém levara! Ela não pode esperar por mais tempo, em cinco dias estará de volta ao hospital americano de Neuilly e, com aquela incrível frivolidade dos moribundos, uma só coisa a obceca: onde está o seu chapéu? "Nicole! Nicole!..." É a sua secretária, enfermeira, dama de companhia, camareira, herdeira: "... Não sairei nunca sem o meu chapéu". A peruca precisa ser colada aos últimos tufos de cabelos que a radioterapia e a quimioterapia pouparam, e fazer aquele trabalho levava uma hora e com a ajuda de alguém... E teria de colar aos cabelos para que nenhuma lufada de vento a arrancasse... perucas voam?

Os chapéus finalmente chegaram e de tarde ela respondera corajosamente, um cínico cigarro entre dois dedos, bem pé no chão, realista, com a verve habitual, bem nova-iorquina, a algumas perguntas dos jornalistas:

— O que pensa do amor, senhora Davis?

De que amor você quer falar? Por um homem, por uma mulher, por um filho? Pelo trabalho? Pelos negócios?

Agora é noite, três ou quatro fotógrafos, curiosos que foram até ali e hóspedes do hotel permanecem no hall, imóveis, imantados à espera, para assistir, em alguns segundos, a essa coisa incrível, fascinante, banal: uma encarnação num corpo de uma imagem famosa, Ingrid está entre eles, uma rosa na mão. Eles esperam, o olhar fixo na porta fechada do elevador. E o ponteiro, que estava parado um bom tempo no 7, começa enfim a se mover: 6 5 4 3 2 1 0, a pesada porta metálica abre-se lentamente e em silêncio: ei-la, imóvel, um ícone em seu quadro, em sua caixa de aço, sarcófago vertical, miúda, ereta. Os olhos são o que todos vêem: imensos, iluminados, dominando o rosto de cera brilhante e magro. Toda a energia de seu corpo, sua densidade haviam se concentrado nos olhos. É o olhar intenso — a fama faz brilhar os olhos — que, depois de tantos flashes, adquiriu para sempre aquele brilho, um olhar que viu um outro mundo, outras coisas, perscrutador. E, coroando tudo, o chapéu: nada de grandioso, apenas um pequeno cilindro quadrado. Aquele *pill-box-hat*, caixa de pílulas, que ela havia lançado e que se usava enterrado na cabeça nos anos 30, depois um pouco inclinado nos anos 40, tinha caído no esquecimento, igualzinho a ela. Voltara dez anos depois numa outra cabeça muito mais famosa que a dela então, a de Jackie Kennedy, à moda dos anos 50, a de Balenciaga, mas agora usado bem firme, numa nova cabeça que lhe tomara o bastão. Bette Davis deve ter tido um sentimento de usurpação, sentindo-se ainda mais esquecida, exilada. Durante muito tempo falava-se assim: o "chapéu Bette Davis" e agora era o "chapéu Jackie Kennedy". O que Jacqueline usava, o costureiro americano Oleg Cassini o tinha criado, digamos assim, no dia de seu casamento, e era mesmo um símbolo, "tão simples, tão elegante", com um toque de ousadia inteligente: dando a nota, o tom do que seria Camelot, o reino, a corte do senhor iluminado, com seus cavaleiros e sua Dama Alegre, despreocupada, esbanjando simpatia. A última vez que se viu aquele modelo de chapéu: a Dama arrastava-se pela traseira do Lincoln, engatinhando, a caixa de comprimidos de lado como nos anos 40. Depois Jackie virou Jackie O. e o chapéu cilíndrico sumiu. Reapareceu rapidamente, o espaço de uma noite ou duas, algumas fotos, na cabeça de Bianca Jagger, mas tudo muito rápido, uma releitura em tom menor, um último *gimmick* antes de cair no esquecimento. Naquele dia, em San Sebastian, para algumas pessoas, por alguns minutos — e Camelot já se perdera no tempo e a "caixa de comprimidos" também —, eis que o famoso chapéu voltava a sua dona legítima, pequena e discreta revanche pérfida, precisamente antes do instante fatal, um rápido flerte com o passado distante, um flerte à toa, pois aquilo não dizia mais nada para quem nasceu depois da guerra e que voltava despreocupadamente da praia.

Quando o elevador se abre, vêem-se seus tornozelos: duas hastes fixas no chão. Ela parece segura apenas por um fio, que Nicole maneja de um lado, pelo cotovelo ou por trás, pelas costas. E ali está ela: sai da caixa do elevador, dá dois passos para fora daquele sarcófago, daquele bloco de aço. Vendo-a assim, é uma mulher baixa, muito, mas talvez seja a auréola de celebridade junto com a proximidade da morte que, isso é perturbador, lhe dá uma escala toda especial, situada num outro espaço bem próximo, onde a vida e o sonho se encontram, onde nossos sistemas métricos ou qualquer outro não têm mais valor. A altura que os documentos lhe dão — 1m58 — deixa de existir. Ela não tem mais medidas. Como a Osíris do Louvre.

Ingrid está a três passos dela, dobra um joelho e deposita a rosa aos seus pés, a dois metros. *Everything came up roses* é a última frase de sua autobiografia, "Tudo foi um mar de rosas", pois bem, eis a última. Bette Davis sabe que é a sua última aparição pública, sem dúvida é a última foto de sua vida: ela continua ali... mais... mais... mais... um pouco... flashes miniaturizados embutidos nas câmaras, rápidas e inexpressivas centelhas de luz sem nenhuma grandiosidade. Ela mantinha a cabeça erguida, o olhar firme, pousado ao longe, mas não dava para ignorar o gesto, nem a flor. O que ela vai fazer? Contornar? Perigoso demais: o menor movimento do colo do fêmur é um sofrimento, quase não mais o articula. Dar uma passada? Será que ela ainda consegue levantar o pé? Nicole a faz andar: um passo... dois passos... ela poderia... talvez... sem dúvida, desviar um pouco para o lado, mas aquela que encarnou Elizabeth I da Inglaterra, uma rainha de ferro, não é uma mulher para desviar-se uma polegada que seja do seu caminho, mesmo sendo de noite, sobretudo naquela noite: ela apóia inteiramente o pé esquerdo sobre a rosa, esmagando-a: Osíris é uma megera! A limusine a conduz agora ao palácio Victoria-Eugenia. Ela vai receber uma homenagem, bandeiras do mundo inteiro balançam ao vento diante do palácio, uma pequena multidão a espera... Mas o que ela faz? Há muita gente, um funcionário já abriu a porta do carro. Ela não sai, fica escondida atrás dos vidros fumês, gesticula com suas mãos descarnadas. Um policial se aproxima, depois se afasta, mas não foi para isso que ela o chamou. Ela parece girar a cabeça para trás, capaz de torcer o pescoço. Continua a apontar para alguma coisa com a mão. Isso dura uma eternidade, os fotógrafos, as pessoas do comitê estão esperando... Pronto, o guarda entendeu: é para o spot que está diante do carro que ela aponta, ela quer que o retirem dali... Não, assim não... Ela agita de novo a mão perfeitamente cuidada, unhas pintadas, cigarro, anel, tão descarnada: um pouco mais para a esquerda... Ela agita o indicador: "Mais pra lá! Pronto!". Tão perto do fim, alguns dias, ela o sabe, ela regula os flashes, atenta às luzes desde o momento em que desce do carro, iluminadora de si mesma, à distância. Ela passou tantas horas sob os refletores! Altiva, obstinada, disciplinada, tirânica para consigo mesma até o último momento, *business woman manager* de sua própria beleza.

— E o que a senhora faz na vida? A que se dedica?
— À minha beleza.

Ela não quer sair do carro como uma perdedora... desde lá de dentro ela programa como sair... Esta será sua última foto, a última, ela quer a luz por trás, à contraluz, *Gegenlicht*, contraluz, esfuma os contrastes, as rugas, acentua o perfil, projeta uma sombra alongada, em cumplicidade com as trevas.

Ela estudou iluminação, e no final saberia como iluminar

todo um hangar, como usar centenas de quilowatts de projetores, gambiarras, *softboxes*... O importante era a luz e as relações de sedução, de sexo às vezes, não era com o ator, com o diretor, o produtor, era com o chefe-operador, é diante dele que a atriz se exibe, que oferece seu corpo durante dias e dias. É ele o sedutor: é com você que trepo esta noite e amanhã você me embeleza, o pacto acontecia às vezes, o *deal* tácito. Ele a dominava assim, pela iluminação, alguns watts a mais ou a menos, um pouco para a direita ou para a esquerda, uma sombra que cai mal sobre o rosto em primeiro plano, sob o olho, o detalhe que destrói, que acaba com uma carreira. Sim, o operador pode "matar" uma atriz! Ela se move diante de seu olho, é ele que a vê plenamente, observa-a, ele representa milhões de espectadores. Ela se sente desnudada diante de seus olhos, refém de seu olhar. É um confessionário. Ela confessa o que é seu corpo ao olho da lente, da objetiva, do visor, igual ao que faz ao padre e seu ouvido no confessionário. É o mesmo poder, a mesma sedução, a mesma confissão silenciosa de todo o corpo. Se for uma boa atriz! Só se ouvirá o pequeno ruído da câmara, e nada mais! Um rumor persistente como o das igrejas.

  O policial compreendeu, arrasta o grande projetor de pé de alumínio para o outro lado do carro: um agente da polícia transformado em iluminador da "mais formidável fumante de Hollywood"! O policial abre a porta, Nicole a ampara de lado, ela aspira mais uma vez o anacrônico cigarro, depois sai do carro e se afasta. Ela pode ficar em paz: impiedosa consigo mesma, hoje não cometeu nenhum erro, nenhum mesmo, ela agora seguia por uma rampa larga em suave declive que ia dar em longos e baixos degraus até alcançar o Palácio dos Congressos, ia contra o vento que sacudia e ondulava as bandeiras, direito e avesso eram uma coisa só, dirigia-se ao palácio que, durante o resto do ano, é palco de congressos e seminários de informática, de laboratórios farmacêuticos, de agentes de viagens, toda baixinha, bem ereta com seu chapéu, uma personagem legendária... A lenda vai caminhando e as poucas pessoas bronzeadas, de Lacoste e boné, apoiadas nas barreiras móveis e desconjuntadas, observam tudo isso alheadamente, depois olham seus relógios: quase oito da noite, a hora de ver sua repórter preferida, e depois Pamela Anderson, e talvez, mais tarde, um velho filme com Bette Davis, dublada por aquela que fez a publicidade do sabão Ajax.

Bem na hora em que Ingrid se adiantara e começara a se ajoelhar para depositar sua rosa, viu que estava cometendo um erro: Bette Davis não podia se abaixar. Talvez Nicole, então, que, rapidamente, em duas palavras e com o olhar, interrogara sua patroa: "*Não!*". A dignidade da soberana deve refletir sobre seus vassalos e se Nicole também se abaixasse, estaria passando o atestado de invalidez da outra. Quando Ingrid se deu conta, era tarde demais, ela tinha sido invadida por aquela aparição, magnetizada por aquela visão.

Muito depois ainda, ela dissera para si mesma: "Essa aparição no elevador parecia com o sonho que eu contei ao analista, o doutor K, aquele que me tinha curado, aos vinte anos, de minha cegueira temporária e de minha doença de pele: estou num deserto de areia e minha mãe me aparece na forma de uma esfinge gigantesca, uma esfinge de metal. Ela não me vê, olha à distância, completamente imóvel e muda. 'Mamãe! Mamãe!' e só ouço o eco de minha voz que bate no metal e volta, um metal oco, vazio por dentro. Estou desesperada, desesperada". Ela foi então tomada por algo mais forte que ela, como num transe hipnótico, como se aquele gesto lhe trouxesse à lembrança alguma coisa do passado, e foi quando ela se aproximou e depositou a rosa. E então, naquela posição, ela parecia estar representando dentro de um quadro: a oferenda de uma rosa por uma jovem admiradora a uma antiga deusa da tela. A aparição tinha desencadeado alguma coisa em sua cabeça — *click* — que ela interpretava a seu modo: espécie de script velho ou de antigas imagens atualizadas. Não pudera se impedir de fazer aquele gesto, embora tivesse percebido muito depressa, de imediato, mas já era tarde, que cometia uma gafe.

Um outro tempo? Uma outra época? Sua jovem admiradora, em suma. Mas será que, para uma jovem atriz de hoje, nascida por volta de 1978, o ano em que ela, Ingrid, estreava em Paris, chegava ao hotel Scribe com suas panelas — Elsa Zylberstein, por exemplo, que era toda simplicidade, sem afetação, direta —, ela não representava uma outra época, com aquele vestido negro em cena e com aquele gosto pelo artificial, a distância ainda não era maior? Ela fazia parte de uma época em que o cinema era fábrica de sonhos, jogo de sombras, lanterna mágica, propunha modelos, ela fizera parte disso, e hoje o cinema não queria apenas refletir o mundo, mas propor um outro, completamente fabricado pela luz, pela montagem, e isso fora seu universo, a aspiração a uma outra coisa, uma projeção. As sombras móveis na parede do fundo da caverna eram tão reais quanto o que acontecia lá fora.

Uma terrível mutação ocorrera em vinte anos, maior sem dúvida que entre o começo do século e 1978, apesar das duas guerras, do fascismo, do comunismo, dos campos de concentração, de todos os filmes que sonhamos e de tudo o mais, porque acontecera essa coisa estranha: esquecemos tudo, passamos uma esponja, fomos vítimas de uma brutal amnésia, nada lembra nada, como depois de um apocalipse, e hoje, quando ouvimos a palavra tela, não pensamos mais em *silver screen* ou em alemão *Leinwand*, lençol de linho — e isso lembrava os mantos com que se cobriam os santos nas igrejas —, pensamos em laptop, e-mail, computador, correio, pequenas mensagens, e nossos olhares não vão mais além disso, e se naquela hora levantássemos a vista por um instante, teríamos cruzado com ela, com seus olhos — parecidos, aliás, com os das heroínas do cinema mudo, Mary Pickford, as irmãs Gish, Lilian e Dorothy — espantados, abertos, como à espera de uma Anunciação, de algo diferente, mesmo sem nenhuma esperança: uma *Sehnsucht* um tanto fatalista,* já consciente de seu próprio fim, talvez nem a víssemos ou ficássemos exasperados com ela. Sim, sem dúvida, já era tempo, mais do que tempo, de usar um outro vestido em cena, de mudar um pouco.

Essas histórias de duplo, de dublagem, de vozes... e de chapéus que voam com o vento... vozes também voam, são levadas, Bette era dublada, uma outra voz, as vozes vêm e vão, também são roubadas. Alguém vem e leva:
"Chefe! Chefe! Tráfico de cordas vocais! Um novo doutor Mabuse! Seus ajudantes-escravos seqüestram, amarram e cloroformizam suas vítimas, depois lhes arrancam as cordas vocais e as enxertam em si mesmos! — Pare, Spielvogel, você está delirando. Durma. — Eu juro, comissário Arbogast. E, assim, usando essas cordas vocais, podem abrir alguns cofres".
E ela emprestara várias vezes sua voz, travestis berlinenses a usavam nos seus playbacks, e havia também os plagiadores, copiadores, cantores ladrões que a distorciam mecanicamente, sem o espírito, sem o risco, as entonações, sem o timbre, e aque-

---

* Esse fatalismo presente na expressão é exatamente o mesmo de Marlene, o que nos leva a ver na *Sehnsucht* algo tipicamente germânico.

la outra face dela mesma que era tão sua, que lhe dava um sentimento de fatalidade, como um esgar.

E chegaram uma vez a comprar sua voz: "Numa bela tarde, em Munique, Rainer e eu tínhamos ido a um lugar que acabavam de inaugurar, um clube um tanto chique, com salões atapetados de veludo grená, projeções de filmes pornôs, estava muito em moda na época, o que o divertia, apesar de seu pudor — ele vivia dividido entre a sede de tudo-fazer-tudo-conhecer e uma grande reserva de pureza e castidade. Ele gostava muito de me levar sempre a lugares que descobria e me eram desconhecidos: cinemas, restaurantes, bailes, clubes, como todo marido apaixonado, não é? Nós estávamos, então, sentados confortavelmente em nossas poltronas Chesterfield, os garçons nos tinham trazido uísque e suco de frutas, escureceu e a sessão começou: o filme era *The Devil in Miss Jones*. A atriz, Linda Lovelace e, como seu nome dizia, tinha uma cara de anjo pré-rafaelita, Burne-Jones, Aubrey Beardsley, longos cabelos castanhos ondulados que caíam em cascata sobre os ombros e aureolavam cândidos olhos azuis, uma boca de lábios bem delineados e um sorriso seráfico, vestida de renda branca, só faltava a coroa de flor de laranjeira... E a voz... Não... No começo estava muda, caminhava, dedicada a seus afazeres, e então começava... ela suicidava-se cortando os pulsos na banheira e depois ia para o inferno. O inferno era uma grande repartição onde ela se achava comportadamente sentada e um emissário do Diabo, de terno e gravata, lhe propunha o seguinte: ela podia voltar à Terra se, antes, ela fosse capaz das piores torpezas do sexo. Começam, então, suas tórridas acrobacias. A tal morta, de contornos botticellianos, põe-se a falar coisas chocantes e outras bem de acordo com o pacto, chegava até a usar uma serpente. Deixava-se penetrar por todos os orifícios para ganhar sua passagem de volta, um belíssimo tema se a gente pensar bem: o sexo para vencer a morte. Igual a Orfeu com sua poesia para seduzir as divindades do Estige. E a garota se põe a falar... a dizer horrores, porcarias, a arrotar, a gemer, a gritar... E aquela voz, aquela voz... não! Não era possível, era inacreditável... No entanto, era impossível confundi-la com uma outra, uma voz que, ouvida uma vez na vida, mesmo que por segundos, sempre seria prontamente reconhecida entre mil, mesmo nas guturais, aquela voz de contralto suave: era... sim, era a voz de sua mulher querida, era a minha voz que dizia: 'Siiim... está gostoso!... meta no meu cu...!'. Rainer estava afundado em sua poltrona, seu rosto ficou pálido, o olhar congelado, começou a suar, curvou-se, dobrado sobre si mesmo, levantou-se precipitadamente, afastou bruscamente sua poltrona e, meio cabisbaixo, saiu com a maior rapidez sem dizer nada, como tomado por uma visão demoníaca. Parecia James Cagney na célebre cena em que, no refeitório da penitenciária, recebe a terrível notícia: sua mãe morreu! Fiquei sentada tranqüilamente em minha poltrona: 'Mas, sim... claro...'. E, enquanto a luminosa, diáfana, deliciosa botticelliana declinava em todos os tons todas as posições, toda a gama dos 69, carrinho chinês, rosa esmigalhada, repuxo oriental, empalamento completo e invertido (uma raridade, mas só com três pessoas), ela se lembrava de sua passagem por Nova York, dois anos antes, para a estréia do filme *La paloma*.

"Christopher, um amigo, um gentil rapaz pau-pra-toda-obra: quando ele não estava entre os xerpas nas montanhas do Tibete, ou traficando cocaína ou explorando milionários que ele enlouquecia com golpes de tantrismo: conseguia manter o pau duro o tempo que quisesse, uma hora a fio, duro como a coluna vertebral de um faquir, distribuía filmes pornôs. Dubladora alemã de Linda Lovelace? Por que não? É divertido. O.k. e foi assim que, por mil dólares, entre duas festinhas e duas entrevistas em que respondi em termos preciosos sobre meu personagem la Paloma, frágil heroína romântica, tísica e nostálgica, eu me encontrei, numa tarde de outono, num estúdio de dublagem da Broadway, no quadragésimo segundo andar, de pulôver e blue jeans a dizer tranqüilamente 'Ohhh!', 'Ahhh!' e 'Mais', e 'Estou gozando', e também 'Meta tudo!', 'Estou toda molhada'. Tinha a impressão de estar escrevendo balões de quadrinhos eróticos, era divertido.

"E eis que, dois anos depois, no bairro atrás da Maximilianstrasse, no prédio bem ao lado da loja de música onde, um dia, quando a gente passou por ela — 'você quer?' —, ele me tinha comprado um harmônio, num clube de luxo, poltronas Chesterfield e servidos por garçons, eu era traída pela minha voz. E, espere, acho até... sim, foi mesmo... estávamos os dois sozinhos naquele grande salão... naquele clube... Ele tinha saído com 'sua mulher' para lhe mostrar um pequeno espetáculo diferente, um pouco picante. Eu era 'sua mulher'. Sempre me espantou ouvir essas duas palavras quando ele dizia, muito pequeno-burguês, muito tradicional: 'Apresento minha mulher...'." Isso também causava espanto nos outros, mas de forma diferente: eles sorriam, e aquele esboço de sorriso eu conhecia, queria dizer: "Um casamento entre uma mulher e um homossexual não é coisa séria, é um casamento de fachada". Era o sorriso daqueles que recusam a feminilidade nos homens e não podiam ver que só mesmo um homossexual pode amar àquele ponto uma mulher de forma exclusiva. Não, para aquelas pessoas, os prazeres deviam ser simples e diretos. E aqueles dois tentavam justamente compor alguma coisa de diferente, se reinventar um pouco, se reconstruir. É preciso dizer que, com as ruínas da Alemanha, e eles também com o corpo e a alma em ruínas, partiam com certa vantagem, isto é, partiam do zero, abaixo de zero, é isso o que proporcionam as guerras, as doenças, como dizia o poeta-filósofo deles, aquele que, no final, gostava tanto de sussurrar aos cavalos: "Onde não há ruínas, não há ressurreição". Inventar alguma coisa, um corpo um pouco diferente, aquilo durou pouco: "Arrisco essa constatação, é Fassbinder quem fala em *Ensaios e notas de trabalho*, entre todas as pessoas com quem trabalhei, que começaram junto comigo a estabelecer a prova de uma utopia concreta, excetuando Peer Raben e eu, talvez hoje só reste Ingrid Caven."

"Apresento-lhe minha mulher! Quando me casei, pensei assim: 'Ele gosta de rapazes; entre nós, não há dúvida, existe amor, mas ele terá também suas histórias e eu, minhas aventuras'. Mas não aconteceu nada disso. Ele detestava ver alguém me cortejando. Um dia, almoçávamos com o jovem ator Karl Heinz Boehm, o filho do maestro, que parecia estar demasiadamente interessado por mim. 'Você não acha', disse ele, 'que minha mulher é um pouco jovem para os seus quarenta anos?', isso quando eu já estava na casa dos trinta. E, numa outra ocasião, quando fomos passear no grande parque de Munique, o Englischer Garten: 'Tire esse batom, tudo que for homem vai querer paquerar você e aí eu vou ter de brigar!'. Estava fora de cogitação eu ser atriz, 'trabalho de puta'. 'Minha mulher vai à praia de óculos de sol e com um livro enquanto eu estou trabalhando'." Ele fazia suas putas trabalhar, elas não reclamavam, *no problem*, as filmava a toda a velocidade, a toque de caixa, ele queria tudo rápido. Era assim que ele via as coisas, que as imaginava. Era sua visão, as imagens que ele tinha na cabeça e queria concretizar a todo custo, qualquer uma, como, por exemplo, a visão ácida que tinha da Alemanha, toda a sua vida foi assim, da direção à filmagem de um simples plano de mesa. Ele trabalhava vinte e quatro horas por dia, dava entrevista enquanto brincava no bilhar elétrico, na rua d'Antibes, em Cannes. "E suas relações com Ingrid Caven?", pergunta o jornalista do *Spiegel*, a quem deu uma entrevista no bar. "Se a palavra...", o copo de cuba-libre, rum e coca-cola, em cima do bilhar, o cigarro entre dois dedos que fazem correr a bolinha, "... se as palavras afinidades eletivas...", a bolinha corre e bate no *bumper* 1000, "... têm um sentido... eu diria que o que mais se aproxima delas são as minhas relações com Ingrid Caven..." Tilt! "E Douglas Sirk? Seus melodramas maravilhosos..." Tilt! *Same player shoots again...* "Gostávamos muito dos fliperamas, dos jogos... boliche... E a *jukebox*, não tanto das enormes Wurlitzer quanto daquelas que ficavam na parede perto das mesas, nos bares comuns, algumas, em Paris, ficavam ao lado do Palais-Royal, numa rua estreita, rua des Bons-Enfants, bem perto do pequeno hotel onde nos hospedávamos, hotel de l'Univers. Ele chegava de manhã, punha duas moedas na geringonça e, ao som dos Pretenders, de Paul Anka, 'Ohh Diana', escrevia As *lágrimas amargas de Petra von Kant* com uma rapidez incrível, como se tudo já estivesse pronto em sua cabeça, tudo construído, como uma tarefa a ser concluída, um dever que tinha de ser feito... uma velha dívida que ele tinha sabe Deus com quem: a Alemanha?

"E, para terminar, um dia em que eu tinha ido a Paris sem dizer nada, ele mandou dois brutamontes atrás de mim, iguaizinhos a esses tipos mafiosos, e eu tive de me esconder uma hora ou duas num armário. Eu era a sua mulher até a eternidade, ele era do tipo sentimental nessas coisas. Ele estava de branco quando nos casamos, tudo bem oficial, e, ao fim do jantar, na hora dos brindes, ele dissera um velho provérbio: *Glück und Glas, wie leicht bricht das*, a felicidade e o copo, como se quebram fácil, e eu cantara uma canção antiga, a cantara quando criança, meu avô se divertia com ela: *Es geht alles vorüber, es geht alles vorbei*, tudo passa, tudo passa... Eu estava usando um vestido de seda verde, gola chinesa, abotoada até em cima... Naquela noite mesmo, trabalho e amor estavam misturados, filmavam uma cena num bar, eu cantava pela primeira vez na tela: *I was sitting by the river with my tears...* Tudo isso para dizer que, quando ouviu minha voz, aquela voz de mulher possessa, ele não achou nenhuma graça.

"Mas ele estava a par dos truques de dublagem, como estava de todos os efeitos especiais, das trucagens, e de todas as técnicas do cinema, ele sabia fazer tudo, montagem, mixagem, fotografia, podia fazer um filme sozinho. Sim, ele sabia tudo isso, o processo da faixa de sincronização não tinha nenhum segredo para ele: alguém fica sentado num banquinho ou em pé, diante da tela onde uma cena está sendo projetada direto. Ao pé da imagem passa ao mesmo tempo uma faixa de celulóide branco, uma faixa em que cada sílaba do texto está escrita a caneta, com nanquim, com uma caneta especial. Sob uma pequena lâmpada vermelha passa cada uma das sílabas, com uma letra mais ou menos grossa ou fina, larga ou comprimida, primeiro comprime depois se dilata. Isso determina a modulação da voz: 'Ah!', 'Ahhhh!', 'estou gozando' ou 'estou gozaaaando', isso passa duas, três, quatro vezes, e repetem-se as mesmas palavras, as mesmas aliterações ou gritos, duas, três, quatro vezes. É assim que se faz a sincronia."

E por mais que ele soubesse que aquilo era uma coisa fria, técnica, sem nenhuma conseqüência, reagia como se estivesse diante de uma cena de magia negra e, como um selvagem antigo, ele perdeu o controle, ficou totalmente alucinado. Durante alguns estranhos e inquietantes segundos, ele recuara muitos séculos, quando se acreditava em espíritos, em duplos, ele, sem dúvida, compreendera e não compreendera ao mesmo tempo. Uma situação estranha: ele reconhecia aquela voz, sim, mas também como se fosse a voz de um duplo, de um espectro, depois se acalmara, mas ficaram as seqüelas, as marcas, ele levara um choque. Para ele, teria sido menos perturbador vê-la trepando na tela despudoradamente.

"Um dia, em Almeria, na Espanha, eu o vira empalidecer, começou a suar e saiu correndo, como se tivesse visto, diríamos assim, uma assombração, uma alucinação, um sortilégio. Eu estava numa pequena baía, sozinha, tomando sol: óculos escuros, chapéu de palha, livro. Ele foi me buscar, detestava o sol, e bem na hora em que chegou... nem nos demos conta logo, levou dois ou três segundos, uma massa escura fechava bruscamente a entrada da angra, uma forma redonda, sem vida, uma tartaruga gigante, cinco, seis metros, um monstro. Estava morta. Ele me pegou pela mão e saímos correndo pelo caminho que contornava a colina e logo chegamos à Casa Pepe. Até os jornais falaram da tartaruga que viera da Ásia, do Extremo Oriente, da Indochina, creio, arrastada pelas ondas, e foi dar de cara logo com ele... pois aquela tartaruga lhe trouxe à lembrança uma velha história, uma lembrança que o acompanhava desde menino: aos quatro, cinco anos, criança triste e solitária, ele tivera uma única e verdadeira companheira: uma tartaruga. Um belo dia, ela desapareceu, sua mãe, dizia ele, a jogara pela janela e um carro a esmagara. Durante muito tempo ele ficou inconsolável. Nunca mais esqueceu/esquecera... Três ou quatro anos depois da história da praia da Espanha... estávamos agora em Nova York, numa *party* em sua homenagem, quando da estréia de um de seus filmes, um apartamento, muita gente, e a linda garotinha da casa a quem ele jamais vira, vem e lhe toma a mão: 'Venha, vou lhe mostrar uma coisa...'. Ela o havia escolhido, o elegera, ele, o 'monstro', e não um outro. Lisonjeado, ele a acompanha até o quarto e eu o vejo voltar rápido, pálido como um morto, suando e correndo: 'Venha... vamos embora...'. O que ele vira? Uma tartaruga, foi isso o que ele viu, a garotinha queria lhe mostrar sua tartaruga... Será que ele se sentia vítima de um sortilégio, e o objeto de adoração de sua infância transformara-se num objeto de terror?"

Ele tinha um lado animal: veria ele na tartaruga uma projeção de si mesmo? A tartaruga da mitologia chinesa é o pilar do céu, e cada pilar das sepulturas imperiais repousa sobre uma tartaruga... símbolo também da concentração e da sabedoria. Silencioso, fechado, ele também tinha se tornado a base e o pilar de um grupelho magnetizado por sua própria animalidade. Era esse o seu destino: uma certa incapacidade de exprimir as emoções, escutar o mundo com todo o seu corpo e ser infeliz, silencioso como um animal. Doentiamente tímido no começo, imobilizado pelas drogas no final, ele entrava rápido em sua carapaça, concentrado, ensimesmado, inerte, silencioso, velho chinês, ópio, morfina, mas transformado em centro de gravidade de um microcosmo histérico. O ameríndio, o negro se enfeita com patas, dentes de tigre, tufos de pêlo, com pele listrada, manchada. O objeto de seu terror vira ornamento. Exorcismo, esconjuro, a pessoa se transforma naquilo que a aterroriza. A imitação, em suma, é uma forma de se desfazer de um objeto de adoração ou de medo, ou os dois: os animais nas paredes das cavernas, cavalos, touros, bisões. Supersticioso, faro e antenas de animal, de selvagem, Rainer cobre sua mulher de jóias: "Turquesas, muitas turquesas no meu aniversário, foi em Istambul, dois anos depois da festa de Nova York, anel, pingente, pulseira, toda a linha, turquesas em forma de... tartarugas! O anel escorregou do dedo, pouco tempo depois, nos Banhos de Semíramis, desapareceu! A pequena tartaruga de turquesa foi, sem dúvida, levada pelo mar Negro!".

The Devil in Miss Jones! O *devil*, a voz era dela. Ele não esperava por aquilo, não podia ser verdade! Haviam roubado a voz de sua mulher! Depois ele acharia que ela a teria vendido por um punhado de dólares a uma daquelas putas, e agora corria o mundo, sua voz, uma coisa tão íntima, tão pessoal.

— É uma questão moral — disse Charles. — Não se pode confiar a voz nem nenhuma parte do corpo a ninguém. Não podemos permitir que alguém leve nossa voz.

— Leve, nossa voz?

— Sim, leve... levam...

— Leve como os chapéus?

— Sim, tão leve que se leva registrada nos filmes dentro das caixas, como a sua, levada num vôo Nova York—Munique...

— Chega. Papo mais sem sentido, pessoas que viajam, chapéus, vozes que alguém leva...

Charles se calou, relembrava: um verão, na Grécia, perto da ilha de Scorpio, numa angra alcantilada, uma angra, o mar. Ninguém. Uma voz de mulher, um canto vinha do mar. Uma voz selvagem, bela. E um som nu, depois apareceu um pedalinho, passou diante da angra, bem perto. Era Maria Callas, de maiô e turbante, pedalava, remexia a água, flores de espuma, fazia seus exercícios vocais, atravessou lentamente o campo visual de Charles e desapareceu à direita, semideusa entre os mortais numa volta de pedalinho. A voz ficou ainda um pouco no ar, entre mar e céu. São sempre as vozes que restam, ao fim de tudo, é sempre com elas que se começa, uma voz e um ouvido: dois fios de seda impalpáveis e um pavilhão de orelha! Ele nunca contava essa história para não dizerem: "Coitado! Enlouqueceu!...".

"Bom dia!" Ele lhe estendia um pequeno buquê de flores do campo e parecia estar se divertindo, mas com um pouco de reserva. Era Hans Magnus Enzensberger. E hoje, um domingo de novembro, deitada no sofá, cortinas semifechadas, enquanto revê mentalmente um pouco do filme de sua vida, é nessa imagem que ela se detém. Ela a enfoca em grande plano: seu rosto, o olho brilhante de quem habita a casa das palavras e nela faz freqüentemente uma faxina, o que dá um toque de limpeza, de frescor. Ela põe uma trilha sonora na cena, sobre o que ele havia dito numa outra ocasião, durante uma entrevista: "Foi aquela voz, a dela e não a de uma outra, que me deu vontade de escrever umas canções para ela...", palavras sob medida para uma voz. Outro grande plano para as flores do buquê: anêmonas, margaridas, miosótis, alguns cravos — stop. Chega. O que passou, passou. Haverá sempre essas palavras que, ao seu ouvido, ainda ressoam, sobretudo agora:

Ich habe heute keine Lust
zu tingeln, zu tingeln, zu tingeln.
Heute bleib ich einfach liegen
und lass das Telefon
klingeln, klingeln, klingeln.

Eu não tenho vontade de cantar hoje
Hoje, simplesmente, vou ficar deitada
E deixo o telefone tocar
E tocar e tocar

Vejo as nuvens voar, passar
São sempre as mesmas, são sempre novas
Sempre as mesmas
Não sei o que lamento

O telefone não toca mais há um bom tempo
Não sei mais como me vestir

Minhas roupas são muito cinza, muito beges, muito verdes
Ou muito escuras ou muito claras

Sim! É mesmo! Na vida como na canção: *muito escuras ou muito claras*... muito largas?... muito apertadas? Ela vai até o guarda-roupa: "Preciso de outras roupas... menos preto? Mais coloridas?... nos veremos esta noite... mais tarde". Ela relembra seus primeiros guarda-roupas, na Floresta Negra, em Munique, vagamente chique, sem estilo. A vida com saúde, cada vestido era uma promessa de felicidade, ela dizia para si mesma: "Este vou usar tal noite, para tal pessoa em tal lugar, ou para ninguém, para todos, ou para um desconhecido...", ela se via vestida, "um penteado à Bardot...", os preparativos... cada vestido, um jeito de ser, um corpo novo, sedutor, vinha à luz, novos movimentos, e havia os rapazes, ela se vê numa festa-surpresa: Bill Halley, "Rock around the clock", os Platters, "Oh yes I'm the great pretender", ou "Only-y-y you-ou-ou". Quando estava doente, ela não queria mais ver seus vestidos, eles a tornavam ainda mais triste... E ali, agora? Um pouco de incerteza misturada com indiferença. Viria dela ou das coisas? Sim, ela tem, parece, menos curiosidade, menos excitação desde há algum tempo, menos relações de sedução, as roupas se tornaram sobretudo armaduras, signos do poder, como se estivéssemos numa sociedade guerreira primitiva. No momento, ela assobia duas notas e se põe a girar todos os cabides, colocando os ganchos na mesma direção, a abertura virada para a parede, um por um. "Esses ganchos, parecem???... pontos de interrogação! Vamos sair! Está um belo dia!" Uma olhadela no espelho: "Merda! De novo!". Eram manchas vermelhas no rosto, sua velha doença que se lembrava dela. Nada grave, um comprimido de cortisona dava conta do recado, mas os horrores da infância voltavam mais uma vez à sua cabeça, era a marca do passado que o espelho devolvia: "Não vá pensar que você pode me escapar completamente, sempre vou estar ao seu lado". Toda a sua vida, um problema, aquele demônio da alergia. "Eu não achava que poderia fazer cinema um dia... Para mim, o cinema era assim: cútis diáfanas e belas, lisas, translúcidas, que irradiavam luz. Eu achava que tinha queda, mas não podia confiar em minha pele." Nunca, nunca na vida a menina "leprosa", a mocinha, às vezes cega por causa da alergia, ousaria sonhar, pensar que um dia... mas aconteceu o contrário, muita gente, não tanta assim, mas com o barulho que fizeram, algumas centenas de milhares, alguns milhões, a tinham visto numa tela e numa grande tela! *Silver screen!* Seu rosto em grande plano, e, quem sabe, cinqüenta ou cem mil a tinham adorado e entre essas cinqüenta ou cem mil, cinco ou dez mil provavelmente não a esqueceram e, entre elas, setecentas ou oitocentas lhe prestavam uma espécie de culto, e entre essas setecentas ou oitocentas, quarenta ou cinqüenta continuavam falando dela, e não viam outra coisa diante de seus olhos: *La paloma*. E entre aquelas quarenta ou cinqüenta, havia uma, no coração de Manhattan, também com a pele estragada, da qual também vivia se queixando, que, no seu escritório da Factory, tinha, disseram-lhe, pregado o cartaz do filme: ela sentada diante de um espelho. Era Andy Warhol, era possível que ele amasse aquele olhar fatalista que parece ter encontrado o Mal mas sem lhe dar a menor importância. Sim, era possível.

Pois agora seu rosto estava magnificamente iluminado, perfeito, projetado em 3 x 7 m, em *silver screen*, que os alemães chamavam de *Leinwand*, lençol de linho — o mesmo linho dos altares —, mas também o mesmo com que durante muito tempo envolveram seu corpo, tal o sofrimento com aquela doença, era sua desforra contra o destino: seu rosto estava hoje protegido por aquele lençol que tinha, tempos atrás, servido para escondê-lo.

Ela teria dado tudo, tudo, na época, para ter uma pele bonita, bastava uma pele normal, e tentou-se de tudo: visitas cheias de esperança, levantávamo-nos cedinho, aos médicos dos quatro cantos do país: Neustadt an der Weinstrand, Prien am Chiemsee, Heidelberg, esperanças logo desfeitas... charlatães, as orações a Maria, Lourdes, com sua avó Anna, que rezava no trem, em companhia dos paralíticos, aleijados, tortos, corcundas, dos animais em fase terminal, gatos de coleira em estado lastimável, pássaros em gaiolas disfarçadamente cobertas com um pano, para eles também aquela viagem era a última cartada, cantavam-se hinos em coro, a garotinha fazia a primeira voz, algumas vezes a segunda e até mesmo a terceira, e para terminar, anos depois, a psicanálise, que a ajudara muito e, desde então, quando alguém queria falar mal... não, ninguém tinha esse direito, diante dela, de falar mal do "detetive" vienense com seus charutos, amante de estatuetas egípcias e decifrador de sonhos, que cultivava a arte oblíqua de insuspeitáveis associações.

Ela sai. Passa pelo pátio diante das roseiras ainda um pouco floridas, rua de Bellechasse, dobra à esquerda, rua de Varenne, onde o *carabiniere* está de plantão bem embaixo da bandeira verde-branco-vermelha — "manjericão mussarela tomate", ela sempre pensava assim — da embaixada da Itália e um pouco mais adiante, vigiando a rua onde se encontram dois ou três ministérios, policiais, bonés no cinto, escudo de plexiglas na mão, e, pendurado numa corrente, um pequeno apito prateado que, por si só, confere a tudo um ar de brinquedo infantil, o revólver parece de repente uma pistola de água. Ela pega a rua do Bac: confeitaria Dalloyau, três japonesinhas risonhas compram três caixinhas de chocolate... Ela hesita e acelera... Passa pelo museu Maillol, a antiga Fonte das Quatro Estações, retorna alguns passos, não resiste: "Não consigo resistir... duzentos e cinqüenta gramas de trufas de chocolate, por favor". De novo, passa pela Fonte das Quatro Estações: há uma exposição de Basquiat. "Eu estava vendo... uma explosão de alegria negra... um quadro onde há uma partitura musical... grafites... uma lista de cardápios de restaurante... Não vi o filme sobre ele com David Bowie e Courtney Love, gosto muito dela, a tez clara, rosa e cintilante, movimento do corpo, um pouco desengonçado: à inglesa. Mais adiante, a loja Issey Miyake." É a coleção 1999-2000, a linha *Pleats Please*: cores vivas, vestido em poliéster tratado como papel crepom, lanternas que se transformam em vestido, plissados como acordeão, pequenos *bandoneóns*, daqueles tocados por palhaços, se transformam em saias. Não é de admirar, ele que escreveu que "tudo pode virar uma roupa". "Para mim? Para mim não! Um pouco exagerado nas cores... e tudo é muito caro!... e também não estou precisando... enfim... a gente sempre diz isso e depois... Cervejaria Lipp! Se eu entrasse para comer um arenque Bismarck, Bismarck ou Báltico? Os dois são bons, mas prefiro Báltico... Não! É muita caloria..." Arenque?! Báltico?! Vestidos plissados em forma de lanternas?! Ela se lembra da aldeia no Báltico, na escuridão durante a guerra: outras crianças, velas dentro de lanternas feitas de papel plissado, caminhando devagar no silêncio das ruas à noite, um pouco de perigo em cada canto, era a festa das lanternas, *Laterne, Laterne! Sonne Mond und Sterne!* Sol lua estrelas! Um deslumbramento ao alcance de todos, magia, as crianças, quatro anos e meio, cinco anos, cantavam juntas, baixinho, maravilhadas, o olhar em êxtase, era de arrepiar, na escuridão, ecos de vozes, de passos, dentro da noite iluminada pelas lanternas em forma de lua, meia-lua, estrelas, penduradas em longas varas que eram carregadas com muito cuidado, todos em fila, e, passando de uma coisa a outra, aquilo lhe traz à lembrança uma canção, uma cantiga de roda daquela época, um pouco inquietante, que dizia: *Es geht ein Bi-ba-Butzlmannn in unserm Kreis herum fidlbumm.*

Um disco de Björk na drugstore Saint-Germain? Ela se aproxima. "O que aconteceu? Um tapume, guindastes, a drugstore sumiu! Talvez eu o encontre na casa Vidal, bem ao lado, na rua de Rennes?... Não. Agora é Cartier." As jóias substituíram os discos. Atravessa... a banca de jornal... "Crash nos mercados asiáticos", a manchete do dia, as estatísticas dizem que as saias encurtam quando a Bolsa baixa e vice-versa, parece que a isso chamam o índice-bainha, compra *The Face*: as Spice Girls na capa... entra no Flore, primeiro andar, é mais tranqüilo: "Por favor, um suco de limão sem gelo e sem açúcar". Mais adiante está Charlotte Rampling torcendo-se de rir com uma amiga. As Spice Girls ganham cem mil dólares por show, patrocinadas pela Pepsi... Além do mais, são vinte e cinco shows por mês, mais a publicidade. Há uma foto: são as bonecas das Spice Girls. No lançamento desse brinquedinho, trezentos fotógrafos se acotovelam... não em torno das Spice Girls, elas não foram à coletiva para a imprensa, mas em torno das bonecas! Ela vai em frente, pega a rua Bonaparte... rua Guéguénaud, uma pequena galeria, entra, como lhe disseram, ele está ali: um quadro de Edvard Munch, o autor de *O grito*. Lá está, uma mulher, vestido de listras sinuosas: *A cantora*. É um retrato de corpo inteiro: a mulher canta, mas não num show, parece mais que está num salão, numa bela tarde, ensaiando, ou então cantando para duas ou três pessoas sentadas num sofá. Não há muitas pinturas de mulheres cantando, Giotto, Piero della Francesca, mas neles são anjos, Watteau? Não. Whistler, provavelmente, é preciso verificar, Degas, sim, *A cantora de luvas*, Toulouse-Lautrec: Yvette Guilbert. No século XX? Quase nada. Ah! Mas houve seu amigo Salomé que a pintou cantando. "Realmente, meu amigo Salomé me pintou cantando, enfim, no quadro estou mais parecida com alguém que pula no ar... Pareço uma *dickes freches Berliner Kind*, um diabinho saltitando no ar." Ela sai da galeria: rua des Saints-Pères, Holy Fathers Street, como diz Charles em suas crises de anglofilia, e ele diz também Dragon Street, Good New Boulevard... A seguir, rua de l'Université, a Paris dos sábios da Idade Média, hoje rua de editores: Le Seuil, Gallimard...

Agora um grande movimento, a rua se alarga, se bifurca, toma a forma de um tridente e, um pouco mais além, mensageiros de empresas e boys de hotel caminham apressadamente, levando correspondências, buquês de flores, grandes sacolas de papel etiquetadas, as pessoas vão e vêm em várias direções, *cidade formigueiro*. Na orla do tridente, ali onde o triângulo se abre: o prédio da Alfândega, de esquina, avançando como um promontório, cinco andares, pedra de cantaria enegrecida, do começo do século, um bloco compacto, um verdadeiro navio, tem até uma longa seqüência de vigias de camarote, vinte e cinco, circundadas de ferro azinhavrado, lá no alto, no último andar. Ela pode, sim, imaginar tudo o que está amontoado lá dentro, uma diversidade inimaginável, objetos oriundos de todo os cantos do planeta, apreendidos nas fronteiras, nos aeroportos, estações de trem, portos, *cidade cheia de sonhos*. Não, ela não pode imaginar. Quando há coisas em excesso, não sobra lugar para os sonhos.

Laboratório Saint-Germain, scanner, doppler, ecografia, radiografia. Radiografia, ela entra. O doutor Dax a havia prevenido, até um pouco áspero, sem meios-termos, destacando as sílabas: "Desta vez, é sério, um co-me-ço de en-fi-se-ma. Se não pa-rar de fu-mar, esses ci-gar-ros se-rão os preguinhos de seu caixão...". E sua voz de barítono, comumente confortadora, adquirira, naquele instante, ao lado do tensiômetro de mercúrio, uma coloração sombriamente cavernosa. O doutor lhe explicara num boneco do qual havia destacado uma das peças de plástico rosa: "*Seu* pulmão é isso". "Eu não consigo... *ich kann nicht*... não consigo... penso nisso o tempo todo, nem consigo dormir. Olhe, a tosse nem me deixa dormir quando me deito, só consigo dormir sentada! Ponho os travesseiros nas costas, e aí sonho com um cigarro..." O mais importante era o gesto, como se seu corpo, desde muito tempo, tivesse se organizado em torno daquele pequeno tubo de baquelite preta de 10 cm, sim, ela copiava os gestos observados primeiro em sua mãe, depois, aos dezesseis, dezessete anos, o primeiro cigarro, marca Lasso, onde havia um caubói em seu cavalo, o laço era feito com a fumaça em volutas, e era uma forma fácil de contato com os outros e uma proteção também, ela que, em épocas de sua vida, com a pele ferida, suas alergias, não tinha nem uma coisa nem outra...

Em torno desse acessório, centro de gravidade, seu corpo se organizava com graça, primeiro a mão, ela segurava a piteira com três dedos, e esses gestos, o punho apoiado na perna, sentada no bar, os joelhos cruzados e a cabeça que cai um pouco para trás com um sorriso, como um apelo ridículo e divertido, uma pequena paródia das mulheres fatais dos filmes *noir* americanos de antigamente, e... "Ponto final!" O doutor Dax não parecia brincar: "Você não tem escolha...".

Uma vez lá fora, parou, tirou a radiografia do envelope e ali, na calçada, sob a luz neon, ela a olhou: dos dois lados da coluna, em sua caixa torácica, seus pulmões pareciam duas palmilhas. Através da radiografia, pela transparência, ela via as pessoas do outro lado, um pouco deformadas, sem prestar atenção naquela mulher que segurava um grande retângulo transparente, observando uma parte de seu esqueleto, todos caminham depressa por causa do frio, sobretudo porque daqui a uma hora começa o *Jornal das 20 horas*.

Rumor surdo da cidade, tons rosa do pôr-do-sol, a noite que começava bem ali junto ao rio, cais Voltaire, cais d'Orsay, esplanada do Carroussel, Jardin des Tuileries, ali onde a cidade se abre, se areja, seu pulmão, bem no centro, sua respiração, ela toma a direção de um quase-aniquilamento, como se tudo estivesse ali para desenhar aqueles amplos espaços, para definir-lhe os contornos. Ela tentou ver uma mancha, alguma coisa no retângulo de celulóide negro: os dois pulmões tinham a forma do Líbano, não! Parecia mais a ilha de Taiwan!

    Repôs a radiografia no envelope e se pôs a caminhar. Na vitrine da farmácia, no número 70, a garota do anúncio, rosto oval perfeito, um tênue sorriso, envolta em bandagens e coberta de cremes, parece estar olhando o outro lado da rua, a loja em frente, o 37: Deyrolle, taxidermista... A garota de pele tão suave, tão fina, pálpebras semifechadas, cobertas com um creme branco, observa do outro lado as espessas e rugosas carapaças de um tubarão, as escamas de um crocodilo. Um leão, um tigre, duro pelame escarificado, recosido, observam a Bela num divertido face a face. Numa curta fração de tempo, sumiu o ruído dos carros, estão parados nos sinais vermelhos, não há mais ninguém, estão atravessando a rua ao longe, no sinal verde, não há nada entre a jovem embalsamada, as pálpebras cobertas de creme, e os animais, ali estão eles, sozinhos, a Bela e as feras, petrificados num fragmento de eternidade.

    Radiografia debaixo do braço, ela passa ao longo do ponto de táxi, é hora de pico, a fila de espera, pessoas de vários tipos, de todos os cantos, reunidas por breves instantes numa fração de suas vidas, concorrentes involuntários, desconfiados, em fila indiana, esperando, estão um pouco próximas embora... atentas, olham seus relógios: faltam vinte minutos para as vinte horas, e, com o olhar fixo na direção do rio, espreitando, nem prestam atenção nos leões, nos tigres, nos crocodilos bem atrás delas, nem nos lobos ameaçadores: o homem vigia o homem, está atrasado, para que não lhe tomem o lugar, não roubem a sua vez... Preocupados, cercados pelo vazio: ao lado, sete ruas se encontram, rumores, luzes da cidade, "Bright lights, big city", de quem era essa música? Transeuntes!... Muitos se encaminham para o subsolo, o metrô, M como M de Maldita, com sua pele abominável: "Sim, na época, eu me sentia maldita".

Na esquina, o grande restaurante tex-mex: algumas bandanas, uma mecha verde, Nike Air-Max almofada de ar em plástico transparente, um casal formado por um gringo e uma manequim, uma coluna com anúncios: chamada de um filme americano: "Odiarás teu próximo como a ti mesmo"... Ela chegou ao cruzamento. O semáforo piscava no vermelho: *Atravessar em dois tempos... Atravessar em dois tempos...* O palco também, às vezes, ela o atravessava em dois tempos, como se fosse um espaço pouco familiar, um espaço proibido, ela gostava quando vinha do fundo: em dois tempos, em dois ritmos, lento e hesitante a princípio, e depois o quebrava no meio do percurso, marcando uma longa pausa, e retomava um pouco de fôlego nessa quebra, voltava a caminhar, decidida, imperiosa, até a ribalta, com toda sua força. Na faixa do primeiro tempo, ela parou, ali desembocavam sete ruas, o trânsito era completamente louco naquela hora, fez a primeira parte da travessia, parou, fez a segunda, alcançou o outro lado, tranqüilo, monótono, parecia até uma província, outro cenário, rua du Bac: a rua continuava com o mesmo nome, mas parecia outra rua. Ainda de longe, ela viu na banca de revistas fotos efêmeras de rostos anônimos, os que, a cada manhã, vêm com a onda da atualidade, e pronto, ela já está num outro mundo, acabou-se o rumor da cidade, e isso significa que ela está entrando num outro lugar, o que é sempre um pouco angustiante.

A rua se estreita. Cinqüenta metros adiante, nem isso, de um verdadeiro formigueiro ela passa a uma rua de comércio, várias lojas, século XIX, XVIII, XVII, XVI, out, fora do tempo. Ateliês, lojinhas antigas — a Central do Fuzil de Segunda mão, Sociedade Nacional de Horticultura da França, Perfumista e luveiro no fundo do pátio, à esquerda —, velhas casas baixas, em cinqüenta metros ela retrocedeu um século e as pessoas também em certo sentido, ela voltou no tempo e isso a envelheceu! Como se o tempo corresse para trás, agora, por um momento, a rua du Bac virou Backstreet, as pessoas também mudavam de cara, de passo, de jeito, um pouco mais curvadas, lentas, olhando as vitrines, eram as mesmas que, uns cem metros, cinqüenta metros atrás, caminhavam rapidamente, um pouco perdidas, sem mercadorias para olhar, o olhar cercado pelo espaço vazio, sem ter onde se fixar, onde se apoiar. Todo mundo se agarra à mínima coisa: uma luz, um determinado ângulo. Do outro lado, onde havia três ruas e depois um cruzamento com sete, as pessoas iam e vinham em várias direções, mas ali, agora, iam num sentido, ou melhor, em dois, em linha reta, mas em cinqüenta metros, se transformavam.

E ela também: é automático, inevitável, caminhar com passos largos com jeito *funky*, andar com as mãos no chão cantando não ia adiantar nada, a rua terminaria vencendo, melhor não se aventurar, não precisava atravessar. Não tem jeito! O morto se apodera do vivo, os mortos querem algo dos vivos, de todos, sem exceção, e em alguns lugares, em certas horas, faz-se a transação, opera-se a doação, em segredo, no silêncio, ao cair da noite, deixou-se um pouco de vida, de juventude, na ruazinha, ao crepúsculo, entre duas lojinhas, em alguns segundos, ninguém sabe. Ela chegou. Se olharmos num mapa da cidade ou se a houvessem filmado com *Spot 6*, a bordo da *Observer*, a nave espacial, se poderia ver que, em seu passeio, ela descreveu, com seus passos, a trajetória de um 8 deitado: o Infinito!

Embaixo, no parque da antiga embaixada da Rússia, lanternas acesas, precedida de sua enorme sombra projetada na parede do edifício e nas árvores, a velha senhora em seu velho anoraque, soviético, claro — uma policial —, faz seu cooper vespertino no sentido anti-horário, corre em volta do parque, onde um gato bege e preto, peludo, tufos de pêlo nas orelhas, coleira vermelha, salta entre os castanheiros, fazendo as gralhas voar grasnando de medo, batendo as asas ruidosamente, em torno de uma antena parabólica, largo prato metálico inclinado, pousado no chão do parque, ao lado de um recipiente de areia, um balanço, um tobogã de madeira pintada com cores que ela reconhece: as cores de seu carrossel, e também de seu trenó, que os prisioneiros russos e poloneses de seu pai tinham feito para ela lá no mar Báltico, perto de Schleswig-Holstein, vermelho, verde, amarelo, cores desbotadas, sem brilho... Tinha quatro, cinco anos, a idade das crianças que brincam agora lá embaixo, riem, falam em russo. "É incrível, aos quatro anos, e como falam bem o russo!" São iguais, aos quatro anos, aos chineses que falam chinês, e aos israelitas que falam hebraico! Ela, uma adulta estrangeira, sente-se um pouco idiota diante daqueles velhíssimos sábios de quatro anos. Até o gato, dizem que é russo, é um pouco estranho. Como fará "Miau" em russo? E em hebraico?

A noite cai, os sinos de Santa Clotilde: há muito que ela perdeu esse sentimento religioso, mas aqueles sons sempre a tocam. Ela se deita no sofá, olha no céu as nuvens:

Diese Wolken sind nichts
und wieder nichts
Aber schön sind sie,
wie sie weiss und schnell fliegen
Nur ich
bleibe liegen

Estas nuvens não são nada
nada nada
Mas como são belas

quando voam brancas e rápidas diante de mim
E eu
aqui deitada.

Apenas uma pequena notícia na página 12: "O produtor Mazar foi encontrado morto em sua casa, aos trinta e três anos de idade. Financiou vários cineastas nos anos 70: Polanski, Ferreri, Jean Eustache, Jean-Luc Godard, Jean Yanne...". Charles suspendeu a leitura. Fazia três anos que não o via. Fora em Praga, ele já se encontrava perto do fim. Carole Bouquet, que estava trabalhando num filme, fora buscá-lo num hotel para turistas, onde ele vivia de cueca *boxer* pelos corredores, agredido pelos policiais comunistas do hotel e insultado pela putas oxigenadas, escaladas para vigiar os clientes. Ele colocava os pés calçados com espetaculares Weston bordô nas mesas do hall, dançava sem camisa fumando um havana diante dos oficiais russos de uniforme no nightclub do último andar, colocava um maço de notas tchecas no bolso do velho violinista langoroso e nostálgico do restaurante vazio: "E agora, maestro, a 'Marselhesa'!...", ou partia de repente para os subúrbios a fim de comprar jóias de segunda mão nos bricabraques, acompanhado por belas jovens do underground que conhecera na época da Primavera de Praga... Do hotel via-se o cemiteriozinho judeu onde as lápides dos túmulos caíam umas sobre as outras diagonalmente por falta de espaço. Mesmo mortos, eles tinham um gueto.

Seu criado marroquino, a quem ele proibia de incomodá-lo, o tinha encontrado caído de bruços na cama, diante do televisor ligado. Era só o que restava. Não havia nem um só móvel.

O apartamento vazio, limpo. Uma cama, uma TV-vídeo no chão. Só isso.

Também não tinha dinheiro. Seu iate era alugado com a tripulação, o gentil capitão italiano. Seu poder estava nas palavras, na força de sua palavra. E tudo dependia de uma simples folha de papel: nela, Jean Riboud, seduzido uma noite por seu charme e brilho, escrevera que lhe dava poderes para representá-lo na gestão dos trinta por cento do que tinha na Gaumont. Só isso: uma simples folha de papel e o poder da palavra. Ele tinha uma frase, dissera a Charles que era um provérbio libanês: "Escutar é comprar; falar é vender".

Mas Mazar fora derrotado. Quase vencera, estivera bem perto, mas perdera finalmente para Seydoux, o inflexível capital protestante, do mais puro e rígido. Mazar, que o introduzira no acordo, logo fora descartado. Mais do que esperado! Ele perdera porque queria se divertir. E eles, a quem ele dera o primeiro empurrão, que os colocara ali antes de ser chutado, Seydoux, a quem ele chamava de "O malvado de plantão", eles não aprovavam nem um pouco aquele barroquismo exagerado, aquela "loucura", uma certa arte de viver, tinham de extirpá-lo, varrer aquela loucura, nunca mais nem ouvir falar, mil vezes o tédio: aquele sujeitinho que pulava na mesa, uma alegria incontida, do Carlton, para ler num quadro de ardósia o hit-parade dos filmes, a bilheteria de *A comilança* que subia vertiginosamente, e os números — nessa época não havia o *Cinema de Cifras* — eram escritos com giz por uma pessoa qualquer. E ele bradava: "Sou o rei do cinema francês!" — quase o foi.

Mas, um certo dia, um outro caminho parecia ter sido traçado: rica família sírio-libanesa, ele com vinte anos, brilhantes estudos em ciências políticas, noiva encantadora... que se suicida. Então, quando algo assim se torna possível, tudo é permitido. E sua vida, rápido, muito rápido, tomara um rumo endiabrado.

Seu tipo mediterrâneo, oriental, solar, exuberante, fazia sobressair ainda mais suas olheiras, seu lado escuro, cercado de trevas. De longe, de muito longe, dava para perceber sua fraqueza, sua atração pelo abismo, mas sem nada de trágico, e toda a sua sedução vinha daí, mesmo com os mais duros, os mais poderosos e encouraçados, sua sedução e todo o horror que ele lhes inspirava. Essa atração pelo abismo, todos a temos em certa quantidade, mas quase sempre a ocultamos. Ele, além de tudo, era o escolhido pelo abismo. "Vida fulgurante? Escolhido pelo abismo? Aquilo me fascinava", contava Charles a Ingrid. "A quem não fascinaria? Até aos mais poderosos, os mais ricos. À sua volta, sempre se sentia um pouco o cheiro do enxofre, o que era uma fonte de atração, sobretudo para as mulheres." Mas o diretor do Pathé o tinha prevenido: "Jean-Pierre, nunca vou permitir que você se torne o manda-chuva do cinema francês". E ele que achava que Gaumont não passava de um aperitivo.

"Eu ia vê-lo com freqüência no Plaza", prosseguia Charles. "Uma noite, muito muito tarde, estávamos no meio do inverno, uma espessa camada de neve lá embaixo, no pátio, víamos os flocos de neve por entre as pesadas cortinas semifechadas, a luz rósea refletida nos réchauds, nos bules de chá sobre a grande mesa de rodinhas desdobrável, *room service* às três da madrugada, a cocaína espalhada no criado-mudo. Um belo rosto de mulher emergiu dos lençóis quando entrei. Mazar levantou o grande lençol de linho branco e disse rindo: 'Está vendo isso? Não é para o seu bico!'. Era verdade, a garota tinha um corpo esplêndido. 'Ela se chama Séverine.' E dali a pouco, ele saiu da cama e caminhando para lá e para cá, pôs-se a falar de seus planos delirantes: 'Você não entendeu, Charles', estava com a barba por fazer, de cueca *boxer*, uma barriga, um sorrisinho zombeteiro e guloso, alguma coisa de feminino, como é comum nos orientais, 'você não entendeu: a Gaumont não passa de um aperitivo, o que eu quero é a Fox, a Warner...'. Não dava para saber se ele estava brincando ou não, sem dúvida, não. Um criado apareceu: 'Senhor Mazar, a loura do 504 acaba de chegar com o produtor marroquino!'. Ele soltava dinheiro para os criados espionarem o hotel, queria que lhe contassem tudo, era assim, não tinha meios-termos, para se divertir, tinha curiosidade sobre a vida dos outros. Ao sair, numa gaveta entreaberta da cômoda, vi um revólver.

"Num dia em que achava que estava com tudo na mão por causa da interferência de Riboud, foi ao prédio da Gaumont, em Boulogne: 'E agora, Charles, vamos em frente: Tapete vermelho! Champanhe em todos os andares!'. Ele acreditava que todos os chefes da seção o esperavam como o novo rei. Mas a acolhida foi mais para morna... Só alguns apertos de mão: 'Bom dia, senhor Mazar, encantado, senhor Mazar...'. Fomos até o sexto andar, ao terraço, dava para ver o Sena próximo dali, ele olhou a cidade, como a dizer 'Conquistamos Paris, conquistamos o mundo!' e depois: 'Agora veja só, o que me divertiria seria conhecer o fracasso'." Estava muito iludido, achando que teria a Gaumont em suas mãos, ele tinha um poder entre aspas. Mas seu fracasso pessoal, seu suicídio social, ele iria tê-lo, sem aspas. E, efetivamente, iríamos passar à fase dois da operação, a que, para muitos, estava programada havia muito tempo e ele ia se revelar muito capacitado para isso, um dos mais capacitados de sua geração, e nem iria necessitar de todo o seu talento: os tempos estavam mudando, seriam outros, já não tinha mais espaço para os Mazar. Ele, então, começou a se exibir de camiseta e cuecas *boxer*, os braços marcados de manchas azuis, vermelhas, das agulhas, a insultar todo mundo, Seydoux e os outros. No Régine, ele gritava como uma pessoa vulgar diante de uma senhora feia e baixinha que entrava, a dona da William Morris: "O pior diretor de Paris de braço dado com a maior das lésbicas!", e Charles, que estava na mesa, lhe soprou ao ouvido: "Jean-Pierre, o fracasso lhe subiu à cabeça!".

Excetuando a seringa, que era a coisa séria, seu capricho, seu divertimento, sua mania, era o *speed-ball*, ele tinha explicado o que era a Charles, durante uma viagem de táxi: "Você pega um canudinho, ou um cone de cartolina, põe cocaína e heroína dentro, na mesma quantidade, enfia o cone no nariz e paffff! Dá um bom tapa na base do canudo, e aquilo vai fundo na sua cabeça, numa velocidade incrível, paff!". Ele falava alto, dando a entender com as mãos como aquilo acontecia, isso dentro do táxi, sob o olhar estupefato do motorista no retrovisor: "Paffff!".

Quando leu a notícia que participava a morte de Mazar, uma porção de imagens dele veio à cabeça de Charles, depois as imagens desapareceram, e o que ficou foram as duas palavras que ele dizia com mais freqüência: "E aí?... E aí?...", aquela interrogação impaciente para saber das novidades, voltada para o futuro. Sim, é verdade que ao final só restam as vozes, assim como é a voz freqüentemente que, como um perfume, precede e anuncia a entrada física de alguém em nossa vida. "E aí?... E aí?..." Mas, agora, essas duas palavras não esperavam mais resposta. No final, com a heroína e todo o resto, o "E aí?" curioso das coisas, à escuta do tempo, adquiriu um outro sentido, ele repetia essa pergunta como um velho tique, como um papagaio, e tapava os ouvidos, e, um dia, em Praga, Charles quis lhe contar uma história bem divertida e ele pôs logo as mãos nos ouvidos: nada devia interromper a calma onda interior, seu repertório, desde havia muito o mesmo. Com seu habitual exagero devastador, ele seria também profético quanto ao que iria ser moeda corrente: em vez das mãos, as pessoas usariam os fones nos ouvidos, depois seriam os celulares, cada vez menores, ou até mesmo nada, pois todo mundo iria se blindar, nem precisaria de gadgets, de objetos extras, nosso corpo iria absorvê-los, terminaria sendo ele próprio um brinquedinho auto-suficiente. Mazar, com sua heroína, anunciava nossa maneira mais banal de ser hoje em dia: todos drogados com heroína, mesmo os que não a usam. *Tutti drogati!* E se Mazar, suponhamos, aparecesse hoje, a mecha sobre o olho vivo brilhante, a pequena boca gulosa, e se pusesse a perguntar a um e a outro: "E aí?... E aí?...", nós nos indagaríamos: "O que ele está querendo dizer com isso? Por que fala assim? O que está esperando? E aí? Nada de novo. Nada".

Ela gira lentamente sobre si mesma, diríamos sobre um pedestal móvel, uma boneca mecânica que se expõe, que vai mostrando o desenrolar do filme de suas emoções: *Shanghai, near your sunny sky/ I see you now, soft music on the breeze/ Singing through the cherry trees.* Ela murmura, uma vozinha de criança, um som vazio, cling-clang!, ela parece perdida em suas lembranças, em busca de um perfume esquecido, de um som, de um rosto: *Dream of delight/ You and the tropic night.* Pronto, ela o reencontrou: *Shanghai, Longing for you all the day through/ How could I know I did miss you so.* Ela está esplendorosa, parou de girar sobre si mesma, braços e mãos articulados. Está plena de vida, uma mulher, a voz perfeita, sensual, não lhe falta nada, tem um ritmo jovial de foxtrote: *There in that land of mimosa/ Someone with eyes so true/ Waits for me in Shanghai/ Land of my dreams and you.* Era disso que Charles gostava: as incríveis nuanças que ela sabia dar às suas canções, uma frase que fosse, três, quatro compassos bastavam, ia de um tom a outro sem sentir, uma gama de registros: algumas sedas mudam de tom muito depressa conforme a incidência da luz. Ela estava feliz: encontrara a sensação exata de então, *There in that land of mimosa*, e adeus vaga nostalgia. Essas sensações, ela as interpretava com alma. De repente, podia ser uma mulher triste ou sedutora ou dominadora. O que ela representava mesmo era a mulher. Eram faces diferentes: Charles convivia com várias mulheres! *I found the distant eastern land a paradise/ Beneath the spell of two dear almond eyes.*

Estavam entre os pertences de seu pai, o antigo seminarista que lia para ela as estrelas e lhe ensinara piano, primeiro, a "Valse des puces", objetos que ela conseguiu recuperar quando tudo terminou, no final ele não podia nem mesmo se sentar, sofria muito com isso, os ossos, levantava-se de noite com dificuldade, caminhava penosamente pelo corredor sem fim até a outra ala da casa, daquela casa do tempo do avô, a casa-da-música, gaitas-de-boca, tubas, flautas por todos os cantos, violinos, música em todos os andares, e, suavemente, para não acordar ninguém, ainda de roupão, ele tocava um pouco de piano, em pé, trechos do que ele mais apreciava: Brahms, valsas vienenses: "Vem até a minha casinha...", Liszt... E depois retornava pelo corredor, voltava a se deitar, tentava dormir. Ela nem prestara atenção, mas havia encontrado por acaso, numa velha caixa de papelão sem importância, duas pequenas fotografias em preto-e-branco com as bordas rendilhadas, formato 9,5 x 6,5 centímetros.

A primeira foto foi feita bem de perto: a bela garotinha de quatro anos e meio, cabelo mais ou menos longo, vestido de veludo de mangas curtas bufantes, golinha redonda bordada com uma dupla fileira de flores brancas, fixa tristemente a objetiva.

Está sentada a uma mesa, diante de uma boneca. Dois oficiais da Kriegsmarine, um de cada lado, de uniformes escuros: à sua direita, um rapaz pálido de ar deprimido, idade indefinida, olhos corroídos pela angústia; à sua esquerda, colarinho galonado, no peito a insígnia com a cruz e a águia de asas abertas: seu pai. Rosto fino de traços regulares, olha para ela, sorridente, orgulhoso e enternecido.

Segunda foto, tirada de mais longe, plano geral, mesmo foco: o rapaz depressivo, todo contraído, continua imóvel, o olhar para sempre lançado no vazio. O pai agora fixa atentamente alguma coisa diante dele mas ao longe. Dos lados e mais à frente outros rostos apareceram, um outro oficial glabro, sem queixo, nariz chato, olhos vazios: pequena caveira na margem da foto. Ao fundo, em duas fileiras, alinhados, de pé sobre um pequeno tablado, uniformes azul-marinho, golas largas e brancas, marinheiros muito jovens, quantos? Pelo menos quinze... agrupados, três alto-falantes aparecem na parte superior desse pequeno palco improvisado de madeira, enfeitados de azevinho e visco, há também uma bandeirola com a cruz gamada, e de cada lado do palco um pinheirinho de Natal com bolas prateadas. Acima dos marinheiros, presa por dois fios, um metro por um, a grande foto oficial do chefe supremo: sentado, perfil em três quartos, braços ao longo do corpo e as mãos uma sobre a outra repousando tranquilamente sobre a braguilha. À mesa, de costas para esse cenário, o pai, como os outros, observa atentamente algo ao longe, mais adiante, todos olhando para o mesmo ponto. Mas nessa foto número dois, igual à outra mas tirada de longe, falta alguém: entre o rapaz de ar depressivo e o pai, há um lugar vazio, o da garotinha de vestido de veludo: ela não está mais ali. Aconteceu alguma coisa que não sabemos. Falta uma foto, a de número três. Desapareceu! Volatilizou-se! "Perdeu-se." Eis o que aconteceu: depois de uma viagem de trenó puxado por dois cavalos, enfrentando a neve e o vento desde a propriedade para onde a tinham levado, a garotinha fora levada para o posto da guarnição transformado em salão de festas para aquela noite de Natal. Ela foi sentar-se com o pai, o comandante do posto, na mesa dos oficiais, há muita gente, muitas mesas, e já é quase meia-noite quando pedem a ela para cantar uma cançãozinha, "Você tem uma voz tão linda, querida! Todo mundo vai gostar..." Ela está cansada, a garotinha de quatro anos e meio não está com vontade... Seu pai insiste e ela se levanta um pouco contrafeita. Um jovem marinheiro vai buscá-la, acompanha-a até um pequeno tablado igual ao primeiro e que está no outro lado do vasto salão, bem em frente. Ele a levanta e a coloca sobre o tablado.

Era isso que havia na foto número três que "desapareceu", o elo perdido da cadeia: sob a foto do Führer, cercada pelos jovens marinheiros, dezessete, dezoito anos, de uniformes azul-marinho, golas evasês debruadas de branco, eles a acompanham ao acordeão, ao bandoneón, ela começa a cantar com uma voz maravilhosa, uma voz de sonho, "Noite feliz, noite de paz", *Stille Nacht, heilige Nacht*, noite silenciosa, noite santa, todo o mundo dorme, só os pais do Menino velam... Do outro lado, os marinheiros do primeiro tablado retomam em coro com ela: *Holder Knabe im lockigen Haar*, graciosa criança dos cabelos cacheados, dorme no silêncio dos céus... Todos os marinheiros, o coro, os acordeões retomam com ela: Dorme no silêncio dos céus... Na sala, os prisioneiros russos, poloneses, que tiveram autorização do padre para assistir àquela noite de Natal, choram: por causa da garotinha de vestido de veludo de gola bordada com aquela voz única, forte, perfeita? Ou por uma outra, em outro lugar, muito longe dali, muito longe deles? Ela parou de cantar, é meia-noite.

Sua memória havia abandonado, em seus recônditos, a grande mesa dos oficiais com seu pai no centro e a foto no alto do palco improvisado. Só lhe havia ficado a viagem de trenó na neve, o bimbalhar dos sininhos, o gorro de pele do cocheiro, o casaco branco de pele com pompons que ela, a garotinha, usava, caminhando para o tablado vazio no salão deserto, acompanhada por dois marinheiros: um conto de Andersen. Ao longo dos anos, vinham pouco a pouco ocupar seu lugar, cercar seu puro canto de sonho, numa confusão elíptica, por ordem de entrada: os jovens marinheiros de blusa azul-marinho de gola larga, depois, mas muito depois, mesas cheias de gente e depois alguns oficiais, e depois alguns prisioneiros, muito muito depois o retrato do Führer dominando o tablado, um pouco fluido, que podia muito bem ser ignorado, se se quisesse. E, por último, muito recentemente, com dificuldade, muita dificuldade, vinha e desaparecia, para se fixar em definitivo graças às duas fotos, na mesa dos oficiais, ao centro: seu pai. Tudo agora estava claro. Foi preciso tempo, dez, vinte, trinta, quarenta, quarenta e cinco anos, uma profusão de acontecimentos importantes e talvez sobretudo sem importância, para completar o quadro, palimpsesto que a memória revela aos pedaços. E nesse estranho conto de fadas, durante o decorrer dos anos, algumas imagens foram ficando borradas: a águia, o bigode, a mecha, o tecido escuro dos uniformes tinham se ordenado em torno do pompom do casaco de pele branco.

E aquele foi o primeiro show dessa cantora alemã, com quatro anos e meio, na noite de Natal, num acampamento diante dos soldados, dos oficiais, dos prisioneiros, de seu pai, o comandante, Oberleutnant, e sob o olhar do Führer. Adolf Hitler.

"Estavam muito bem aqueles dois... aqueles dois fragmentos de... De que mesmo? Aqueles dois... aqueles dois *quickies*." A voz vinha de trás, da fila de trás, um jovem falando para outro jovem. *Quickies! Click!* Aquilo bateu na cabeça de Charles, *click back*! E ele sorriu interiormente, a palavra vinha do passado distante, e ele havia muito não a escutava, havia sumido, não a escutava havia muito tempo — as palavras também desapareciam, se vão como os chapéus — e naquele noite aquela voltava por alguns instantes. *Quickie*: um amasso, uma chupada, uma trepada rápida entre duas portas, nas toaletes, no elevador, com uma desconhecida, ou quase, de supetão. Essa palavra, ele voltava a ouvi-la ali a propósito de Satie-o-nada-sério, duas peças curtíssimas. Era bem aquilo, Satie, aquela música cheia de rupturas, de fantasmas, nada séria. "Se eu soubesse que era essa coisa tão tola, dissera a condessa, teria trazido as crianças." Isso aconteceu na estréia de *Parade*, música de Satie, guarda-roupa e cenários de Picasso. Palavras corretas, senhora condessa! E bem exatas! Sua frase é perfeita, ela assina um dos atos do nascimento da arte moderna: o direito à tolice, reconhecer esse direito, não é preciso só ver coisas inteligentes, isso não impede que a gente se divirta, pelo contrário, e Charles também amava a tolice... enfim... desde que seja leve, irresponsável, que projete sua sombra tranqüilizadora, tal como a noite de paz, sobre a cidade, uma bênção, um perdão.

Um *quickie* numa *party*, num trem, num camarote. O camarote, isso foi em 77, 78, no Palácio Garnier, a única vez em que Charles foi à Ópera — ele detestava aquelas roupas, aquela pompa — levavam Lulu, de Berg, direção de Boulez, cantava Stratas, bem, faziam acrobacias... o conde Alwa, de pé, a erguia, ela enlaçava-o pela cintura com as pernas nuas, de bolero, tinha tipo para ser uma soprano, e aquele cabaré, aquele circo, aquele bordel, aquele zôo, aquilo devia ter esquentado um pouco

Charles, talvez, Teresa Stratas daquele jeito, depois de uns conhaques, e de quebra Lulu, aquela história tão excitante de puta fatal, toucadores berlinenses, banqueiros, ouro, dinheiro, um domador de feras e Jack, o Estripador, a vida às vezes tem de imitar a arte: ele dera uma rápida trepada com a jovem que o acompanhava, num divã, no toucador, a alcova do camarote, bem à direita, depois da pequena porta de madeira com o número na placa dourada, enquanto a orquestra tocava o *staccato* para bonecas. Charles voltara no tempo, a 1830, com Stendhal, no Scala: suas emoções, ele as tinha aprendido um pouco nos livros, ele amava copiar, imitar.

"Silêncio! Cale a boca!", tinham gritado os melômanos de smoking sentados lá na frente, bem perto do palco, que acompanhavam a partitura com os olhos: por quê? Para captar uma nota desafinada? A nota desafinada era Charles!

No entanto, aquela história que estava no libreto vinha a calhar, a famosa *mimesis* dos gregos, ali estava um bom exemplo! Devia ser sempre assim: fazer o que se vê... sim... você pode falar disso, Charles!

Foi assim: um *quickie* na Ópera.

A musiquinha do mestre de Arcueil tinha algo de casual, parecia não ter direção, não ter sentido. Cada acorde valia por si só, isolado, não fazia parte de um todo, de uma grande arquitetura, de uma composição poderosa. Era apenas uma onda de energia, um pequeno choque vital, emoções comprimidas. E nessa guerra que cada um faz contra o Tempo, o *quickie*, modestamente e sem alarde, sem tambor nem trompete, só ele invoca essa furtividade incomum, é rápido, breve vitória, ilusão de perpetuar um instante, uma modesta amostra de liberação, uma ânsia de vitória, ele tem algo de surpreendente... a realidade, entre duas portas, parece "fictícia", furtivamente. Ocorreria o mesmo com as drogas? Mas isso não, disso Charles não gostava... Então, que tal buscar a disciplina oriental, o zen? Ele não era muito disciplinado para isso, muito preguiçoso. Mais um que queria tudo na hora... e sem esforço. Aquela pequena descarga sem compromisso — *quickie* — alivia um pouco, por um tempo, o mundo de seu peso, de sua História, de sua sisudez, e contamina tudo, perturba seu curso no *carro alado do tempo*.

Satie gostava de fazer duas coisas ao mesmo tempo, ele dizia que sua música devia ser ouvida entre ruídos de garfos, facas, panelas... imprimia prospectos como se faz com produtos parafármacos: "Peçam a música para decoração". "Eu fustigo a arte", escrevia ele. Ele não era sério, sua música passava irresponsabilidade, sem complexos, ela dizia: "O mundo, a vida são uma piada sem preliminares e sem conclusão... *Quickie!*". E naquela noite, por causa de Satie, a palavra que tinha sumido voltara de repente. Mas o tempo dos *quickies* foi bem curto, para onde foi? O alegre rouxinol, o melro zombeteiro e os outros não estão mais em festa, todo mundo ficou com medo, o desconhecido, o imprevisto não têm mais vez, o acaso não faz mais parte do jogo. Quando teremos de volta o tempo das tolices?

Foi tudo isso que a palavra "Quickies" trouxe à lembrança de Charles, ao ser pronunciada na fila de trás... O público, confuso, não reagiu no final, só alguns aplausos polidos e um silêncio espantoso. Esperavam uma continuidade, tudo fora muito rápido. Aquilo não estava certo. Ninguém gostava mais dos *quickies*.

Lá mais na frente, na primeira fila, no canto esquerdo, num banquinho extra, uma jovem, atenta, parecia fascinada, grudada ao menor movimento da cantora. Charles encontrara muitas delas assim, dezessete, vinte anos, e uma lhe dissera: "Ingrid é o

Porsche das cantoras!", uma outra: "Agradeço por ela existir". Ela via logo que existia algo mais que um canto: uma genialidade, uma sugestão, um pouco também de uma proposta de ser... uma belíssima voz? Uma atriz de cinema no palco? Sim, evidentemente, mas não só isso. É que ela se entregava totalmente e estava totalmente só... com altivez, e a garota da primeira fila vê ali o que ela não ousa fazer ou dizer, ela não sabe o que quer dizer, algo difuso, um ardor, uma audácia e atitudes que ela concretiza, "É isso! Sinto-me assim interiormente!", isso lhe dá força, a reforça, ela se sente representada. Charles, que estava sentado na ala direita, quatro filas atrás, a observava de longe, no final da longa diagonal, de perfil: os braços em torno de um joelho, onde apoiava o queixo, sentada em cima da outra perna, o pé sobre a poltrona, ela sorria sem parar, um sorriso cúmplice de adesão que terminava às vezes num riso. Ela fazia parte de uma geração em que, segundo pesquisa Ipsos, setenta por cento reconheciam com mais facilidade o logotipo, o arco dourado, do McDonald's que a cruz cristã, e quarenta por cento não sabiam quem foi Hitler: geração X, *blank generation*, sem memória: e aí? Isso tinha seus inconvenientes e suas vantagens... O que entusiasmou, por exemplo, os jovens quando ela cantou no Zoo Palast, da Ku'Damm, em Berlim, foi, sem dúvida, aquele quê indefinível presente num canto, num corpo.

No final, as pessoas se levantavam, corriam até o palco, espremiam-se à sua volta, duas filas circulares meio desorganizadas, aquela mistura de força e fragilidade deixava a todos eletrizados, a fragilidade que se transformava em força, mas não era somente sua frágil figura naquele imenso palco do Zoo Palast, nem o maneirismo, aquela mão estendida que se abria de repente, desenhando firme um signo no vazio, mas, e era misterioso — eles compreendiam logo uma coisa: ela insistia em sua fragilidade, ela mesma soubera se reconstruir em torno de uma ferida, para mostrar que um mal pode se transformar num trunfo, que não devíamos temer as feridas, e sobretudo não escondê-las, e, assim, os homossexuais, evidentemente, e algumas mulheres e muitos outros em situação discriminatória, naquela época, lhe eram reconhecidos, saudavam-na, e ela, apenas a metade da mão aflorando do punho apertado que se abria em forma de flor do vestido de cetim, apenas os dedos, como os de uma menina enferma usando roupas alheias, só os dedos, como em Dickens, A *pequena Dorrit*, e, de repente, ela passava à *vamp* voluptuosa, ela sabia jogar, fazia uma alusão, não uma paródia, é preciso atenção, séria, era preciso ver que ela entrava de corpo e alma, e depois voltava à garotinha mimada que deixava entrever aquela força incrível — a voz — e aquela precisão trabalhada, imperativa, imperial às vezes — sem afetação — num gesto insignificante, indo e vindo de um lado a outro, toda versátil, como as duas faces de uma bandeira que se confundem ao vento. Eles se sentiam reconfortados, ela lhes passava esperança, não pela força de suas palavras, de seu canto, mas por jogos frágeis do corpo, sem nada de político, ela estava ali inteira, sem fingimento, verdadeira, sem face secreta, sem querer esconder a face da História, não, nada disso, até a sua maquiagem era leve. E mais!... tão leve, imperceptível: Ronaldo, *Maskenbildner*, enquanto a maquiava com a ponta dos dedos, lhe contava histórias de macumba brasileira, ele lhe havia feito uma máscara a partir, praticamente, do nada, e ela era uma outra.

Naquela noite, no Zoo Palast, ouviu-se um longo grito interminável, não queriam deixá-la partir: "Até hoje o ouço: um urro quase ininterrupto, angustiante, entre choros e gritos, como se eles pressentissem confusamente, eles não sabiam, sim, talvez fosse isso, estávamos em 80, 81, eles deviam saber que uma outra época iria começar".

Naquela noite, quinze anos, um século depois daquele tumuito, daqueles clamores, a jovem da primeira fila escuta, um olhar também atento, mas tranqüila, aquilo é mais um concerto que um *entertainment*... Mas... é curioso... Charles pode ver isso do seu lugar, bruscamente ela parou de sorrir, seu olhar ficou muito triste, velado e vazio como o de alguns cães, cheio de *Sehnsucht*, o de um replicante de *Blade runner*, ela parece reconhecer naquela voz as inflexões de alguma coisa que não conheceu! de um outro mundo que talvez tenha existido... Mas logo passou, e o sorriso está de volta, amigavelmente extático, ao seu rosto adolescente, a cabeça um pouco inclinada.

Na fila da frente, numa poltrona mais à direita, está uma mulher. Desde o começo, ela não se mexia, não aplaudia. O senhor que a acompanhava parecia mais interessado, Charles podia vê-lo, ele sorria de vez em quando, aplaudia educadamente. Mas ela, via-se, estava entediada, passava uma renitente animosidade interior. Difícil dizer como se percebe isso, é algo que nasce da postura, um jeito de sentar, de mover a cabeça...

Charles olhava para o palco, mas estava distraído: o tempo todo, ele não a perdeu de vista, mais à frente, à direita, via-lhe o perfil pouco definido, uma curva suave que lhe era familiar — sobrancelha, as saliências e reentrâncias do rosto, maxilar, tendão do pescoço — e o coque de cabelos louros, principalmente isso, preso com uma fita de veludo preto, uma tira. Ele torcia para que ela se virasse, um pouquinho apenas, mas ela não se movia, ele começava a se impacientar. Mesmo quando Ingrid ia para a esquerda, aquela cabeça lá na frente não se mexia. Obstinadamente imóvel. Teimosamente, não se mexia. Deixando passar o tédio pelas costas. O que ele via — aquela sinuosidade, aquele penteado — lhe lembrava as heroínas de Hitchcock: Eve Marie Saint, Grace Kelly, Kim Novak e seu coque helicoidal, fria por fora, um vulcão por dentro. Charles também tinha aprendido algumas de suas emoções no cinema, não fora só Rainer! Ela lhe lembrava, também, Hélène Rochas quando mais jovem, a herdeira dos perfumes, protótipo da grande burguesa impecável e digna, silhueta sóbria, contida, sempre com os cabelos repuxados para trás, um discreto tédio, loura mas sem o humor das louras, coisa que só algumas louras americanas têm, falsas louras, sobretudo, de origem plebéia, vindas do nada, tipo Broadway: espirituosas, vivas, com uma pitada de vulgaridade nunca explícita, apenas insinuada... Ele a conhecia de vista, estivera duas, três vezes sentado à sua mesa, na época, no Privilège ou então no Sept. Era uma grande mesa. Hélène sentada à sua frente.

Charles fora convidado, por quem? Era a época em que as coisas ainda se misturavam. Os *seventies* prolongavam ainda os anos 60. Mas aquilo durou pouco... acabaria logo. E Alain Pacadis, que estava sentado ao lado dele, um olhar divertido por trás dos óculos, uma haste remendada com fita adesiva, lhe dissera baixinho, rindo: "Charles, veja ali, à direita, sob a outra mesa, os *red shoes* da Guermantes!". Tratava-se de Marie-Hélène de Rothschild, acompanhada de Alexis de Rédé, e era mesmo, ela estava usando sapatos vermelhos combinando com o vestido. Pacadis, sempre à caça de um detalhe picante para sua crônica no jornal do dia seguinte, dizia aquilo com uma dália na botoeira, gravata-borboleta, o lenço enorme saindo do bolso do smoking, era o cúmulo da elegância *destroy*, mas nele tudo bem, passava, era sua forma de ser, sempre fora assim, um não-sei-quê de diferente: louco na medida certa, bem no limite, seria algo intrínseco a ele ou, digamos, fruto de umas boas doses de estimulantes no cérebro? Deixa pra lá, baixinho, frágil, sempre coxeando um pouco ou dançando — Charles, que o conhecia de longa data, nunca chegara a uma conclusão.

Deve ter sido mesmo no Sept. E também, numa outra ocasião, no aniversário de Paloma Picasso. Não, foi no casamento de Loulou de la Falaise, a quem os jornais chamavam de a "musa de Yves Saint Laurent", com Thaddée Klossowski de Rola, o filho de Balthus. Foi na ilhazinha do Bois de Boulogne, em junho, a última grande festa da década, a última do século, diga-se, depois seriam os anos muito, muito diferentes. Depois de apresentar seus cartões de convite a guardas com walkie-talkies, os convidados pegavam um barco, o barqueiro os levava até a ilha e, lá, os recém-casados os recebiam na parte alta de uma pequena aléia que levava ao Chalet des Îles que o costureiro, como uma criança, se divertira muito decorando, na véspera e mesmo no dia, com papel crepom, tules e outros tecidos. Tínhamos chegado de Londres, Nova York e Roma. Presentes originais, o de Kenzo: uma caixa de açúcar cheia de cocaína e dentro um anel de ouro e safira. Dolores Guiness, de uma elegância perfeita, que dançava em cima de uma mesa, e mais Guetty Jr. e também vários punks, garotas e rapazes, de cabelos eriçados verde vermelho azul, sinal dos tempos.

Às cinco da manhã, Charles passeava ao longo do lago, ele vira Yves Saint Laurent sozinho, ajoelhado: falava docemente, amavelmente, com os patos à sua volta, quase num semicírculo.

Ele estava um pouco virado para a direita, sem prestar atenção no espetáculo. Era completamente absurdo, mas ele achava que, depois de tudo, Ingrid poderia sentir aquilo, ela "sentia" a sala como ninguém... e, então, ele imaginava "quem sabe talvez, ao me ver distraído por causa de uma bela e alta loura, ela desafine, ou pare de cantar no ato, desça do palco, atravesse a sala, me dê uma bofetada, por que não?". De qualquer forma, ele sempre imaginava o pior, sobretudo para ele mesmo. "Mas também por que me atraem tanto esses cabelos retorcidos puxados para trás em forma de coque enrolado ou trançado, seguro por um largo pente de tartaruga preto ou preso por uma fita de veludo?" E, é verdade, Hitchcock as filma tão bem, as cabeças por trás, a nuca, as enquadra num grande plano, e em movimento, um pequeno travelling antes, a enorme Mitchell, a filmadora negra com uma lente comprida, em cima de um carrinho sobre trilhos, avança, a longa objetiva apontada certeiramente, tecnicamente suave, lenta perseguição de voyeur, e ei-la bem enquadrada, a cabeça, recortada, nada nem ninguém à sua volta, em toda a sua fragilidade, muito desprotegida, uma presa, e ainda mais aqueles cabelos, aquela fita de veludo negro...

Charles estava exasperado, queria ver, queria que ela se virasse enfim... queria ver seu rosto, não agüentava mais ver só o seu perfil, queria mais, alguma coisa que ela lhe negava, e o pior, ela ignorava tudo o que estava se passando com ele, toda inocente, não sabia de nada. Uma nojenta! Uma loura nojenta! Ela era puro tédio, via-se, suas costas diziam tudo, o tédio emanava dela, de suas costas, de seu pescoço, de sua irritação também.

Aquele perfil gelado, aquele tédio, gelo por fora, fogo por dentro, acendia a imaginação de Charles. Suzy, sua amiga *callgirl*, lhe dissera: "As frígidas são as que fodem melhor, porque elas procuram desesperadamente e todos os meios, todos, são bons para isso, para encontrar finalmente o orgasmo uma vez".

Ela teria, sem dúvida, preferido ir à Ópera, devem ter ficado na dúvida, ela e seu acompanhante, na Bastilha levavam *O cavaleiro da rosa*, com uma extraordinária mezzosoprano, da qual o crítico musical do *Le Monde* dissera: "Plena de emoção à flor da pele, sua declaração de amor fez ajoelhar todos os corações!". Por um bom tempo Charles tentou imaginar como seria um coração ajoelhado e desistira. E depois, finalmente, "para variar um pouco", eles tinham ido ver Ingrid Caven sobre a qual tinham lido críticas ditirâmbicas. "*She is a toast of Paris*", dizia o *International Herald Tribune* na última página, ilustrada com uma foto. "Ela é única", dizia *Le Monde*.

Ele ia lhe dar ainda uma oportunidade: sabia que Ingrid, na estrofe seguinte, ia caminhar, se deslocar completamente para a esquerda, para o piano, mudando o ritmo da voz — um crescendo acelerado. Normalmente, a loura esnobe ia ter de girar a cabeça para acompanhá-la... Mas não! Ela conservou a cabeça obstinadamente imóvel. Charles estava exasperado, queria ver, queria que ela se virasse, girasse a cabeça. Era só isso que ele queria. Ele ia fazê-la voltar-se! Inclinou-se, inclinou o tronco um pouco para a frente, à direita, sentiu seu perfume, seu perfume: *Envy*, de Gucci, que ele reconheceu porque uma vez viera junto com um anúncio dentro da *Vanity Fair*: duas páginas inteiras coladas uma na outra propositadamente, e quando a gente abria, uma amostra do perfume liberava um aroma que acompanhava a pessoa por toda a revista. Empesteado de *Envy*, Charles se aproximou. Mais... mais... mais! O mais perto possível da orelha da cadela de coque na fila da frente — pele de veludo, pescoço com tendão visível —, ele tocou com a maçã do rosto a fita de veludo (se, naquele instante, ela tivesse finalmente se mexido, ele a teria tocado com a boca...) e cochichando disse no ouvido, no pavilhão da orelha: "Alfred lhe manda lembranças!". Ele recuou bem rápido, ficou impassível no fundo da poltrona, fixando o palco. Ela se voltou bruscamente e ele então a viu: o rosto nu. Por inteiro.

Que decepção! Era uma outra! Uma ex-bela. Bem desenhada, o rosto, quero dizer. Sua beleza sumira, parecia ter virado pelo avesso, mas ainda presente, como dentro de uma conserva, encolhida, ácida, correndo por seus humores, sobrara um restinho, desandara. Sua beleza devia ter desandado um belo dia.

Antes que ela se voltasse, os cabelos puxados para trás eram semelhantes aos tipos de Hitchcock: a aventureira, a *cover girl*, cabelos que liberavam a bela conformação do rosto até o momento em que eram despenteados, mas ali, agora, aqueles cabelos eram de outros protótipos: a enfermeira insensível, a governanta, a mãe, puxados para trás por ser mais higiênico, para não fazer proliferar as bactérias, para endurecer a expressão. Os cabelos tinham adquirido outro sentido. E a fita? Fita? Só se fosse a de uma deplorável fita de DNA, sim... De perfil esbatido, ela lhe evocara todo um universo de formas sem particularidade própria; de frente, ela era uma lição de genética: o elo de uma cadeia. Charles viu isso de cara: ela se parecia com a tia-bisavó, era a cara dela, ele teria jurado.

Numa bela manhã, foi depois de uma desilusão amorosa, ela se deixou agarrar vilmente por trás, um golpe vindo do mais remoto dos tempos, percorrendo a toda a velocidade sua cadeia genética, vítima semi-resignada de suas terríveis leis, possuída de um só golpe pelo corpo de uma outra, os traços de sua tia-avó, até a voz, o pensamento, uma verdadeiro filme de horror! Não pudera escapar de sua dinastia genética. Codificada. Marcada. Caracterizada: velhas fórmulas escondidas nas reentrâncias, na seqüência da cadeia cromossômica, fios ancestrais. Quanto à fita de veludo, era uma réplica triste que encontrou num mofado cofrezinho de lembranças da velha.

Houve um tempo em que as vibrações das coisas conseguiam dar vida àquele rosto, igual à luz que impressiona um filme ultra-sensível Tri-X. Mas, agora, ela se tornara refratária a qualquer luz. Era como se tivesse caminhado de fora para dentro, para o seu centro, para uma região profunda de si mesma.

Ela devia ter seus quarenta e cinco anos — *nel mezzo del*

cammin, metade do caminho —, acabavam de apitar o começo do segundo tempo... e começara a roda-viva: institutos de beleza, videntes, horóscopos, Joël Robuchon, óperas tradicionais... Adeus, riso; adeus, tudo!

No entanto, ela fora tentar, no bulevar Suchet, aquele penteado, o coque, antes de se deixar invadir por aquela tia-bisavó, aquela que, em 1853, lia com repugnância e curiosidade *As flores do mal*, um misto de liturgia e perversidades. Ela tivera seu próprio brilho, uma certa graça diáfana, no bulevar Suchet: xales ao vento, risos, aulas de tênis na porta d'Auteuil, patinação em Molitor, as trevas ardentes da bela estação, *os fins de tarde na varanda envoltos em bruma rosa*, jovem rapariga em flor...

Os traços da outra nela presentes, o rosto oval seria sempre oval e o nariz fino e bem desenhado, e a boca grande bem delineada, a leve curva das maçãs do rosto, uma boa conformação óssea, tudo estava ali, mas de forma reduzida e conservada, imperceptivelmente modificado: uma outra... para sempre.

Não era em absoluto uma aventureira de Hitchcock, parecia mais uma cobaia póstuma do monge austríaco Mendel... Mas não era aquilo que Charles queria? Decepcionar-se? Ele ia finalmente assistir tranqüilo ao espetáculo, sem desviar a atenção. Se ele queria beleza formal e sensualidade, isso ele tinha lá na frente, diante dele: no palco e em seus ouvidos, ouvindo aquela música ou pelo menos o que ela evocava através daquela voz e de uma exuberância bem dosada, ela sabia como dar corpo à sua voz. Não estava precisamente no teatro Deux-Boules, na rua Saint-Denis, mas não tinha o que reclamar: quando se acendiam as luzes, ela estava deitada de costas durante os primeiros compassos de "Elvira Madigan", de Mozart, que serviam de introdução para uma música de hoje.

Assim deitada, não era fácil soltar a voz sem desafinar. Ela se levantava lentamente e era ainda mais difícil continuar cantando e se levantando ao mesmo tempo. E foi bem nesse momento que a mulher de coque se pôs a rir, voltando pela primeira vez a cabeça para seu acompanhante como em busca do riso cúmplice, ratificador.

E logo agora quando a cantora dava o melhor de si: largos passos em câmara lenta, amplo sorriso, a descontração de um bom atirador de arco aliada ao brilho glamoroso de uma *chorus girl* de Flo Ziegfeld, algo que jamais se viu: o *glamour zen*! Voz maleável, gestos delicados, ausência de corpo: nada que pudesse agradar ao pequeno pacote de vísceras e órgãos ali na frente, e ainda por cima ela ri nervosamente, vá se saber por quê.

Ela não suportava aquele lado Cinderela ou Maria-*goes-to-sex-shop*, mas sobretudo o que a exasperava era que a outra colocasse seus dotes musicais a serviço de uma tal vulgaridade que terminava enobrecida. Ela preferia mil vezes que ela fosse medíocre, aquela mulher em cena, que tinha o sangue-frio de um toureiro, a concentração relaxada de um monge budista e a vitalidade de uma animadora de bordel: um corpo livre. E ainda por cima, ela está usando aquele soberbo vestido Yves Saint Laurent, seu costureiro... E assim ela se parece um pouco com ela: ela também chegou a cantar um pouco, tocou um pouco de piano aos catorze, quinze anos, no bulevar Suchet, o que a entediava, de frente para o Bois de Boulogne. Ela conhece a canção.

Charles vê a sombra do sorriso no perfil difuso diante dele, o canto da boca, um olho, tudo o que ela sente passa também pela rigidez crispada das costas, é o olhar de mulher para mulher, sempre o mesmo irremediavelmente, imutavelmente, ela a inveja e a despreza: "Eu podia estar ali... ela está fazendo o que eu gostaria de ter feito e não pude, não soube, não quis, ainda até poderia se quisesse. Por isso, a detesto mais ainda, sou eu que estou ali, detesto essa cantora que acorda em mim o que eu poderia ter sido: desejada por muitos ao mesmo tempo".

Charles percebeu esse tipo de olhar quando uma bela mulher provocante entrava num restaurante: as outras, incomodadas, corretas, que acham que a beleza está no penteado e nas jóias, que a devoram de alto a baixo e de novo tornam a olhar, muito depressa se misturam a admiração e a inveja ao ódio numa só expressão rápida de segundos, isso nenhuma atriz faz tão bem. O homem está atento, a mulher lhe diz alguma coisa, e Charles tem vontade de esbofetear aquela que acredita na mulher eterna, e, ao fim e ao cabo, ela tem razão: essa mulher é Ingrid.

Ó leitora... querida leitora! Tente, eu lhe peço: deite-se de costas, não, assim não... a cabeça apoiada no chão, seus braços, suas mãos devem repousar/repousam calmamente de cada lado, por favor, dobre na sua direção a coxa direita... assim... Está pronta? Cante agora... Cante "Eu estou só esta noite..." ... alto... mais alto, continue... erguendo o busto sem parar de cantar, sem alterar o tom... Gire um pouco o busto e se apóie sobre o cotovelo e sobre um ponto esquerdo dos glúteos... dobre as pernas, respire bem, bem fundo, relaxe, minha encantadora leitora, porque agora vem o mais difícil: apoiando-se na mão esquerda, fique de quatro ou melhor, apoiada em três pontos, um momento, e depois fique rapidamente de joelho, isso! De pé! Levante-se! E cante, tudo isso em movimento contínuo, sem perder a nota, é uma questão de respiração, de expiração sobretudo, e uma vez de pé, caminhe cantando, parta com um novo impulso...

E aí? Como foi? Sem dúvida, você estava descalça. Imagine agora como não seria difícil em cima de um salto agulha. Quer tentar assim? Imagine, então, além disso, oitocentos pares de olhos em cima de você. Por que cantar no chão?, você perguntaria. É que, hipócrita leitora, minha semelhante, minha irmã, o chão não faz mal nenhum, a pessoa se sente mais nua, mais só que nunca, a sensação do último suspiro, sobretudo quando se expira e se canta para as alturas, como numa catedral: numa noite, em Roma, no teatro Ghione, a dois passos do Vaticano, no intervalo removeram o teto e ela cantou a céu aberto: no chão, sentindo-se só e nua como nunca, ela cantava na noite para o céu, para o éter. Aquele velho teatro, o Ghione, todo púrpura e ouro, tão perto da basílica de São Pedro. Ela se sentia em casa, de certa forma. Eles a aplaudiam, ela era dos seus. Aquele corpo puro canto, aquele maneirismo malicioso mas sem afetação, eles o reconheceram logo: é do catolicismo deles aquela forma de dar a seus movimentos um tom simbólico, aquele corpo que é só signos... E bem antes de se deitar no chão sujo, ela cantava de costas, imóvel ou muito lenta, alguns passos, os braços um pouco abertos para os lados: um sacerdote na igreja, a serviço de um ministério, de um ofício, pontífice de costas; de frente, a virgem de negro que se transforma em pecadora, Maria Madalena *sancta putana*. Ou então em alguma outra coisa de indefinível, de versátil, entre as duas. A versatilidade em Roma é a marca dos espertos, arcebispos, políticos, atores. E a bravura. Todos, de pé, gritavam: "*Bravo! Bravo! Bravo!*".

São Pedro: Capela Sistina: madona de Rafael: hotel Raphaël. Mais um hotel! Um enclave, um parêntese na cidade: corredores-labirinto, espelhos, uniformes, regulamentos, porteiro sob quatro relógios, e numa estante de couro, perto do elevador, estudos de Rafael: um pé, uma mão, um busto. E uma estátua sem cabeça, sob uma luz artificial. Os quatro *ragazzi* de blusão conversam relaxadamente diante da porta giratória: guarda-costas do primeiro-ministro Bettino Craxi e gigolôs de madame, alternadamente. O hotel é dele, daquele vagabundo arrogante chamado *Il becchino*, o coveiro, de sua família. O coveiro e sua mulher, uma amiga jornalista, tinha contado isso a Charles, viviam no primeiro andar, o andar era todo deles: o lado direito é de Madame, com seus gigolôs belos e vazios; o lado esquerdo é dele, onde o primeiro-ministro recebe: tenras garotas, um pouco burrinhas mas/e bem-educadas, contratadas por uma secretária severa e distinta, óculos de armação dourada, caneta, caderneta na mão, ela as seleciona todas as tardes num tranqüilo salão do hotel, perto do piano: referências, aptidões... ela anota... e, ao cair da noite, elas sobem uma atrás da outra: Bettino *"il becchino"* as quer "sem roupa"— os inúmeros cabides estão cheios de sutiãs, calcinhas, sapatos, cintos... centenas... *"Caminate... un po più cosi."*

O pivô, o articulador de obscuras redes, de tramas de motivos imprecisos, confusos, a meada de fios que se embaraçam, drogas, armas, dinheiro, religião, brigadas vermelhas e lobos cinzentos, o "coveiro", no meio daquelas garotas, se masturbava em seu divã no primeiro andar, bem debaixo de esboços de Cristo amortalhado e da Virgem do teto da Sistina. É dali e não do Quirinal que ele mexe os cordões, tece as teias, é o cenário de um folhetim, um Mabuse à italiana, onde ninguém sabe mais quem é marionete de quem: Monsenhor Marcinkus, um antigo jogador de futebol americano, arcebispo de Chicago, virou o grande tesoureiro do Vaticano, Lucio Gelli, o grão-mestre da Loggia P2, sociedade secreta, eles tecem sua teia à sombra do hotel, *a touch of evil* nos subterrâneos do Vaticano, e mais Roberto Calvi, que será o "enforcado da ponte de Londres". Ele, que, naquele baile dos titereiros, puxou demais os cordões.

Depois de sair do elevador, Charles passara diante do porteiro sob os quatro relógios: cada um marcava o tempo em quatro capitais. Essa relatividade lhe deu certa tranqüilidade, até segurança, um pouco de liberdade, na medida certa, por um momento. Ali era a hora em que as mulheres verificam sub-repticiamente a maquiagem no espelhinho de bolso antes de entrar no bar, recompostas, refeitas, sorriso nos lábios, afáveis. Ingrid devia estar sendo maquiada por Ronaldo, em silêncio, ensaiando frases, acordes, mentalmente... a folha branca completamente aberta sobre as roupas sol mi *sehr langsam* ré *fermate* um pouco de pó no arco das sobrancelhas. Pensando nas músicas do recital e nos instantes de tensão que ela criava, Charles tomou um táxi para chegar ao antigo teatro Ghione. Era ao cair da noite no inverno, o táxi corria, atravessara o Tibre, a ponte Victorio Emmanuel. Ele adorava atravessar as pontes ao crepúsculo, mas rápido, sem *stop*, passar para o outro lado: Gatsby chega pela primeira vez a Nova York, atravessa a ponte Williamsburg e pensa: "Tudo, a partir de agora, pode me acontecer!". Isso foi no começo do século, época do sonho americano e, nos Estados Unidos, ninguém esqueceu os escombros dessa época, igual a hoje, quando só restam escombros de tudo. O mundo não muda! "Gosto", pensou ele, "dessa breve sensação de passagem, de travessia... 'Basta atravessar a ponte' é o título de uma canção idiota, não sei mais de quem... Gosto dos elos, da colagem, das coisas em si, não: mas o que as liga, o que as une, sua relação. Duas idéias, duas imagens, o elo que há entre dois acordes para um jazzista..." Dizem que Nijinski, mesmo depois de deixar o palco, continuava como se ainda estivesse dançando, demorava a retomar o passo normal, ficava num estado intermediário, num ponto de junção, uma fração milimétrica de tempo entre uma coisa e outra: plano 317 rosto de uma jovem manifestante em grande plano — plano 318 as duas partes da ponte de ferro se erguem bem no centro, ordem do governador, e — 319 grande plano maior os cabelos da jovem caída no chão escorregam pela borda da ponte quase em câmara lenta até antes da queda vertiginosa no rio Volga: está em *Outubro*. *He passed away*, diz amavelmente o americano quando alguém morre, quando alguém se foi... O táxi "passou" para o outro lado e duas motos apareceram no sinal, garotas na garupa, cabelos ao vento, saias grudadas nas coxas nuas coladas na máquina, o tanque, o carburador, as bielas, iam muito depressa no ar daquele começo de noite romana, os bólidos na curva, sobre um fundo de antigas pedras rosa, aceleraram mais e as jovens sumiram, *passed away*. As pontes, os hotéis: sedentário cosmopolita, ele teria passado a vida sem problemas entre hotéis ligados por pontes... Assim. De um hotel para outro.

— No A'Top the Bellevue de Filadélfia.
— Por que não?
Ela cantava naquele hotel enorme, de trinta e seis andares, sem contar os primeiros de escritórios e o teto-terraço, piscina, nightclub, no cume. Charles se perdia pelos andares, de um lado para outro, era um sábado à noite, sempre aquela mania de observar. Ele parou diante de um dos enormes salões de festas: mão gordinha pousada no braço de seu empertigado cavalheiro vestido de preto, dezenas de anãs riquíssimas e neurastênicas faziam sua entrada num farfalhar de tules e musselinas, e, numa tela no fundo da sala, projetavam-se as fotos delas, sorridentes, uma voz de leiloeiro anunciava uma a uma, assim como seu pedigree e a idade, nome, profissão do pai, da mãe, renda bruta anual, por que não? Era o baile das debutantes filipinas, a comunidade americano-filipina sentada diante de longas mesas decoradas com velas. Um ou dois andares mais acima, um outro salão, uma festa de fim de ano dos juniores da Universidade de Massachusetts. Os rapazes, atléticos, elegantes em seus smokings, acompanhados das *girlfriends* em vestido de noite, a be-

bida rolava solta às duas da madrugada. Parecia a época da proibição, quando tudo explodia no sábado. Nesse ponto, a coisa não havia mudado muito. Devia haver seguramente uma boa quantidade de filhos e filhas de bilionários e, no riso das moças, bem lá no fundo, podia-se ouvir o tilintar de moedas.

O que chamava a atenção de Charles nos rapazes eram as mandíbulas, o maxilar inferior, voluntarioso, o maxilar americano, semelhante ao do clã dos Kennedy, os homens: Joseph, Joe, Jack, Bob, Ted, eles também de Massachusetts, talvez fosse aquele maxilar a ferramenta para dirigir o Estado, a mandíbula de Massachusetts. E ali, todos reunidos, com suas mandíbulas... via-se melhor a perenidade biológica, os caminhos traçados, tudo da mesma espécie, clichês, estereótipos, campus, associações PhiBetaKapa, futebol, beisebol, futuros advogados, doutores, arquitetos, políticos, dirigentes. E suas *girlfriends* em vestidos de noite.

"*Are you with the party?*" O homenzarrão com o fone preto e o fio que lhe saía do ouvido estava tranqüilamente diante de Charles, olhando para o peito dele, na altura do bolso: onde está o crachá? E a foto? Todo mundo usava uma foto de si mesmo, um sinal de identificação. Depois, o homem, uns trinta centímetros maior que Charles em todas as direções, baixou os olhos até os sapatos, um estava desamarrado. "*Are you with the party?*" A voz não tinha nenhuma expressividade. "*Ahn, não...*", ele não estava na *party*... ele não estava na *party*, "*just looking... just looking*", observador estrangeiro. Observando? Observando o quê? Não havia nada para observar... Quase ele ia dizendo "estava observando as mandíbulas". Antropólogo, paleontólogo que perambula pelos hotéis, pelos salões, pelas salas de festas para... O que quer dizer com *just looking*, olhar? A gente ou trabalha ou se diverte, bebe, ri, fala, mas olhar, não. O outro o pegou pelo braço com dois dedos, levemente, sem apertar, tocava-o apenas e, amavelmente, fez-lhe sinal para acompanhá-lo. Sua chave?

Não, esquecera no quarto. O outro chamou a recepção: Charles nem estava registrado. Miss Caven? Não, também não está. Às duas da manhã, no trigésimo sexto andar do A' Top Hotel, os corredores formigavam de gente, as garotas embriagadas, uma mecha caída sobre o olho, um vaivém em torno dos salões, na direção das toaletes, cansadas em suas poltronas antes de saírem em duplas, em trios, uma alça do vestido que se rompe, um sapato perdido, risadas desmedidas, vozes trepidantes, gritos. Em meio a tudo isso, os dois abriam caminho, o outro o segurava calmamente com os dois dedos, avançavam tranqüilos, pareciam dois amigos, relações de negócio, quando um segurou o outro pelo cotovelo. Agora, eles passavam de novo diante do salão das debutantes de Manilha: as apresentações tinham terminado, elas abriam o baile com seus cavalheiros, baile de época: trajes, cerimonial, genuflexões, representavam personagens, uma volta no tempo, Versalhes... Eles pegaram o elevador. "*I'm not alone...* Não estou só no hotel, estou com uma pessoa..." Aquilo soava como se ele quisesse se livrar de um flagrante, desencorajar o outro. A porta do elevador se abriu para o imenso hall do térreo. "*And with whom?* E com quem?", perguntou o homenzarrão sem alterar a voz, sorrindo um pouco. Eles tinham saído do elevador. "Olha ela ali!" Cheio de confiança, Charles estendeu o braço livre para... Ela tinha desaparecido. Ela, no entanto, estava ali ontem. O cartaz não estava mais lá. Tinham mudado de lugar. "Ah! Sim... ali..." Apontou numa outra direção. "Ali... ela!" Ele podia não trazer sua própria foto no peito, mas estava com alguém que tinha a sua, bem grande, naquele cartaz, e foto por foto, aquela podia muito bem servir. Ele apontava a foto gigante de Ingrid no seu vestido de seda preto, toda glamour, muito star. O outro esboçou de novo um sorriso, a pressão de seus dois dedos no cotovelo de Charles aumentou e com um sinal de queixo o fez ir adiante. Aquilo só piorava a situação, sem dúvida: e se aquele joão-ninguém quisesse apunhalar a cantora? Nos Estados Unidos é comum um *stalker*, um agressor, ou então, quem sabe, seqüestrar uma anã debutante, um herdeiro gomalinado de um magnata da eletrônica? O sujeito nem o olhava. Avançava mecanicamente, coberto de fios que partiam de sua orelha, entravam pelo bolso e terminavam sabe-se lá onde. A quem aquela marionete devia estar ligada? À delegacia central? A um QG do hotel, à recepção? A um satélite no céu? Charles estava ficando preocupado: "Chamem Mr. Bialas, *call* Mr. Bialas... *Room* 1051, Mister Martin Bialas...". Era o empresário, o agente, o organizador. Também não estava no quarto? Charles teve uma iluminação: o *Health Club*, a academia, o Spa, lá no alto, no trigésimo sétimo andar! "Às três da manhã?!" Sim, claro. Há cinco anos que ele é agente e amigo de Ingrid, endinheirado, eis a única coisa que o preocupa: um corpo jovem, blindado, imortal, está se lixando para a música, um corpo perfeito, à prova dos agentes externos: micróbios, vírus, corpos estranhos, desconhecidos. Completamente blindado. Ele nem sabe o que ela canta, mas a adora, ele levanta peso nas coxias se os houver... Sua obsessão: um corpaço e colhões de ouro. No trigésimo sétimo andar, na enorme sala deserta, toda envidraçada ao fundo e dando para a noite estrelada, as torres à distância, escritórios vazios iluminados como se estivessem em festa, ele estava lá: todo cheio de correias, cilhas, firmemente agarrado aos aparelhos móveis, de calção *boxer* e camiseta pretos, peitorais, deltóides, de frente para o espelho, cabeça erguida, fazia esteira, pedalava, se observava fixamente, falava para si mesmo, para sua imagem, para seu reflexo, nem vira os outros entrar... "Você é o mais forte! Você é belo... o mais belo!... Invulnerável!" Ele os avistou e, sem interromper os exercícios, fez um pequeno sinal com a cabeça a Charles pelo espelho. Foi o suficiente: o homenzarrão relaxou a pressão, afrouxou enfim a mão.

* * *

 Ela vira a grande folha lentamente como se fosse um velho manuscrito precioso, um antigo Livro de Horas, pode-se ouvir o farfalhar do papel pousado na estante de aço e vidro jateado. É uma canção que fala da droga, das partes do corpo humano, da anatomia, *Polaroid cocaína*, palavras entre signos: chaves, colcheias, barras, círculos, parecendo pássaros nos fios. A pauta de música ilumina o rosto, é dela que vem a luz: *Branco sobre branco um pouco de pó sobre tua pele/ sobre esse Po-la-roid de teu corpo lívido?...*

linha após linha teu corpo vem até mim/ pedaços de tua pele, como a foto que se revela na água/... a tumba sob a neve que derrete que derrete/ o homem que sai dos escombros/ Eu aspiro um pouco de pó: um terço de teus cabelos louros uma clavícula duas rótulas três dedos e o joelho direito...

— Charles! Abra!

Ele não respondeu de imediato. Era a voz de Jay, o pianista.

— É in-crí-vel! Quero falar com você, Charles!

Ele continuava a bater na porta do quarto rindo.

— Deixe-me em paz.

— Preciso te contar, é a respeito de Ingrid.

Ele não parava de rir. O que era agora? O dia tinha começado de um jeito bem diferente...

Apenas o céu, sem uma nuvem, o calor de chumbo, a planície deserta a perder de vista, a estrada sempre reta.

— Quantos quilômetros de Caligari a Sassari?

— Não é Caligari, já lhe disse, é Cagliari... não sei, uns duzentos quilômetros talvez.

O policial passara à sua frente e fez sinal para que ele parasse. Desceu da moto Guzzi de trezentas e cinqüenta cilindradas e estacionou. Aproximou-se e botou a cabeça na janelinha do carro. Óculos Ray-Ban escuros, capacete, camisa azul-lavanda, parecia cena de filme, igualzinho, calças pretas, filme B americano, botas, até a coronha da arma, uma automática, visível no estojo de couro... Realidade ficção! "*Documenti*... documentos...", muito gentil, o rosto jovem de traços regulares. Falava ao motorista em italiano, sotaque sardo com certeza. Sob o efeito da luz incandescente do Sul e do calor esmagador, o ar parecia se mover com lentidão, ter-se liquefeito.

— *Dove andate?* Aonde vai?

— Sassari — disse o motorista.

— *Per che fare?*

— *La signora è una cantante... un recital questa sera...*

O policial pareceu de repente sonhador, refletia, estava hesitante, esboçou um sorriso... uma idéia lhe passou pela cabeça... avaliava alguma coisa... estava demorando demais. Agora parecia estar incomodado naquela estrada tão reta no meio daqueles campos desertos até o horizonte, o silêncio se prolongava, o que estaria acontecendo? No carro, eles estavam preocupados, foi quando ouviram uma voz bem baixinho: *"Anch'io canto un poco...* eu também canto um pouco...". O motorista traduzia. "Elvis, conhecem?" Tirou os óculos Ray-Ban e os colocou no bolso da jaqueta, deu um riso de canto de boca, guardou o capacete preto com viseira, eles fizeram um movimento com a cabeça para vê-lo melhor pela janelinha, o outro deu um passo para trás, seus olhos baixaram para um violão imaginário e naquele descampado cantou: *Love me tender, love me true...* ele se remexia e desfiou todo o repertório, "Heartbreak Hotel", "King Creole"... Eles olhavam boquiabertos, a reencarnação na Sardenha perto de Caligari, "não, já lhe disse que é Cagliari", daquele que, no fundo, estava impregnado de catolicismo romano, a Madona, a mamma, a Virgem: ele se formara aos doze, treze anos, matando aula, ia para as igrejinhas nos arredores de Memphis, Tennessee, e, nos domingos à noite, os gospels na capela... *By the chapel in the moonlight...* Seu canto vinha daí: da Virgem. Depois foi que veio o movimento da pélvis, Elvis, the Pelvis, o rebolado cadenciado na frente e atrás e em rotações circulares: aquilo não era nada, um pequeno gadget erótico para teenagers, um apelo, que escandalizou as ligas da moralidade, porque o que ele fazia mesmo era tocar uma pequena partitura endiabrada interpretada sem convicção, com o sorriso, como se estivesse zombando, seu negócio não era o sexo e foi por isso, sem dúvida, que produziu todo aquele efeito, fez tanto barulho: era puro teatro! Não, seu negócio era um misto de religiosidade e sensualidade, musical até a ponta dos dedos, até o último fio de cabelo, todo o seu corpo... E era por isso que ele se reencarnava bem naquela estrada árida dos campos sardos ao sul de nenhum lugar e sob a forma de um gentil policial de moto, um anjo da estrada... E o show continuava, eles aplaudiam "bravo! bravo!" e ele continuava dançando naquele deserto e eles lá, quatro no banco traseiro do carro como se estivessem num camarote, numa banheira, o suor pingava, eles transpiravam, e ele ali, impecável, como o King, com toda a energia, uma mecha sobre o olho, nem uma gota de suor, o sorrisinho de escárnio sempre no canto da boca. Até que era interessante aquilo, mas já tinha passado da conta, estava cada vez mais quente, um forno ali dentro do carro, e o outro parecia querer dar um verdadeiro show, e eles nem podiam ir embora, sair de fininho, deixá-lo cantando sozinho. "Don't be cruel" ou "Blue moon" exatamente sob o sol.

Finalmente ele parou e eles continuavam a dizer "Bravo! bravo!" e ele disse: "*Grazie*", repôs os óculos Ray-Ban, acabou-se o momento ternura: "Tenho de partir... meu colega me espera lá mais adiante...". Foi aí que Charles, a quem o álcool, às vezes, fazia falar bobagens, mesmo as mais simples, deixava-se tocar pela asa do anjo da bizarrice, disse: "Você fazer, em parte, vedete americana da *signora* Caven, *questa sera*, esta noite... *Final part of the show... very good!*". E o outro, então, se pôs a refletir de novo, a pensar, a repensar, durante um bom tempo: "*Vorrei molto...*", gostaria muito, infelizmente, ele havia prometido à sua mãe, a mamma, voltar à noite, e era mais do que justo voltar, ele morava longe, tinha de voltar, depois do plantão, para pegar um traje para o show... é um pouco longe. "Venha assim mesmo, você canta assim", disse Charles. E o outro, com um sorriso gentil pouco à vontade: "Não, assim não, *mi dispiace ma no lo po*". E Charles então, vendo aquele sorriso triste, achou sua proposta verdadeiramente de mau gosto porque o rapaz parecia agora se indagar de repente se todo o tempo não tinham senão zombado dele sem que ele percebesse. A moto Guzzi arrancou e Elvis reencarnado em anjo da estrada se fundiu ao horizonte e desapareceu.

Os outros, ao chegarem a Sassari, tinham ido ao teatro para ensaiar e Charles se trancou no hotel. "Que diabo vim fazer aqui, em pleno Sul, em Sassari, sob este sol... neste canto perdido?", ele se perguntava, sozinho agora no quarto em que a luz, o calor entravam por todo canto... nem mesmo as cortinas adiantavam... com seu lado huguenote, ele gostava das austeras e frias cidades do Norte, ascéticas e distantes, Bruges, Antuérpia, Hamburgo, Londres, São Petersburgo, céus de chumbo, baixos, de um cinza uniforme, portos, uma silhueta furtiva entrevista à distância, uma ponte mais ao longe, pesadas portas hermeticamente fechadas donde nada transpira, gestos raros, império dos bancos, o homem um pouco perdido lá dentro. Mas aquelas emoções viscerais em plena luz!...

Ele se serviu de conhaque, o que o fez suar mais ainda. O que ia fazer até o outro dia, até ir embora, até aquela noite, tarde da noite, esperando Ingrid? Ele não iria ao recital, nem ao jantar... Ia ficar pensando num lugar frio! Mas não, o que lhe vinha à cabeça era um outro vespeiro tropical em que ele se metera dez anos antes, em Palermo, numa antiga cidadela isolada à beira-mar. Um tal marquês De Seta dera as chaves a sua amiga de então, uma exótica asiática. Era um labirinto poeirento e interminável, cômodos e mais cômodos. Ele renunciara logo a ir ver o cômodo ao lado. Ela saiu do quarto e voltou uma hora depois. "Visitei um pouquinho", dissera a garota, "é imenso, imenso, desci, fui até os porões, creio, há uma sala de armas tão grande como... como... — ela não sabia dizer como o quê — e há também elmos, lanças, muitas armas nas paredes descascadas." Ela ria um pouco, achava aquilo engraçado. A cidadela meio abandonada estava no meio de bairros miseráveis. As pesadas chaves lhes tinham sido entregues num café da cidade por homens que falavam um dialeto incompreensível. Depois de sua visita à sala de armas, ela fora reclamar alguma coisa ao guarda, que era caolho. Ele ocupava com sua mulher, no centro daquele dédalo com pé-direito de seis metros de altura, um aprazível três-peças mais banheiro, os móveis forrados com paninhos e uma TV com flores em cima: um modelo bem pequeno no meio da sala... O ciclope, que estava sozinho naquela hora, lhe tinha beliscado, sem a menor cerimônia, um seio, contou ela a Charles, rindo de novo, quando voltou, sempre acompanhada por aquela fragrância, *L'heure bleue*, de Guerlain.

"Não quer dar uma volta?" Não, ele não queria, sobretudo não se mexer, só queria ficar no quarto. O efeito do álcool com uma dose de ópio que a asiática lhe dava regularmente o fazia ver tudo aquilo sob um ângulo ameaçador. Não, obrigado, ele não queria sair do quarto, se se podia chamar de quarto aquele grande espaço vazio de cinco ou seis metros de altura sem uma porta, que dava para corredores, um depois do outro, com um velho colchão jogado no chão. Ele bem vira de fora, ao chegar pela triste fachada que dava para o mar, o exagero daquela cidadela. Os *raggazi* miseráveis vagavam por ali, aquela cidadela devia ter abrigado muitos guerreiros, invasões de gente ainda mais bárbara, que chegara pelo mar em embarcações dos tempos muito antigos. Suas grossas muralhas estavam amareladas, escalavradas, envelhecidas, e tinha dezenas de janelinhas gradeadas, e algumas poucas tinham barras de ferro em cruz. O marquês De Seta dissera, como grande senhor: "Você pode, se quiser, morar na minha casa durante algum tempo", e Charles se imaginara logo numa bela "villa" com piscina! Era um marquês, acima de tudo, mas não sabia que ele estava quase arruinado. A jovem fora durante o pôr-do-sol fazer um rápido passeio: "Ao olhar para cima, eu vi bem lá no alto, emoldurada pela janela, sentada no parapeito, a filha dos zeladores pintando as unhas, um pente enorme nos cabelos, um leque ao lado, ela deu um leve sorriso para mim".

Ele estava ali agora lembrando-se daquilo com desconforto, deitado na cama, quando viu uma folha de papel passar por baixo da porta. Talvez um bilhete da parte de Ingrid? Ele pegou a folha, era um impresso, um folheto, tendo ao centro a palavra DAEWOO. Aquela palavra, aquelas letras lhe lembravam alguma coisa, coisa do passado distante, mas o quê? E seus pensamentos voltaram a Palermo, "... ela me deu um leve sorriso...". E depois, de noite, sem trégua, foi aquele ruído da grossa corrente do cadeado batendo na grade lá embaixo, naquele lugar abandonado e miserável. No entanto, não havia vento. "Não dá mais, ele dissera de manhã cedo, vamos embora. Não gosto das cidadelas, prefiro os hotéis..."

Sentados lado a lado mas em sentido inverso nos dois sofás que formavam um S deitado, uns senhores de paletó conversavam disfarçadamente com ar de conspiradores. No Grande Hotel Et des Palmes não faltavam fantasmas: Wagner havia composto ali *Tannhäuser*, um escritor excêntrico multimilionário, recluso, genial e drogado, autor de uma peça em versos, *La doublure*, se suicidara ou se fizera matar, o mistério continua, Cosa Nostra e Máfia americana tinham passado por ali nos fins dos anos 50: fusões, holdings, previsões a longo prazo, readaptações, faxina, supressão de empregos, novas estratégias, desistem dos jogos e da prostituição, procuram se readaptar à heroína, mais limpa, menos visível: começo de uma nova era, a nossa. Toda a noite, ruído de vários passos na peça ao lado, a suíte Wagner que era a mesma em que se reuniram Gambino e os outros. "Ruídos de passos?! Que ruídos de passos?" "Evidentemente", resmungou a asiática, "você com esses tampões de ouvidos não ouvirá nada jamais. Eu fiquei com medo a noite toda." Bastou isso e, naquele fim de tarde mesmo, eles embarcaram para Nápoles e o barco, *Kangourou rose*, mal acabara de zarpar e se ouviu uma explosão no porto, clarões de incêndio se misturaram às cores flamejantes do poente: um final wagneriano. Depois disso, só uma idéia o possuía: esquecer Palermo!

— Charles, abra, sou eu!
Ele se levantou e foi finalmente abrir a porta fechada à chave. Era Jay, o pianista, que ria, falava, se mexia sem parar, uma pilha elétrica em cima de rolimãs. Ele era nova-iorquino. Conservava o espírito leve de Gershwin e dos saltimbancos da Tin Pan Alley em sua interpretação brilhante mas cheia de rigor, aprendida depois com Nadia Boulanger. Atacava o piano em simbiose com aquele instrumento rival, um tremendo bloco de energia prolongado pelos dedos nervosos de virtuose. Dir-se-ia que tinham sido implantados num corpo de atleta, ao contrário de *As mãos de Orlac*, o filme com Peter Lorre, em que um delicado pianista que perdera as mãos num acidente de trem recebeu as mãos vigorosas de um assassino guilhotinado naquele mesmo dia. Quando ele entrava rápido no palco, à esquerda, com um passo rápido decidido e se aproximava do Steinway, parecia que ia esfacelá-lo e fazê-lo em pedaços, mas o que ele fazia era tirar sons cristalinos, plenos, isoladamente, de graciosa energia. Parecia sempre ligado a seu instrumento como se ele fosse uma prótese, mesmo depois do palco: um homem-piano. Ele falava uma linguagem sincopada de desenho animado: "Chaaaarles! Uahh! (riso agudo *crescendo*) Você deveria ter visto isso! (staccato) O ouvido! O ouvido! (acorde em *mi*) Ah! Ah!Ah! (ruídos diversos feito com a boca, riff vocal)", toda uma partitura bastante maluca, de música, ruídos, sons, para Betty Boop.

Charles, de humor sombrio, estava ali escutando sem dizer uma palavra. Depois do show, eles tinham descido as ruelas em declive e uma lenta procissão silenciosa atrás, toda a juventude da cidade parecia estar ali. Dois ou três se aproximaram e deram a Ingrid amuletos como se eles acolhessem uma santa germânica, Lorelei, o Ouro do Reno, vinda das brumas do Norte para cantar naquela terra árida. Numa praça, havia um restaurante que fora reservado para a ocasião. Estava cheio: autoridades municipais, os organizadores e outros sem maior importância. "Ingrid estava entre mim e um tipo esquisito que parecia importante, como prato nos ofereceram carne de jumento, ah! ah! ah! Ela bebera um pouco e se põe a contar a história do neto de Getty que foi assim: a orelha enviada pelo correio ao velho Getty pela Camorra, o homem mais rico do mundo que se recusa a pagar, quando se ia à casa dele, tinha-se de telefonar de um orelhão que ele mandara instalar... O sujeito ao lado dela, um dos organizadores, começa a olhá-la de um jeito estranho, eu dei uma cutucada com o pé para ela parar, mas ela não parava."

Quem eram, na verdade, aqueles misteriosos organizadores, aqueles chefões que tinham pagado caro pela turnê italiana: o avião, classe executiva, grandes hotéis *first class*, motorista, beleza! desde que fosse uma noite a Caligari — "Não! Mais uma vez, é Cagliari" — e uma noite em Sassari, naquele fim de mundo, salas semivazias? De onde vinha todo aquele dinheiro? Era tudo isso que Charles se questionava, enquanto Jay continuava a tirar seus divertidos acordes: "E quando Ingrid pronunciou a palavra 'orelha', o sujeito começa a tossir, a escarrar, a ficar todo vermelho, depois todo branco, os da procissão não tinham arredado pé, o nariz colado na vidraça, o cara ia sufocar, ah! ah! ah! ah! ah! in-crí-vel! ah! ah! Ele cospe tudo, pedaços de carne, o olho esbugalhado, a palavra 'orelha' desencadeou tudo, teve efeito fulminante. Para ela, com todo aquele vinho branco, não passava de uma anedotazinha, *private joke*, nada de mais". Ela conta sempre essas histórias burlescas e arriscadas, diga-se, enquanto no palco é toda rigor, naturalidade, controle. Entra também um pouco do acaso, é verdade, o que é bom. Naqueles anos, era comum enviar pequenas partes do corpo pelo correio para as famílias ricas, um dedo ou dois, e ainda por cima como encomenda simples. Hoje, é verdade, com a Máfia albanesa, russa, suas putas, os golpes são outros, progrediram. "Olá, amigos!" Era Roland, o engenheiro de som que estava passando por ali, de volta. O misterioso chefe devia ser asmático. "Finalmente, ah! ah! ah! parecia um porco!" Normal, pensava Charles, é a regra da Camorra aqui no sul da Itália, jogar vivo aos porcos quem fala demais. Charles não ria. Tomou um conhaque. Seu coração acelerou: sim, um seqüestro, por que não? A orelha de Ingrid enviada a Sua Eminência ou a Fassbinder, que tinham muito dinheiro.

— Ah! Todo mundo está aqui!

Era Ingrid, toda contente, que chegava com sua sacola de plástico, ela adorava aquilo, sacolas do Prisunic ou da Duty Free, onde enfiava uma ou duas partituras, uma laranja, um tablete de chocolate, um pente: em *Mãe Kuster vai para o céu*, o filme de seu marido, ela aparecia com várias sacolas de plástico.

— Você lhe contou da orelha?

— Sim, agora vamos dormir.

— Vamos, ao doce feno! — disse o engenheiro de som, em vez de dizer *Auf Wiedersehen*, até logo, ele adorava uma brincadeira.

— Eles lhe falaram do show, da garota no palco, a pobrezinha?

— Não, o que foi? Aconteceu alguma coisa mais?

— No fim do show, uma garota foi até o palco para me oferecer um grande ramo de flores e um dos organizadores pediu a palavra. "Senhora, em sua homenagem, essa jovem gostaria de lhe dedicar uma canção..." Ela estava bem perto de mim, vinte anos talvez, o rosto bem bonito, oval, traços regulares, toda de preto: vestido de algodão abotoado até o pescoço, lenço sobre os ombros, amarrado como o de uma camponesa. E um grande crucifixo de ouro. Sem microfone, sem acompanhamento, *a capella*, no silêncio, a voz se elevou, era uma "Ave-Maria" sarda, com tanto entusiasmo, tão sincera... Bem ao meu lado, e eu com o vestido preto longo, decotado, decotadíssimo nas costas, abaixo da cintura, era minha réplica total. Era pura, crente, o olhar triste e sem maneirismos.

Com ela também foi assim, ela tinha oito, dez anos, e mesmo ainda aos quinze, dezesseis anos, diante do altar de Maria que ela mesma fez, enfeitado de lilases, suas mangas longas abotoadas bem abaixo do pulso, e a avó espírita, e mesmo a viagem a Lourdes, a última oportunidade, ao lado dos corcundas, dos aleijados. Ela pedia que a curassem das feridas, de suas dores, tinha muita fé.

O mesmo vestido preto, a mesma oração: aquela jovem era seu duplo total do qual ela se livraria mais tarde, seu duplo antigo, romano, mediterrâneo, da Sardenha rochosa, primitiva. Sim, seu duplo estava ali ao seu lado e, como uma réplica viva, parecia lhe dizer: "Tudo o que tu fizeste com tua Ave-Maria de pacotilha e de strass, de alta-costura, de puta de luxo, *fanfreluches*, babados, preciosidade, maneirismos, teu Yves Saint Laurent, teus famosos cineastas, teus belos hotéis, teu Barão, tua Eminência, mundo das estréias e das revistas, todo o caminho percorrido, todo esse caminho leva-te nesta noite a mim, *a ti*, desde muito muito tempo. Olha: estou aqui! Teu duplo? Parecia dizer a outra, não: tu que és o meu duplo com teus gestos falsos, tuas sofisticações. Tu és uma contrafação, a perversão desavergonhada daquela que foste".

Não havia nada de engraçado, mas aquela aparição, aquela sósia incômoda, irônica e fatal, começava a desencadear um riso nervoso interior, profundo, daqueles que ecoam num velho castelo medieval, riso terrível, ameaçador, um riso gótico. Ela permanecia imóvel, inexpressiva, rígida, mas todos os músculos do seu corpo, faciais, abdominais, glúteos, tensos, crispados, um riso prestes a implodir. Ela sofria por causa da "Ave-Maria". Ela sentiu um líquido morno escorrendo pelas coxas. O rosto imperturbável sob a maquiagem, a *Mask* impecável, bem de acordo com o seu modelo Saint Laurent, ela se mijava.

— Sim, eu me mijava de rir...

— Escute — disse Charles, que se pusera, não se sabe por quê, a falar baixinho, lentamente e articulando bem as palavras — você faça o que quiser... Mas amanhã eu não vou entrar no carro deles para ser acompanhado. Quando amanhecer, talvez agora mesmo, chame um táxi — enfim, se for possível —, eu peço para me levar até o aeroporto e entro no primeiro avião para Milão... ou para qualquer outro lugar, pago minha passagem, estou me lixando para isso. E estou pensando numa coisa: não é você mesma que atrai esses fantasmas, esses duplos que vêm ao seu encontro?

— Você devia ficar em Caligari.

— Ca-gli-a-ri, Caligari é um médico de seu país. Mas no fundo... sim... é verdade... você tem razão, há algo de Caligari por aqui, pelo ar.

Enfim, tudo bem! Ele estava aprendendo a viver com uma cantora, a acompanhar uma. Divertido, mas preocupante, não era nada tranqüilo, sem perigo... Havia, claro, aquela magnífica Lorelei sentada no alto de um rochedo, penteando os longos cabelos de ouro, de vestes douradas, ela canta sobre o Reno, o tempo está fresco e é quase noite, o barqueiro em seu barquinho não olha mais o recife, é tomado por uma súbita *Sehnsucht*, uma atração irresistível por aquele canto que vem de longe, e as ondas devoram sua embarcação... É uma célebre lenda, uma melodia conhecida de todos na Alemanha. O canto é assim. Já na Antigüidade, o astucioso Ulisses se fez amarrar ao mastro de seu navio para não sucumbir ao canto longínquo e belo das sereias, aqueles seres não verdadeiramente humanos, mistos de peixe e mulher, às vezes até representados sobre túmulos egípcios com asas de pássaros. A deusa Circe, de belos cabelos cacheados, o prevenira bastante em seu navio negro. É o Canto XII: ele está voltando de uma visita ao reino dos Mortos, o mundo subterrâneo, *uma região triste e escura* povoada de Sombras, e de repente já está sobre o Oceano, em sua veloz nau negra, quando surge a brilhante Aurora em seu trono de ouro e dedos róseos: "Escuta tudo o que vou te dizer. Chegarás primeiramente ao mundo das Sereias, cuja voz seduz todo homem que passa por elas... e o cativam com seu canto mavioso. Elas moram numa pradaria, e tudo em volta está repleto de ossos humanos em decomposição; a pele ressecou nos ossos. Passa sem parar; amassa um pouco de cera macia como mel e tapa os ouvidos de teus companheiros para que nenhum possa ouvir. Tu, se quiseres, escuta; mas que, no teu navio veloz, te atem mãos e pés". E assim ele fez: "A poderosa nau logo chegou à ilha das Sereias. O vento subitamente parou de soprar; veio a calmaria, nenhum vento; uma divindade fez as ondas adormecer. Meus companheiros de belas caneleiras arriaram as velas... Batiam com seus remos nas espumas do mar cinzento... mas a nau que saltava sobre as ondas não passou despercebida às Sereias e elas entoaram um canto maravilhoso: 'Vem, tão celebrado Ulisses, glória ilustre dos aqueus; pega teu barco e escuta nossas vozes. Jamais alguém veio aqui num navio negro sem ter ouvido a voz de sons maviosos que sai de nossos lábios; depois partem encantados e mais sábios...'. E então cantaram com suas belas vozes...". E Ulisses já não suporta, está totalmente superexcitado, e ordena: "Soltem-me! Soltem-me, eu suplico!". No auge da excitação, ele esquecera que os homens estão com os ouvidos tapados, não podem ouvi-lo, ele então suplica "com um arquear de sobrancelhas"! Mas eles se aproximam e, em vez de atendê-lo, o amarram ainda mais fortemente, atam-no ainda mais, cordas, correias, cordames, correntes, e ele cada vez mais excitado, aquelas vozes, aquilo tudo... Cena *full bondage* sado-masô num barco em pleno mar, bem ao largo daquela ilha cujas margens estão cheias de ossos.

Ulisses, no entanto, não tinha tapado os ouvidos com cera, tinha curiosidade de ouvir aquele canto maravilhoso, preferiu — que cena! — escutar amarrado... E sem ir tão longe no tempo, havia em *Tintin* um outro marinheiro, o capitão Haddock, que vivia tranqüilamente no magnífico castelo de Moulinsart até que a prima-dona Bianca de Castafiore fosse bagunçar o seu coreto com seu papagaio, suas jóias, seu professor de canto, o senhor Wagner, sua mania de grandeza e a televisão que chega com um monte de cabos, o professor Girassol tropeça e quebra a cara, cai um projetor na cabeça de Haddock, e a diva entoa sua grande "Ária das jóias": "Ooooh! eu riiio ao me ve-e-er tão be-e-ela neste espe-lho, a-a-ah eu r-i-io!", está no *Fausto*. E, enquanto ela canta a ária, lhe roubam as jóias, e entra Irma, a criada: "Senhora, suas jó, suas jó-jó, su-suas, suas jóias... Desapareceram, senhora!".

2. NOITE INFELIZ

A limusine preta avança lentamente, ao cair da noite, por uma estrada que passa pelos descampados do subúrbio. Um homem e uma mulher estão sentados no banco de trás. Ele, meia-idade, terno e gravata escuros. "Eu senti que você estava precisando de mim. Estou aqui." Ele tem os traços regulares, mais para fortes, bem marcados, uma voz agradável. A mulher é belíssima. Trinta e cinco anos aproximadamente, maçãs salientes, nas pálpebras aprofunda-se um toque de branco-prateado, os cabelos louro-ruivos, um vestido preto de cetim brilhante, decote canoa.

Eles olham para a frente, ao longe, mas sente-se que os dois não estão distantes um do outro.

— Nunca ouvimos música juntos — continua o homem calmamente.

— A música poderia nos ter enganado.

— E quem quer ser enganado? Quem quer ser iludido?

— Todos nós — disse ela. Sua voz estava um pouco abafada, pouco audível. — De ilusões, posso falar: precisamos de canções que falem de amor.

Ela mantém o busto erguido mas sem rigidez, como se um ponto nas costas o sustentasse. Em seu rosto impassível, o ar ausente, restos de antigos espantos, de expectativas, mas hoje perpassados por uma lassidão agradável, sem ilusão, sem desprezo.

Eles ficam um tempo em silêncio: dois seres que sabem muito sobre as coisas e que por isso se aproximam. Ele lhe toma a mão delicadamente, toca-a com os lábios de leve: "Você está desesperada". Ouve-se uma música eletrônica que procura imitar o som dos realejos, um som leve e distante de charanga. "Quero morrer." Ela diz isso com tranqüilidade. Depois: "Você quer fazer isso por mim? Não vai lhe tomar muito tempo".

O chofer parou o carro à beira da estrada. Desceram, os dois se olham, de pé, no acostamento, à beira de um descampado a perder de vista.

— Eu faço isso por você.

— Obrigada. Estou cansada e agora vou descansar.

A voz adquiriu nessa frase um tom, um ritmo de canção de ninar.

— Não me faça esperar.

O homem solta a gravata, aproxima-se, cara a cara, como se fosse beijá-la, passa-a em volta do pescoço dela. A charanga desafinada voltou. Ele está debruçado sobre ela, segura-a ainda pela cintura, rosto contra rosto, ela oscila para trás, tudo acontece lentamente: uma dançarina de tango, depois ela vai caindo de repente, desarticulada, sem vida, um objeto. À distância, a parede metálica da fábrica moderna, a leveza da longa ponte, seus cabos em arco, cordames de aço, o céu vermelho, malva, anil, na linha divisória entre o descampado e o céu.

— Você está mesmo belíssima, muito bem, neste filme — disse Charles apertando a tecla de retrocesso do controle remoto do vídeo. Ao teclar "rápido" a mulher se reanima como nos antigos filmes cômicos: ela se levanta, como quando se morre "de mentirinha", o homem tira a gravata do pescoço dela e dá o nó depressa no dele, ela volta, sempre para trás, igual a uma boneca autômata, para a limusine que parte, rápida agora, em marcha à ré pela estrada.

— É o seu melhor papel, essa prostituta, Lilly, numa situação para lá de desesperada, que os magnatas pagam para que ela os escute e é como se todos os segredos, todas as baixarias da cidade se despejassem nela.

Ele aperta a tecla "parar" e aquele balé mecânico pára no belo rosto da mulher, seu olhar de sempre. Alguém a quem o nojo não fez perder a altivez. A imagem fica ali no meio do salão um pouco bagunçado. É meia-noite e meia, uma hora, e depois de um momento:

— Você sabe, eu estava repensando essa história, eu me perguntava, na semana passada, uma vez mais, de verdade, que diabo eu estava fazendo em Berlim, naquela noite especial gay, dois mil veados melômanos, e, além do mais, tenho horror a essas festas movidas a bons sentimentos, divertidas, bem-humoradas... Sabe como eu detesto os bon-vivants, as piadinhas. E quem era aquele sujeito, ou aquela lésbica? de preto, ao lado do palco, movendo as mãos enquanto você cantava? A princípio, pensei que fosse um humorista, Mabel me explicou que era o tradutor para surdos-mudos... Então havia pederastas surdos-mudos? E eram muitos? Ela me disse que sim, um bom número, constatou-se uma sensibilidade comum, fizeram pesquisas, estatísticas na Califórnia, havia duas vezes mais pederastas entre os surdos-mudos que entre os que ouvem bem... Não entendi. "Isso quer dizer que muitos surdos-mudos são dessa banda, ou muitos pederastas são surdos-mudos, que eles são completamente obstruídos?", perguntei a Mabel... "Tiazonas e surdos-mudos, tudo da mesma banda?" Eu me sentia um pouco só ali dentro, com duas mil bichas melômanas surdas-mudas, talvez nem todas, não sei...

— Você tem alguma coisa contra as bichas?

Nós já tínhamos bebido muito, era uma, uma e meia da manhã.

— Não é isso. Detesto fisicamente essas festas, esses grupinhos. Essas associações me irritam, sobretudo hoje, quando perderam toda a agressividade, agora é só o lado paz e amor, o lado divertido... Sinto a mesma coisa quando entro numa livraria religiosa em Saint-Sulpice. Cada um tem a sua turminha, seu jeito kitsch de se vestir, os olhos úmidos, parecia que tinham ido em busca de uma bênção, tão lânguidos, olhares e corpos, em grupos ou aos casais, e, em primeira mão, um prefeito virou mulher durante o mandato, aí ninguém mais sabia como tratá-lo, senhor prefeito ou senhora prefeita... E tem mais. Tinham vindo delegações de mães lésbicas dissidentes da Coréia, homossexuais enrustidos de Honduras tinham enviado mensagens de apoio.

— As bichas na Alemanha, durante a guerra, usavam a estrela rosa.

— Essas histórias de grupinhos... que relação tem, digamos, Jean Genet com Roehm... Eles se juntam entre si e apagam as diferenças... O menor denominador comum os une e tudo se funde num grande Todo, é isso que me irrita...

— Não. Olhe... Escute...

— E então eu me...

— Pare, se quer ficar monologando...

— Ah... me deixe fa...

— Um monólogo...

— Deixe-me falar, eu lhe...

— Para isso você tem o muro... você enten...

— Eles têm medo da solidão e... Que muro, o das lamentações?

A noite adquirira de súbito um ritmo staccato.

— Você não me deixa fa...

— Você não pára... não...

— Hein? Como?

— ... escute, nunca...

— O quê? Eu?

— Você... e os outros, a não ser quando canto. É igual a quando eu era pequena... ninguém me escutava... vai ver que foi por isso que comecei a cantar bem cedo, aos quatro anos e meio.

— Bom, então cante o que você quer dizer.

— Se você quer fazer um monólogo, vá falar com o muro.

— Não estou monologando, é você que não me deixa falar.

— Não, é você.

— Nunca sei quem não deixa o outro falar, havia... enfim... eu pusera uma vírgula, não um ponto... Você achou que era um ponto, então se pôs a falar, era só uma vírgula, você me cortou a palavra. Aí eu continuei falando e você achou que eu estava interrompendo.

— Não estou entendendo nada do que você está falando. Pontue com os pés enquanto fala, assim saberei se é um ponto ou uma vírgula.

— Então tá; você canta para se fazer ouvir e eu vou pontuando com os pés para não ser interrompido... Quando eu saltar e cair sobre um pé: é um ponto. Quando cair sobre o outro pé, sem muita firmeza, como quem resvala, é um ponto-e-vírgula... Está certo? Bom, vamos em frente...

— Charles, escute aqui..

— Ou então vamos falar com as mãos, como os surdos-mudos... Sim, você gosta é dos excluídos, das minorias... Me lembro do seu orgulho, da sua alegria quando a convidaram, depois de um jantar, para cantar ao ar livre na Cidadela de Davi, em Jerusalém.

— Eu não estava orgulhosa, eu estava com medo, confusa, impressionada com o lugar, o espírito do lugar, aquelas colunas quebradas, aquele templo sagrado destruído, as infindáveis ruínas, a noite, as tochas que tinham sido acesas, as pedras cor-de-rosa, a areia, os lugares santos ao redor, o monte das Oliveiras ali pertinho, o jardim do Getsêmani, de onde vinham as vozes, sim, a acústica sobretudo, incrível, ouve-se de um monte a outro como se estivessem falando ao nosso lado... murmúrios, as vozes flutuando no ar... Você bem sabe, eu lhe disse, o palco nunca me meteu medo, mesmo diante de duas mil pessoas num auditório glacial, eu tinha sete anos, cantava em solo com um grande coro e todos os professores, todos os parentes, mesmo no velho teatro barroco de São Paulo, nem no Zoo Palast de Berlim, onde a platéia parecia enlouquecida e invadira o palco... Mas ali, sim, tive medo pela primeira vez, como um estremecimento, uma vertigem, me sentia perdida, paralisada...

— Era porque você estava em território judeu, cantando diante de todos aqueles judeus... Você, alemã, em Jerusalém, se sentia reconciliada graças a seu canto, que oferecia como perdão por suas ofensas, um acerto de contas pela grande reconciliação... uma espécie de retribuição, um ajuste de contas por causa da guerra. Você, alemã, filha de oficial da Kriegsmarine, cantando ali para os judeus, para todo o povo de judeus... Sozinha, apenas seu canto, diante deles todos, vivos e mortos, aplacando o rancor deles com seu canto.

— Você me vê sempre por esse ângulo. Então você acha, talvez, também, que estou com você e que tento lhe fazer o bem porque é judeu?

— Um pouco.

— E você gostaria de ser amado pelo que é e não porque é judeu?!

— É, isso mesmo.

— Repito, o lugar é que me intimidava, não as pessoas. De cantar ali, naquele recinto sagrado, eu tremia. Para ser exata, era um jantar ao ar livre, no encerramento do Festival de Cinema de Jerusalém, onde havia também gentios, diretores e atores um pouco por toda parte, e até De Niro, era em homenagem ao prefeito negro de Nova York, David Dinkins. Aí cantei para os judeus, é verdade, mas também para um negro... No final, ele me deu de presente uma camiseta I LOVE NEW YORK com um coração. Ele estava promovendo a cidade, a nova Babilônia, na Terra Santa.

— Um negro? Vinha a calhar. Mais uma vítima... Quadro perfeito, não prejudicava seu ato de contrição.

— Você é mesmo um idiota, Charles, coitado.

— Tenho certeza de que era porque você estava em terra judia: isso deve dar uma boa aliviada na sua cabeça, um belo curto-circuito quando você se lembra de ter cantado na Cidadela de Davi, na Terra Prometida, com seu canto de Natal, "Noite feliz", quando você tinha quatro anos e meio, com os marinheiros, debaixo da foto de Adolf Hitler, diante do sorriso de seu pai oficial do Terceiro Reich. É uma bela viagem, uma viagem no tempo, é isso. Uma forma de redenção... Você pensou naquele momento naquela outra noite estrelada, em outras tochas, em outras ruínas, lá no Báltico, quarenta anos atrás? Onde você tinha praticamente cantado para o Führer?

— Não, você sabe bem que tinha esquecido isso...

— Você tinha esquecido mas isso estava marcado em você. *Memories are made of this*. Poderia parar de cantar, dizer para você mesma: "Comecei minha carreira aos quatro anos e meio cantando para Adolf, eu a concluo cantando para os judeus de Jerusalém". De Adolf a Jerusalém, o círculo foi fechado.

— É uma fórmula como você costuma fazer, uma frase, só isso. Você fala, fala, Charles, é só o que sabe fazer!

— Duas noites sagradas... De uma noite sagrada à outra, uma redimindo a outra! Do Natal durante a guerra à Cidadela de Davi: o itinerário de uma vida.

— É uma simplificação fácil!

— Uma simplificação que me leva a essas minorias que você adora.

— Começo a achar que você é um judeu envergonhado...

Charles se servia de mais uma dose de vodca.

— Não, é aquela história dos grupinhos... O que eu quero dizer é: você está sistematicamente ao lado das minorias... Sei que nos seus shows há todo tipo de gente, mas seu espectador ideal é um veado surdo-mudo judeu...

Foi aí que a mesa começou a balançar "silenciosamente" e não eram os espíritos. Charles, então, tentou retroceder, ou melhor, continuou a frase mudando o sentido, disfarçando o que queria dizer, e falou assim: "judeus veados surdos-mudos... entre todos os outros, e eu acho que é um público ideal, você sabe que adoro essas misturas". Mas era tarde, ela percebeu a manobra dele, entendia as sutilezas, mesmo sendo em francês. Ela viu bem que havia um ponto e não uma vírgula, que a frase tinha terminado. Ela pusera uma mão sob a mesa, que tremia um pouco, a sacudia com movimentos curtos, e a outra mão segurava a toalha como se hesitasse entre duas soluções: virar a mesa ou puxar a toalha e jogar tudo no chão. "Calma! Calma, faça de conta que não aconteceu nada, Charly", pensou Charles sabiamente.

Finalmente, ela puxou a toalha com um golpe seco e empurrou com o pé a mesa que não virou, mas houve uma chuva de facas, colheres que foram ao chão, mas os pratos e um vaso de cristal que rolara não chegaram a cair, ficaram na beirinha por milagre. Ela conseguira fazer cair só coisas inquebráveis. Muitos papéis também.

Charles, então, tentou outro artifício, uma espécie de golpe secreto, um recurso final, uma manobra divertida. Ele era um ás da diversão, da tangente, da linha de fuga, passara a vida se divertindo. Adorava mudar de direção, de caminho. Alguma coisa mal começara, ele já passava para outra, achava que havia sempre uma razão para passar para outra coisa, infinitamente. Mas aí o que ele falou soou idiota: "Vi um morto hoje, completamente mutilado, sujo de sangue, horrível!". Era mentira, tudo invenção. Ele esperava que esses grandes horrores da vida jogassem para segundo plano suas pequenas torpezas, suas agressões. Era uma variação sobre o tema: nossas pequenas guerrinhas são verdadeiramente ridículas enquanto há todas essas tragédias no mundo. No final das contas, é como a televisão, é para isso que serve a TV: diante de todos esses horrores, guerras, crashes, crimes, as famílias se acham, no fundo, um pouco menos infelizes, e se calam, engolem seus pequenos rancores. O que Charles fazia era tão trivial quanto isso, ele tentava, em suma, acalmá-la, reconciliar-se com ela recorrendo a um cadáver imaginário. Não colou: ela fez como se não houvesse escutado, ou como se aquele fato não a tocasse, ou, então, ela teria descoberto a manobra. E tudo recomeçou num *crescendo, fortissimo*.

Era sempre assim, a coisa começava pela mesa que ela agarrava com as duas mãos, balançava um pouco, mas o que o deixava estupefato era que ela nunca quebrara nada. Portas que batiam violentamente... objetos milagrosamente salvos, era mágico, um dom, um truque de mágica, um número do Lido, as mesas oscilavam, os pratos tremiam, balançavam, mas não caíam, como se tudo fosse perfeitamente calculado, como se ela tivesse treinado muito. Charles ficava embasbacado, entre o terror e a admiração, diante de um número perfeitamente executado. Ela chegara certa vez a puxar a toalha bruscamente. Nada caíra e os copos tinham virado mas ficaram sobre a mesa desforrada. Parecia número de cabaré, de *music hall*, mas sem o sorriso e a graça tradicionais. Charles podia jurar que ela nunca, mas nunca mesmo, quebrara nada, nem mesmo chegara a trincar. Era ele quem mais quebrava as coisas. Ao lado dela, o malabarista do circo acrobático de Xangai não era mesmo nada, era uma piada: eles fazem os pratos girar na ponta de uma varinha apoiada na cabeça, depois na testa, o tronco virado para trás, simples questão de tempo, de treinamento, de habilidade. Nada de muito surpreendente, vêem-se as varetas que os sustentam, é entediante. Puro virtuosismo, vira rotina. Ela, pelo contrário, era mágica, incompreensível, sem grandes efeitos, apenas pequenos gestos, nada de espetacular, nem se sabia quando ia acontecer. Era um dom assombroso/pasmoso, não há outra palavra, o dela, quando empurrava a mesa, mesmo com força, e a mesa balançava até um ponto de desequilíbrio, oscilava um segundo e voltava a seu ponto inicial, e ela podia recomeçar duas ou três vezes com a mesma precisão. Ao final, aquilo não parecia mais dirigido contra ninguém especialmente, ela parecia competir com o mundo. Era como se ela tivesse tido com os objetos, os móveis sobretudo, uma relação de conivência, eles lhe obedeciam, era mesmo mágico. Charles admirava tanta habilidade, tanta delicadeza na violência, e isso era uma das razões pelas quais ele a amava: ela seduzia os objetos, os acessórios, como Orfeu aos animais, tanto em casa quanto em cena. E todos aqueles estilhaços no chão, cristais da Boêmia, porcelana da Saxônia, copos, cinzeiros, não vamos fazer aqui um inventário, era coisa de Charles.

— Você fala mal de tudo, de todo o mundo. Mesmo...

— Não disse isso... eu disse...
— Eu estava falando dos grupin...
— ... você diz que os amigos não existem... que só há testemunhas e cúmplices.
— O que já é bom...
— ... que a palavra não quer dizer nada. E as mulheres?
— Como, as mulheres?
— As modelos, talvez.
— Como as modelos?
— Sim, você gostou das manequins... Você diz sempre que gosta das mulheres inteligentes...
— Eu não disse isso... "Inteligente" é como "amigo", não quer dizer nada.
— Você sempre cita o verso de Baudelaire... como é?
— "Que importa tua tolice ou tua indiferença? Máscara ou adorno, salve, adoro tua beleza!"
Ele dizia também que não entendia o que uma mulher podia fazer numa igreja, que tipo de conversa ela podia ter com Deus.
— Sim, obrigada... eu sei o que estava fazendo quando tocava órgão...
— Você não era uma mulher, era uma criança, uma ninfeta.
— Todas as suas putas.
— Eu não...
— E suas modelos.
— Eu não...
E tudo recomeçava... Fazia parte da seqüência: depois dos veados, dos judeus, vinha o terceiro movimento da noite: as mulheres. Agora podiam atacar a coda, a longa pausa daquela pequena noitada de rock and roll.
— Espere, ainda não terminei.
— Por que você me interrompe?

— Não, é você.

— Não, eu não tinha terminado, só tinha posto uma vírgula e você achou que era ponto.

— ...?

— Escute, já estou cheio de suas histórias de judeus, surdos-mudos, bichas, modelos, o que mais ainda? de gagos, de pontos e de vírgulas...

A coisa estava degringolando.

— Você tem alguma coisa contra as bichas?

— E você contra as modelos?

Eles não sabiam mais o que estavam dizendo.

— Contra os gagos? As bichas gagas? As surdas-mudas?

— As gagas?

Charles contou, então, uma história para aliviar as tensões do ambiente.

— Eu li no jornal, o porta-voz dos gagos pediu ao ministro da Saúde ou das Comunicações, não sei qual, para reduzir a tarifa de suas contas porque eles demoram mais a passar suas mensagens... Não é engraçado?

Ela não achou graça.

— Você não está me escutando, Charles.

— Estou.

— Encontrei meio perdidas algumas fichas de modelos da agência Elite. Theresa, 1,80 m, busto 84, quadris 92, sapato 40, cabelos ruivos, olhos azuis, Cristina, Sônia...

— É da pesquisa para o meu livro.

— Que livro?... Nunca vejo você escrevendo... Você talvez ache que eu sou completamente *meshuga*, uma *meshuga schnock*?!

— O que é isso? Iídiche? Por que está falando em iídiche?

— E os números de telefone e as revistas pornôs. *Hustler*, *Penthouse*, a coleção de fotos de Michel Simon, são também documentação para seu livro? Está escrevendo algum livro pornográfico? E as palavras abreviadas nas fichas das garotas, algumas escritas mesmo sobre os corpos: in.c., lez. Em 2c. você acha que não entendo as abreviaturas porque sou boche? Que não compreendo francês? Fala, judeu huguenote! Um pornocrata hipócrita, é isso o que você é!

— Não, pode ter certeza, estou quase parado. Que é que estou dizendo, quase? Não, parado mesmo. É apenas documentação.

— O quê? O que está dizendo? E você paga então essas modelos só para se documentar, como paga suas putas?

— Não... bem... sim... quer dizer, não...

— Mas, então, espere um pouco, talvez você também durma com elas para se documentar para seu famoso livro, queria saber quando você... É isso? Para ver as diferenças talvez? As particularidades? Para... para uma pesquisa, é isso...? Igual ao Relatório Kinsey ou Master & Johnson ou o Relatório Hite? É isso então? É?

— Um relatório? Não é nada disso... Isso já era, e eu não fico lhe perguntando o que você fazia na cama com seu incendiário do Baader...

— Ele não instalava bombas... ele era estudante de química e se deixou levar.

— Bom, o.k., o químico que você escondeu um ano, clandestino, nos porões de sua bela mansão, pintou os cabelos de louro, a polícia o procurava por tudo que era canto, e, durante esse tempo, Peer compunha placidamente ao piano músicas de filmes em contraponto, à Monteverdi, e Rainer dava entrevistas, se deixava fotografar, filmar pela imprensa e pelas tevês internacionais, e tudo isso com os dois macacos trazidos de Istambul, que ele queria pôr num filme.

Não adianta, há uma certa voluptuosidade em se deixar arrastar para o desastre: quando não se tem mais nada a perder, tanto faz. Ele lançou um olhar rápido para o aparelho de TV. A imagem estava congelada, parada no tempo: Ingrid de vestido preto, gola canoa com dois broches de jade e *strass* e aquele olhar fatal, desencantado. Ele empurrou o televisor como se uma parte dele mesmo quisesse se livrar daquela imagem, o aparelho explodiu ao tombar, o belo rosto congelado, cansado e impassível, um toque de branco-prateado nas pálpebras, de repente, desapareceu como se ele também se partisse em pedaços e, depois daquele estilhaçar de vidros, veio o silêncio.

— *Kristallnacht!* Outra noite de cristal...

Ele sorria tristemente.

— Charles, você é um idiota e banal e vulgar.

Ele nem estava ligando, ela podia dizer o que bem quisesse. E ademais, sempre lhe disseram tanto que ele era inteligente e fino que não fazia mal ter uma boa crise de bobeira.

— Você é um grande idiota!

Charles sorriu um pouco mais... Não sabia por quê, mas aquilo o divertia, lhe dava prazer, "um verdadeiro idiota". Ele mesmo se pôs a rir como um idiota. E, então, a coisa recomeçou *fortissimo*.

— E o número do telefone de Carole Bouquet?

— Carole é para "documentar" a personagem de Mazar, você sabe que ela era casada com ele.

— Sim, sei, claro! E Aurore Clément e as outras... Na minha opinião, vou lhe dizer, você faz a investigação como Bogart-Marlowe, segue os passos delas, procura todas as mulheres que ele conheceu para investigar a morte do cara, e ainda há um monte delas, das que não morreram de overdose, ficaram loucas, desapareceram, e você tenta sua sorte, as sobras de Mazar quinze anos depois. Muito bom! E sua investigação é o pretexto, como o detetive particular... Jornalista, escritor, detetive, tudo se parece, não?

— Bogart-Marlowe?... Obrigado, mas você está me fazendo sentir importante. Não consegui nada até agora. Um pouco espião, voyeur, concordo. Sou curioso, isso sou. Mas só isso. E você podia gritar mais baixo com esse sotaque alemão — na verdade, ela tinha muito pouco sotaque —, isso desperta lembranças. Não se esqueça de que tenho a mesma idade sua.

— Sim, e daí?

— Daí, aos quatro anos e meio, quando a senhorita, a garotinha da voz de ouro, cantava músicas de Natal para os amigos de seu pai, oficial da Kriegsmarine, e quando a senhorita passeava de trenó coberta com casaco de pele e quando a senhorita se empanturrava de codornas e gansos, eu já era órfão num campo para crianças judias.

Charles disse isso com ar muito compenetrado, ele bebeu bastante e ela não sabe o que pensar daquela história. Verdade? Mentira? Um blefe? Judeu, bem, isso ele era, e o resto? O resto era que no campo de concentração, os outros judeus ou filhos de resistentes o injuriavam, zombavam dele, de suas sardas, e até lhe bateram porque ele era ruivo, tinha cabelo de fogo... Um judeu ruivo: duplamente maldito, o judeu dos judeus, o cão dos judeus, judeu ao quadrado... É um tanto forte, mas... e se ele não estivesse blefando? Ela parou um pouco, se acalmou. Vê-se no seu casaco de pele, paparicada por todos aqueles adultos, uma star, e ela o imagina órfão, sendo alvo de zombarias das outras crianças num campo de concentração, derrubam-no e riem. O argumento, que é forte, desvia sua atenção e ela se acalma por um momento. Ele estava pronto, e ela o sabe, para contar qualquer coisa, qualquer absurdo para acabar com aquela cena, aquele teatro. Que história era aquela? Ele estava gozando com a cara dela ou não? Ele nunca lhe falara daquilo e já fazia três anos que moravam juntos... Ele tenta dissimular um sorriso sonso e ela compreende que ele estava brincando com ela e por isso contou aquela história do Holocausto, graça tão sem graça quanto aquela só a do morto — aquele que ele disse ter visto na rua — e agora vem com aquela de oito milhões. Uma mentira francamente deslavada, inventar uma história com crianças num campo de concentração só para lhe desviar a atenção de suas conquistas amorosas, se valer das desgraças dos outros só para isso! Aí o tempo virou de vez, a mesa voltou a sacudir, a valsar, agora bem pior... Aquilo era uma mentira, mas o pior foi que ele forçou a barra: ele vivia num lugarejo e era judeu, para ele isso era secundário, o pior eram seus cabelos ruivos, que o excluíam ainda mais, tornando-o um estrangeiro. Gritavam: "Porco ruivo, porco judeu!". E o pior era que os egípcios afogavam as crianças ruivas ao nascerem, e, durante muito tempo, isso foi considerado um atributo do diabo... Nos nossos vilarejos, esses estranhos arcaísmos não morreram. Para ele, era aquilo que o diferençava dos outros. E é verdade que crianças, inclusive judias, encontraram esse jeito de excluí-lo. Ele se sentia mais estrangeiro por causa da cor de seus cabelos e de suas sardas que pelo fato de ser judeu. Sua pele lhe trouxera problemas, não fora só a dela. Ele achava que nunca iria ter sucesso com as garotas. Nenhuma chance: depois, ele ficou castanho e quando veio a onda anglo-saxônica, punk... os cabelos vermelhos passaram a ser moda. Tarde demais. Péssimo timing. Bem, e tudo recomeçou, a mesa que balançava, os gritos. A temperatura subira e muito.

E depois veio o momento da calmaria, Deus sabe lá por quê, um break, o minuto da tranqüilidade. Charles se levantou como se a noitada rock and roll tivesse terminado, bichas modelos surdos gagos judeus mudos, tudo sumiu, "cada dia com seu cálice!", ele pensou, "Volto já", ele disse baixinho, abriu a porta do apartamento sem fazer ruído, mas não a fechou, como para não acordar alguém, alguma coisa.

    Àquela hora, deviam ser três da manhã, o café Ballier está fechado. Ele seguiu pelo bulevar Port-Royal, passou diante da antiga abadia, a capela, o claustro dos jansenistas, depois o hospital Cochin... "Um claustro, um hospital: lugares tranqüilos, era disso que eu precisava agora..." O Observatório também está bem ali. "Isso também seria bom: observar o cosmos, a imensidão dos espaços infinitos... seria perfeito!... Astrolábio, telescópio, binóculo!..." Ele desce o bulevar, tudo deserto, nenhum carro, nada. Mas na outra calçada, diante dele, numa cabine telefônica iluminada dentro da noite, uma jovem, vestida a rigor. Ela tem o porte ereto e fala seriamente, com vivacidade e inquietação, intensa, preocupada. Isolada do mundo, ela estava e não estava ali, num tempo, num espaço que seria o nosso e um outro. Ele pára e, do outro lado do bulevar, observa-a, meio escondido mas de frente, ela de perfil, ele não tira o olho de cima dela. Ele sempre gostava de ver alguém falando sem nada ouvir. Na jaula de vidro iluminada, entre a antiga abadia jansenista e o velho hospital, sozinha na noite, ela parecia isolada entre parênteses. Ele ficou ali um bom tempo, observando aquela coisa banal: alguém telefonando à noite numa cabine, uma trivialidade, artificial, por que não dizer, efêmera... Palavras vindas de longe a faziam balançar a cabeça por instantes, agitar o antebraço, bater com a ponta do pé no chão, como se estivesse descarregando, sempre a mesma coisa. Será que alguém de muito longe, àquela hora, acabava de lhe dar uma notícia crucial? Ela parece..., não está muito claro, siderada ou perplexa, não, cheia de esperança... melhor, intrigada... é isso! No silêncio do bulevar, aquela mulher sozinha entre quatro paredes de vidro, bem visível, recortada pela moldura da jaula, balança a cabeça, braços, pé... Ele parece dizer: "Eu compreendo!", ou quando não:

"Compreenda-me!". Uma cena, era assim que ele denominava aquilo à sua frente: um ar estranho de coisa entrevista já vista nunca vista. Era nesse momento que ele entendia as coisas em toda a sua naturalidade, em toda a sua banalidade. Um lapso de tempo em que a tranqüilidade o fez esquecer a outra cena, a maior, lá no apartamento. Ele gostava daquela sacudida, daquela queda no banal, preferia isso ao extraordinário, ao irreal, ao surreal, ao fantástico, ao bizarro, mil vezes a realidade como ela é, melhor... como dizer?... talvez um pouquinho acentuada, realçada, e até mesmo mais banal, assim, melhor assim... que mal se notasse, um pouquinho só, talvez um espaço de tempo, o fragmento de um sonho sem fantasia, cru. A própria realidade, à queima-roupa, criava, sem que se percebesse, falsos instantes, mas era coisa rápida, dava para ver logo, que nem chegavam a durar muito, nem era preciso que durassem. De repente, a realidade se transforma numa outra, mas continua sendo a mesma, de forma silenciosa, discreta. Apenas, às vezes, só por alguns segundos... nem isso, ele não parecia estar seguro do que acabava de ver, mas aquilo ficava registrado, uma visão estroboscópica, num espaço de tempo, num movimento. Algo que era banal e rápido. A realidade passava à "ficção" imperceptivelmente e por pouco tempo, mas aquela ficção era real. Aquela realidade extraía uma pequena amostra de si mesma, de sua parte obscura, uma amostra do obscuro, do fugaz, do acidental, como um lapso, um fragmento de sonho ruim. Aquilo o reconfortava por um bom tempo.

O já visto adquiria um ar de nunca visto: do já visto nunca visto, entrevisto. Isso lhe acontecia às vezes, poucas vezes, quando ele não tinha dormido, numa noite de desordem, ensandecida, alucinada, como aquela noite, ou então quando chegava logo a uma grande cidade, nos dias seguintes não, ele observara isso, mas, sobretudo, quando estava muito cansado, em estado de abandono, quando baixava a guarda, ficando indefeso, era nesse momento que isso aparecia. Mas depois de algum tempo desaparecia... Ele olhou mais uma vez a jovem enjaulada ao telefone, depois foi se afastando bem devagar e voltou para o apartamento, cuja porta ficara aberta...

— Rainer morreu!?

Ela disse isso em voz baixa, tranqüilamente (ela estava calma), como se falasse para si mesma. A notícia vinha em forma de pergunta. Esse halo de interrogação, tão freqüentemente presente em seu olhar atônito, tinha agora passado para sua voz.*

Eram quatro e dez da manhã. Os objetos estavam jogados no chão, em pura desordem.** Ela estava ali de pé, tranqüila, no centro do terremoto.

E era como se as ondas de choque daquela morte, que acontecera bem na hora daquela discussão, mil e quinhentos quilômetros mais a leste, tivessem se propagado instantaneamente até ali, ou podia ter sido também o caminho inverso, dali para lá.

---

* No mais profundo da voz, tal uma melodia difusa, havia o fantasma de um ponto de interrogação, como se uma afirmação peremptória fosse selar o destino, como se a forma de pronunciar as palavras, assemelhando-se a uma música, tivesse um pouco o poder de ainda mantê-lo vivo, de adiar um pouco sua morte, restos de crença na magia que as palavras escondem.

** De repente, uma grande doçura tomou conta da sala, como se aquela fosse a ordem natural, o modo como os objetos estavam dispostos, em reverente silêncio. Apenas duas palavras foram o bastante para fazer tudo retornar à calma.[1]

[1] E o autor coloca voluntariamente as frases acima como notas, como se elas tivessem caído para o pé da página por força do contágio com a cena que ele acabara de viver.

Naquele começo de junho, o tempo estava chuvoso, como costuma acontecer freqüentemente na Baviera. Ela estava um pouco atrasada: entrou na capela, cruzou-a tranqüilamente, as mãos nos bolsos do trench coat, e foi sentar-se, sozinha, lá no fundo, quase na lateral. Na primeira fila, estavam todas lá, uma ao lado da outra, suas atrizes, que o tinham acompanhado desde os primeiros tempos um tanto penosos nas salas de fundo dos restaurantes e nos pequenos teatros, até alcançar o sucesso, os prêmios, as entrevistas, fotos, flashes nas escadarias do Palácio do Festival, Cannes, Veneza, nas revistas do mundo inteiro, e os atores também, os diretores, um monte de jornalistas, fotógrafos esperando lá fora. Lá na frente, em cima de um pequeno estrado, ela viu o caixão e, à sua volta, uma profusão de buquês, ramos e coroas de flores. Afinal de contas, era seu marido que estava ali! Seu ex-marido, para sermos mais exatos, mas ele lhe havia dito: "Diante de Deus, você será sempre minha mulher". E ele mandara dois brutamontes para seqüestrá-la e levá-la para a Alemanha. Ela ficara escondida uma hora ou duas num armário!

E a pessoa que dizia essas coisas era a mesma que, quando não recorria aos pequenos anúncios de jornal — uma vez tinha até se correspondido com um certo "Ramsés" —, ia paquerar nos *back-rooms*, nas saunas parisienses, à procura de encontros exóticos, de preferência árabes. Até que tinha sorte! Logo depois, ele a procurava para fazer amor. Seria uma espécie de perversão? ou para anular o que tinha feito antes?

Sim, elas todas estavam lá, como para uma noite de estréia, suas atrizes, suas mulheres, porque todas tinham sido apaixonadas por ele, de uma forma ou de outra. Ele, de sua parte, poderia ter seduzido qualquer um, homem ou mulher. E, queira ou não, ele as fizera falar, se mexer, movimentar-se um pouco, dizer às vezes alguma coisa de picante, de divertido, as manipulava como um bom titereiro, elas que, por certo, não passavam de masoquistas desempregadas, esperando seu patrão, mas ele as havia escolhido justamente por isso, por sua ridícula vaidade, sua afetação incomum, por aquele ar de empáfia falsamente trágico, cheias de certezas, fazendo tudo sem questionar, *no problem*, a carreira em primeiro lugar, frias e calculistas no fundo: a mulher alemã do pós-guerra, a Alemanha, com quem ele vivia acertando contas. Mas ele não foi o vencedor da prova: ele estava ali agora, elas que o haviam derrotado! O domador sucumbira primeiro.

Ele via a Alemanha, o mundo, como um circo gigante transparente. E ele era o domador. "Senhoras e senhores... *Meine Damen und Herren...*", e fazia uma espécie de demonstração, como um sardônico mestre-de-cerimônias. Um: ele enfeitava seus monstros com cores, luzes, o mais esfuziante guarda-roupa, os mais belos adornos. Pessoas como você e como eu, mas melhoradas. Ele seduzia o público. Dois: ele se volta para a sala, faz cair as máscaras: "Vejam! Vejam, é isso a Alemanha, eis suas mulheres, eis o mundo!". Monstros... quanta relação de força, o senhor e o escravo, o direito do mais forte, quantos porcos. "E tu", Ingrid sempre lhe perguntava sorrindo. "Eu? O superporco, o porco-chefe! *Das Überschwein!* O chefe dos porcos!"

Animal cerebral, ele carregara nas tintas, depois, ficou enojado, no final, com o que tinha pintado, ficara em carne viva. E tudo terminou desbotado, e o domador, como é que fica? Vestido de fera! Foi sua última aparição: grotesca! Um filme policial ruim, ele no papel de policial, o filme se intitulava *Kamikase*, em que ele procura desordeiros num trigésimo primeiro andar difícil de achar porque não existe. Esse filme série Z parecia a parábola de sua vida. Ele está usando um terno com motivo de pantera, o chapéu também, a cueca, até os bancos do carro... O mais interessante é que ele insiste em mostrar esse filme a Ingrid, quando a vê pela última vez! Camicase!! Foi bem o que ele foi, por desgosto de tudo, dele mesmo no final. O domador vira então pantera, uma falsa pantera, camicase em pele de pantera de nylon.

Mazar também, no fundo, um camicase, mas sua última produção se chamava *Dagobert*, com a qual ele pensava se reerguer e ele também queria que víssemos a todo custo esse filme idiota em que ele apostara suas últimas fichas. Foi na avenida Suffren, na pequena casa, eles estavam no quarto vendo *Roi Dagobert*, no vídeo. Mazar insistira uma vez mais, já estava muito tarde e, ao fim de dez minutos, Charles já estava entediado: "*Ciao*, vou indo", e o outro de cueca *boxer*, como gostava sempre de estar em qualquer lugar, o acompanhara até o pátio, à uma hora da manhã. "Charles... Charles... você é um coitado, um idiota, não compreende nada... pobre judeu!" Vejam só, ele se tornara radiativo, e finalmente se desintegrara! Foi preciso que aqueles dois monstros que, imperiosamente, reinavam em sua corte, se acabassem bem cedo no papel de bufões: o domador se despedira vestido de clown.

Ladies e gentlemen, senhoras e senhores, *meine Damen*

und Herren, aplaudam, por favor, a suprema elegância nesta última aparição fugaz antes do derradeiro ato.

E o engraçado era que todas elas estavam lá, "herdeiras", rainhas-mães, gloriosas. Suas atrizes! Três estavam lado a lado, amparando-se, de preto, sentadas, depois em pé, sentadas, em pé, de braços dados, e como não eram da mesma altura, geravam um certo desequilíbrio, criando uma assincronia nos movimentos. Elas não se levantavam de uma vez só, as três *Mädchen* enlutadas. Tinham certa rigidez no corpo como se feitas de madeira, o contrário dele, que conseguia ser muito flexível, tinha mobilidade, salvo quando, de repente, ficava tenso, sobretudo nos últimos anos.

Lá estava a que derramara lágrimas amargas e que tomou um porre com as outras quando o *Wunderkind* se casou com Ingrid: tinha ares de trágica drogada que se orgulha de seu vício, os braços muito finos, os ossos à mostra, sobretudo nos cotovelos, nos joelhos também, e as omoplatas salientes iguais às das "debutantes", as jovens raparigas de sangue azul. Ela vivia sozinha, com um galo, no apartamento!

"Ele compreende tudo o que lhe digo, entre nós há uma verdadeira comunicação. Quando quebro meu ovo pochê, ele grita "Cocoricô!" (*quiriquiqui* em alemão).

Os galos alemães e franceses não cantam da mesma forma, é como as vacas, elas fazem: Muuu!, os gatos fazem igual, o lobo também, o cão idem: Miau, Uuuuuu, au! au!

"O galo", dizia ela, "simboliza as cinco virtudes: o saber, pela forma da crista, a coragem pelos esporões que exibe nas lutas, a bondade — ele divide a comida com as galinhas —, a confiança, porque anuncia o dia sem medo de errar. E, mesmo, o pé do galo, quando cozido, tem a imagem do microcosmo."

Uma idéia tinha passado pela cabeça de Rainer: "Você deve aprender violino para o próximo papel". E alguns meses depois, na casa dela, em Bremen, ele olhava, impassível numa poltrona, aquela jovem alta e rígida que fazia gemer as cordas do violino que ela mantinha preso sob seu largo queixo. Ela passava o arco *virtuosissimo*, pegando só uma corda com elegância, o galo a acompanhava com seus cocoricós. Ou quiriquiquis, tanto faz.

A mais conhecida entre elas era um avatar de Kristina Söderbaum, a estrela kitsch do Terceiro Reich, que arrulhava entre os *edelweiss* com um sorriso nos lábios. A trágica do galo representava uma face da mulher alemã: a impávida vigilante, a enfermeira sadomasoquista. Uma outra representava a face alegre, mais para suíça, boneca rosada, boa saúde, mas primava antes de tudo pela carreira. Ele a tinha tratado, muito gentilmente, por certo, como a uma merda. Nunca, depois de um duro dia de filmagem mal paga, ele a convidaria para jantar ou mesmo para um taça de vinho com eles. Ela devia gostar daquele tratamento, do seu senhor e mestre, por que motivo, então, estaria ela ali agora? Ela lhe recitara um poema! Com toda a simplicidade! Bem espontânea. Com uma voz inocente, imaculada, de garotinha. Uma emoção contida, carregada de finos matizes. Digna. Uma simplicidade bem visível, vinda do coração mas sem parecer, tudo o que o monstro odiava! Ele que havia escrito: "O amor é mais frio que a morte". Será que ele ainda escutava alguém?

Hedi, o berbere, com seus dez dentes de ouro, exilado no Norte, Gunther, o leão-de-chácara negro com voz de veludo e seda, Armin, o *Lebensborn*, cobaia da eugenia nazista que se achava um James Dean, ele os escutava, amava a linguagem impura deles. O que o encantava em Hedi El Salem era que significava o oposto do mundo alemão, do mundo branco europeu que ele detestava. Todos eles e todas elas também se sabiam ouvidos por ele, todo o corpo deles, mesmo quando ele estava ausente, uma verdadeira droga o amor. Ele os conquistava pelo ouvido. Eles, a quem ninguém jamais escutara nem escutaria, as mulheres, suas atrizes, todas mais ou menos pequeno-burguesas, arrivistas, *no problem*, sem problemas, mas ele lhes dizia que eram as mais belas, as mais inteligentes. Elas podiam dizer qualquer coisa, que o ouvido do mestre, do gênio, santificava, *Amém*, e ei-las dormindo cedo, levantando cedo, trabalhando feito escravas, depressa revirginadas, como dizia Oscar Levant, um pianista bem-humorado: "Oh! Mas eu conheci Doris Day antes de ela ficar virgem!". Um campo magnético se instaurava à volta dele, onde todos estavam invisivelmente ligados a ele pelo ouvido. Todos terminavam dizendo as palavras que ele tinha na cabeça, fazendo os gestos que ele tinha pensado sem dizer, toda uma telepatia.

Ela também estava lá: Lilo, a mãe. Ah! Lilo! Ela mandara fazer uma maquiagem num tom muito pálido para a ocasião, mas quando viu tantos fotógrafos, discretamente, sem ninguém perceber, passara um pente rápido nos cabelos, sem esquecer o pequeno retoque nas pálpebras. Retocada ou não, a expressão era dura, inquebrantável. Olhar gélido, duas fendas, acusador. Boca fina. Tinha os traços bem angulosos e ásperos, ombros fortes à Conrad Veidt, ou talvez mais para Konrad Adenauer... uma prussiana... muito Potsdam *nicht wahr!*... Falava sem dificuldades o sânscrito, tinha traduzido *Grass Harp*, de Truman Capote, sua dureza não impedia que ela se interessasse por aqueles falsos brilhos e pelos pequenos monstros solitários do romancista que começara como sapateador, talvez ele lhe lembrasse Rainer quando criança...

Ela estava com vinte anos quando do Encontro de Wannsee, onde se decidiu a solução final, e, até que ele se tornasse famoso, ela tivera vergonha dele porque o achava feio e pouco instruído, porque ele não falava o belo alemão, aliás, ele não falava... Algumas vezes, trajando um vestido moldado ao corpo, estampado com raias de tigre, ela tentara roubar um dos amantes do filho. "Ingrid, não entendo você... poderia ter Rainer em suas mãos, fazer o que bem entendesse e virar uma grande estrela... E também nós duas poderíamos escrever um roteiro e fazer um filme melhor que os dele: o cinema que ele faz é tão frio!" E depois, ela ia contar a ele que vira Ingrid com um outro homem. Ela não fora ao casamento, e depois os recebera, deitada, com enxaqueca, usava um vestido de tigre, um sorrisinho nos lábios. "Você sabe, eu amo minha mulher!" Ei-lo, recém-casado, em pé, de branco, Ingrid ao lado, no longo vestido de seda verde abotoado até o pescoço que ele mandara fazer, com muita antecedência, especialmente para o casamento, e ele insistira para que os pequenos botões redondos fossem cobertos com a mesma seda, todo um longo trabalho feito à mão. E, mesmo naquele dia, a estrela era Lilo.

Pelo menos isso estava claro. Ela superava todas as outras, as grandes divas arrogantes, emotivamente controladas, peruas de meio luto. Mas na cara de Lilo estava escrito: era uma pessoa má, má de verdade. Ela, quando jovem, quis ser cantora, esperança que a guerra matou. Era agora programadora-chefe de computadores de última geração: num ouvido, o velho sânscrito; no outro, as novas tecnologias. Seu filho bicha drogado descarado, para a programadora de dados da Siemens, não era fácil enfrentar os colegas, aquele dado ela não havia programado. Duas das atrizes, por puro despeito, decidiram partir para a Índia, levando Lilo e o galo também. Fassbinder, por um tempo, perdera o interesse por elas, elas precisavam de um outro guru, um novo guia, aquela velha história. Elas pegaram, então, o avião em companhia da bela ave. Um galo na Índia até que caía bem: símbolo da energia solar!

O féretro estava colocado bem no centro. "Por que sempre o centro?", pensava Ingrid, "isso me incomoda, minha assistente se diverte com essas coisas nos ensaios. Ela faz de propósito quando coloca o pé do microfone no centro só para ver. Mesmo sendo num palco, noto logo e o empurro imediatamente para o lado esquerdo ou direito dez centímetros. É a isso que chamam excentricidade? Uma pessoa um pouco excêntrica?"

Enquanto a outra recitava seu poema, ela revia Rainer de camisa e calção de jogador, número 10, extrema-direita, correndo pela lateral. Sempre vinha alguém por trás. Por que escolher justamente aquela posição do camisa 10, normalmente ocupada por um sprinter, ele que tinha pernas curtas e não podia correr rápido? Não era uma pergunta fora de hora, mesmo nas circunstâncias atuais. É uma posição que precisa de fôlego e ele fumava três maços por dia...

Ele poderia ter jogado como meia-direita ou líbero, a posição que mais tem a ver com o papel de diretor: é preciso coordenar o jogo dos outros, ter "mirada", e isso ele tinha. Não. Ele insistira na camisa 10, a posição para a qual estava menos preparado, excetuando, talvez, a de goleiro. Ele podia driblar dois, três adversários, o drible é quase sempre a qualidade dos jogadores baixinhos, Maradona, quase um anão, era um formidável driblador, a estabilidade é maior, o corpo inclinado um pouco mais para a frente, fingindo que vai desviar a bola, e de repente ela passa por entre as pernas do outro jogador ou pelo lado, retomando-a logo a seguir. E assim ele fazia: escorregava a bola pela direita, passava à esquerda e recuperava-a bem rápido por trás do adversário, pego de surpresa, e lá se ia ele em sua corrida desenfreada.

Mas não tão desenfreada assim: ele corria ao longo do campo, mas, antes de poder centrar ou dar meia-volta, a maioria das vezes vinha alguém e dava-lhe uma entrada ou um jogador mais forte o derrubava com um golpe de ombro. Só Deus sabe por que ele insistia para ela ir vê-lo jogar, protegida pelo alambrado do estádio, para vê-lo caindo o tempo todo, mesmo, às vezes, sem estar com a bola. E, no fim do jogo, cansado, suado, cabisbaixo, ofegante como uma foca, os joelhos escalavrados, ele se dirigia a ela, sua mulher, em busca de reconforto, será que ele tinha visto isso num filme americano?

E ele era assim em relação a tudo o mais: escolhia freqüentemente o que lhe era estranho, o estrangeiro, o árabe, o negro, nas saunas ou em outro lugar, ou então escolhia o bufão idiota. Durante muito tempo sóbrio, ele se pusera a beber mais que os outros, a cheirar cocaína como ninguém. "Eu posso ser um outro, eu sou também um outro", parecia querer dizer. Ele era do tipo "Nada do que é estranho me assusta". E era por isso que, com seu 10 nas costas, ele terminava sempre com a cara na grama, comendo poeira.

Enquanto se lembrava dele jogando bola, ela não tirava os olhos do caixão. Decidiu ir fumar lá fora um cigarro. Levantou-se e saiu discretamente por trás, as mãos no bolso da capa.

Um fotógrafo da *Bild* caminhou em direção a ela, metralhou-a quatro ou cinco vezes de perto, em silêncio, recuando lentamente, e se afastou, finalmente, para deixá-la passar. Ela acabava de acender o seu Marlboro light, quando um senhor discreto, vestido sobriamente, saiu e se aproximou, um tipo comum, ela não o via fazia um bom tempo, mas o reconheceu: Alexander Kluge, o maior teórico do grupo dos jovens cineastas alemães da época, Rainer gostava muito dele, um de seus filmes se chamava *Brutalidade em pedra*.

— Não chore, Ingrid, e de qualquer forma ele não está ali.
— Como? O que está dizendo?

— Ele não está no caixão! Não deram a licença para o enterro... o corpo está no Instituto Médico-Legal... para completar a autópsia... análise das vísceras... querem saber se não havia algo mais que cocaína, álcool, barbitúricos... heroína, talvez...

— Então eles colocam flores, choram, se despedem, fazem discursos, dirigem-se a ele diante do caixão vazio, diante de ninguém?

Ela estava perplexa.

— Sim, isso mesmo. E Lilo e os que arrumaram tudo isso sabem e agem como se!

Ela esboçou um leve sorriso.

— Parece uma cena típica dele... que ele mesmo dirigiu essa grotesca cerimônia fúnebre, essa farsa macabra.

Aquilo agora a divertia um pouco. A farsa é mantida e sem o ator principal, o público acorreu, alguns de muito longe. Ele já fizera algo parecido: convidava um monte de gente para uma noitada na casa dele — melhores vinhos, melhores pratos, e, para os apreciadores, um grande recipiente de prata cheio de cocaína, colocado nas toaletes entre estojos de pó compacto — e, por uma razão ou outra, ele não aparecia.

"Ele devia gastar uma nota", como dizia Charles, e nem ia lá para ver. Evidentemente, desta vez a culpa não era dele, pois ele adorava brincar, gostava de brincadeiras um pouco cruéis. Aquela era só uma a mais. E também, daquela vez, ele não estava presente! De qualquer forma, ele gostava daquilo, fazer de sua vida e da dos outros uma encenação. Ele não gostava de improvisar. Entregava-se por inteiro na mínima coisa, para salvar a mínima coisa da caótica e insípida ordem natural.

Ela não pôde deixar de dizer para si mesma a frase de circunstância: "Ele deve estar morrendo de rir se estiver nos vendo de onde está". Mas ela se perguntava também por que as "viúvas de um dia" tinham precipitado a cerimônia em que faltava o ator principal. Tudo havia sido feito assepticamente, elas tinham montado o número rápido, muito rápido. Em certo sentido, sem ele, que nem mesmo a mãe achava apresentável, era melhor. Sentia-se isso quando se entrava na capela, a alma dele não estava ali, e, ademais, não havia o corpo: o ideal, apenas uma solene missa glacial na câmara ardente. Elas o tinham escamoteado!

Pensando bem, era melhor assim. Esperar, adiar a cerimônia, teria suscitado perguntas, exigido mais vigilância, o corpo teria se tornado cada dia mais incômodo. Melhor seria acelerar as coisas. Quem sabe, ao certo, o que se passou na última noite? Quem estava com ele? Quem era aquela voz, aquela estranha voz que respondia: "Alô, quem fala é Wolfy, não, Rainer não está" a Ingrid, que justamente — pura intuição? — telefonara de Paris à uma e meia da manhã, quando ele estava agonizando — às duas, duas e meia estava morto — na peça ao lado, sob o efeito de que substância? E quem lhe fornecia com conhecimento de causa aquelas drogas adulteradas que continham, Daisy lhe diria depois, veneno de rato? E quem deixara o barco correr e não dera assistência a uma pessoa correndo risco de morte?

Ela tinha suas pressuposições. Os grandes homens são mais interessantes mortos que vivos. Por que antes da chegada da polícia, alguém, conforme ela pensou depois, dera fim a um monte de coisas do quarto, incluindo dinheiro? Será que seus escravos, agora desencantados, tinham se vingado? Eles já estavam, sem dúvida, saturados daquele pregoeiro, daquele domador sardônico: "Senhoras e senhores, eis a Alemanha, eis os seus monstros! Eis o mundo!". Seu tempo de sedução havia terminado, ele parecia estar no fim do filme, perdera o poder, sem dúvida, sobre eles, tomados então pela vertigem, pelo prazer mórbido de deixar aquele monstro sagrado, aquele senhor feudal anacrônico, correr para o seu fim. Ele mesmo deve ter-se dado conta disso e ter-se enojado de tudo, estava pouco ligando para o que dissessem, não se iludia com nada havia muito tempo e, a cada dia, um pouco menos. O doutor K, com quem Ingrid fizera as pazes, lhe telefonara quando soube da notícia: "Está certa de que eles não o ajudaram um pouco... um pouco além da conta?".

Ela retornou para a capela. A farsa continuava: ela ouviu um ruído de botas. O negro da voz de veludo se levantara e se dirigia ao caixão. Ele era bávaro! Tivera um papel na vida de Rainer e em alguns de seus filmes. Fora encontrado quando era leão-de-chácara num nightclub. Tinha uma voz muito suave. Foi ele que, com um outro, foi a Paris para seqüestrar Ingrid e levá-la de volta ao seu dono!

Era o filho de uma *Gretchen* de Munique com um soldado norte-americano. As guerras têm dessas coisas: no início, há o bom e o mau, o preto e o branco, e no seu ápice tudo se mistura, isso é que é bom! E alguns anos depois, naquele cenário de opereta, aparece um negro que vota em Franz Joseph Strauss, apreciador da ordem, talvez até mesmo de um novo Hitler.

Ele usava botas pesadas, bem lustradas, que iam até os joelhos. Afastou as pernas, bateu os calcanhares um no outro ao mesmo tempo que levou bruscamente a mão à testa: o bom soldado alemão dava adeus a seu chefe. Diante do caixão vazio!

Ela não pôde deixar de sorrir.

"Caralho! Essa brincadeira parece tanto com Rainer, com seus filmes, que o torna bem presente!"

— Onde estão minhas flores? Mandei três dúzias de rosas, e ainda mais da casa Mouilé-Savart!

Era a voz de tenor do famoso produtor Bergstrom, com toda a sua esplêndida opulência, barba fina bem-feita, numa de suas habituais camisas de seda de gola larga à Tom Jones, sobre a qual usava uma grande cruz em forma de X, parecendo um dos cavaleiros do Graal.

Ele fora seu produtor no início de carreira, seu protetor mesmo, foi ele que, por prazer também, tinha se arriscado. O verdadeiro produtor: carrões, mulheres, mesa aberta até tarde da noite nos clubes da moda de Schwabing, champanhe, jovens atrizes, até o amanhecer, promessa do amanhecer, nascer do sol, ali ninguém se entediava. Argh! Agora os tempos eram outros, ora! Ele não tinha mais valor... um dinossauro. Os executivos, ou melhor, os executores, a serviço da Coca-Cola e da Disney, tinham tomado o seu lugar. Eles não gastavam o dinheiro de suas sociedades em festas à beira de piscinas, mas em "envelopes" e "viagens de informação", tudo pago, presentinhos como recompensa para críticos de jornais e de tevês sempre sem dinheiro. Os americanos têm uma palavra para isso: *junket*. Eram eles quem, na realidade, faziam os filmes, o diretor os executava asséptica e anodinamente, sem deixar suas marcas! Os termos tinham-se invertido. Isso estava errado. Deixando essa questão de lado, por que trabalhavam dez horas por dia? Não era para fazer um belo filme, evidentemente. Não era para se divertir nas seis horas restantes. Os dez milhões de dólares de renda por ano não eram para brincar, serviam para comprar um Pollock maior que o do colega.

Quanto às estrelas, que eram também businessmen, idiotas ou fisiculturistas, só se dispunham a viajar para inaugurar um Planet Hollywood lucrativo ou gastar vinte e quatro horas entre dois vôos de Concorde para "tirar uma foto". Bergstrom vivia num pequeno apartamento no Trastevere, em Roma, como um cavaleiro exilado. Estava gastando seus últimos centavos. Quando jantava na tratoria da praça Santa Maria del Trastevere, pegava um guardanapo, mas não o amarrava em torno do pescoço nem o metia em nenhuma abertura da camisa. Prendia-o com dois clipes que pendiam de uma corrente de prata que usava no pescoço! Era como se fosse um enfeite. Não perdia a pose: *Noblesse oblige*!

Agora que a cerimônia tinha acabado, Bergstrom afastava com as mãos e com os pés os enormes buquês, espalhava os ramos, metia-se entre aquelas montanhas de flores, derrubando tudo. Procurava seu nome nos cartões: onde estava o seu, onde estava seu nome? Ele se abaixa, olha, lê os outros nomes:

"*In remembrance of Despair*. Dirk Bogarde."

"Obrigado, Rainer. Jeanne Moreau." Ela enviou muitas flores do campo, botões-de-ouro, margaridas, anêmonas.

"Adeus e sem mágoas! Elisabeth Taylor." Ela boicotara o Festival de Cannes porque achara um filme dele anti-semita.

"Fã-clube Tóquio": um bonsai/bonzai, um ideograma.

E Bergstrom continua a procurar seu cartão:

— Mas onde estão minhas flores?

Ele parece desesperado, estava quase chorando. É o produtor do início de carreira de Fassbinder, que correu todos os riscos, que o protegia durante as filmagens, quando a tensão dominava o set.

Enquanto isso, não muito longe dali, na cidade, numa mesa de dissecação, numa sala gelada e sob uma luz pálida, dedos cobertos com luvas de látex se introduzem entre os dentes, dois homens de jaleco branco, manejando tesouras e pinças, fazem incisões nas vísceras: cortam, abrem, escaneiam o cérebro, examinam o cabelo ampliado cinqüenta mil vezes, retiram um miligrama de medula do corpo do defunto, extraem fragmentos do fígado, do rim, querem que o morto fale.

Um ramo traz um nome: "Eddie Constantine". Eles jogavam pôquer juntos. Claro, Eddie sempre ganhava. Há também uma rosa vermelha de plástico — dez dólares — que traz um cartão preso com alfinete, onde se lê: "Andy Warhol". "É incrível",

diz um sujeito ao lado dela, "cinqüenta e cinco filmes, vinte peças de teatro, poesias, manifestos e tudo isso aos trinta e oito anos!"
 Naquela manhã, antes de vir, ela dera de cara, na *Bild*, com duas páginas — com título e texto — com fotos dele. Detivera-se numa delas: estão lá os dois, muito jovens, ela com um vestido estampado; ele, jovial, cabelos muito curtos, os olhos puxados, um rosto um pouco redondo de adolescente suavemente rebelde, um pouco achinesado, o jovem chinês de Xangai e sua bela noiva ocidental, um misto de expectativa e admiração, interrogação. Cheios de frescor, mas não ingênuos, cuidado! Nenhuma ingenuidade, um pouco ladinos, prontos para aplicar um bom golpe, um golpe de esperteza, uma ponta de malícia. É incrível o que eles fazem quando jovens, ainda cheios de espontaneidade, a foto não está bem enquadrada, foi tirada de longe, como uma foto de viagem, verão ou primavera, há milhões de pessoas assim, como eles, num momento ou noutro, em algum lugar. Eles olham à distância, os olhos sorriem, não estão na verdade lado a lado, nem estão na mesma altura, nem abraçados, nem de mãos dadas, nem mão na cintura, nem no ombro, não, é melhor que isso: cada um olha de forma independente, em direção levemente oposta, mas têm o mesmo olhar: parece que viram a mesma coisa. A foto talvez tenha sido tirada num daqueles pequenos festivais: Pesaro ou Taormina. Tinham ido à Itália no grande *corvette* Stingray USA, de óculos Ray-Ban, ambos, ela dirigia com o cotovelo para fora, fundo musical Adriano Celentano:

Tu voi fare l'americano
'mericano 'mericano 'mericano

 Eles viajavam freqüentemente assim, mesmo depois do divórcio. Ela tinha guardado aquele mapa rodoviário do tamanho de um papel ofício, dobrado em dois, um brinde-publicidade da Hertz, locadora de veículos, estava um pouco amassado, rasgado de tanto ficar jogado nas caixas, nas malas, eram as estradas da Califórnia aonde eles foram depois de Nova York e, no verso do mapa, estava a letra de uma canção que ele lhe havia escrito enquanto ela dirigia e, como sempre, sem uma simples correção, nenhum acréscimo, em estrofes de quatro versos e um refrão de dois.

Ela dirigia, ele escrevia: *Santa Maria Santa Bárbara Santa Mônica*. Ela dizia: "Agora para onde?". Ele parava de escrever nas costas do mapa, dava uma olhada e dizia: "À direita...". Death Valley, China Lake, é incrível esse estado, essa confusão, essa *hodgepodge*, Tijuana, os índios mexicanos, vale da Morte... A canção se chamava/intitulava "Carnaval": "Era uma noite de carnaval, ele era velho e ela pálida". E no mapa pode-se ler NAVAL AIR MISSILE TEST CENTER e sobre uma mancha branca: AS ESTRADAS DESTA REGIÃO ESTÃO FECHADAS AO PÚBLICO, e os dois iam em frente. Havia uma placa BASE DO EXÉRCITO DO AR e ESTAÇÃO DE TESTE DAS FORÇAS NAVAIS. Ele escrevia de uma tirada só, atrás do mapa: *Quando ele lhe sorriu ela sorriu ela estava com fome a vida é assim*. E no norte, King City, e ainda mais ao norte, San Juan Bautista, e ele durante esse tempo escreveu uma canção sobre uma mulher, e eles tinham chegado àquela cidadezinha morta que fora fundada por garimpeiros, e Lola Montes terminara ali num teatrinho. E ele escreveu sua canção no verso. E numa zona em branco, lia-se: NÃO TROQUE A ESTRADA PRINCIPAL PELAS ESTRADAS DO DESERTO SEM ANTES SE INFORMAR.

Aquele barulhinho metálico, oito dias depois, ao lado do crematório, era, entre as cinzas da jaqueta Perfecto, comprada no Mercado das Pulgas de Clignancourt muitos anos antes e do chapéu borsalino de feltro da casa Motsch, presente de Charles, "lembrança de Paris", os botões de cobre da jaqueta que batiam nas paredes da urna que o funcionário da funerária carregava debaixo do braço, o ar compungido, o passo rápido, aquele hermético e misterioso brinquedo, parecido com o clique-claque das fichas de mah-jong ou talvez um tipo de maraca desconhecido.

— Então, como foi? — perguntara Charles como se se tratasse de um espetáculo, o que, no fundo, tinha sido.

— Muita gente, como sempre acontece nessas ocasiões, pessoas que nunca se viram antes e que o morto provavelmente não queria encontrá-las quando vivo, e o que se produz no fundo é uma indiscrição, como uma violentação de sua vontade. E, queira-se ou não, é sempre assim... um velho senhor se aproximou, magro, trazia um buquê de flores: era o pai de Rainer. "Bom dia, senhora, admiro o seu talento", e me estendeu o buquê, teria trazido para o filho? Aquele pequeno buquê era exatamente o que eu segurava numa cena de *O mercador das quatro estações*, o filme de Rainer em que me encontro um pouco à distância numa cena de enterro, era como um prenúncio, uma cena sem grande importância de seu filme que agora se realizava de verdade. Era um senhor distinto, bem-apessoado, fora médico um tempo e, durante a guerra, simpatizante de um pequeno grupo clandestino antinazista em Munique: a Rosa Branca. Rainer já me tinha falado dele: filho da alta burguesia, muito culto, falava e escrevia correntemente o francês, inclusive poemas, obrigara o filho a ler o *Fausto*, de Goethe, todo, aos cinco anos. Resultado: nessa idade, o que seus dedinhos de criança desenhavam não era uma bela casinha, um trenzinho, gatos e cãezinhos delicados. Ele se aplicara inteiramente a um tema bem mais ambicioso: Moisés! Nada menos que Moisés. Lilo me tinha mostrado o desenho: um pouco desajeitado, mas bem intrigante: uma cabeça com cabelos compridos saindo de uma roupa justa de sereia, o braço direito erguido segurando uma espada ou um bastão, na esquerda as Tábuas da Lei. No canto esquerdo, embaixo, como sob a ameaça da espada, duas crianças minúsculas, um menino, uma menina, escondidos, parece. O pai, na verdade, tinha vergonha de Rainer, achava-o muito feio, sem classe, mudava de calçada quando o via, "Veja como seu primo é belo e educado, e toca piano...". Quando Rainer lhe dissera aos dezesseis anos que queria ser pintor: "Tudo bem, pinte as paredes de meu apartamento!". Quando percebeu as tendências homossexuais do filho, trancou-o à chave num quarto com a empregada. Rainer não o via desde então. "Um dia", ele me dissera quando o conheci, "as pessoas perguntarão a meu pai: 'O senhor é o pai de Fassbinder?'."

Ela conta ainda a Charles que havia uma garota, uma escultora que morava em Roma, fazia três anos que ela tentava marcar um encontro com Fassbinder para esculpir-lhe o rosto. E para encerrar o assunto, fazia quinze dias, Rainer dissera: "*Gut!* O.k.! Venha segunda-feira próxima". Ela foi então levando o gesso e as espátulas. Tempo perdido, ele acabara de morrer na noite anterior. *No problem*, sem problema, ela faria sua máscara do mesmo jeito, agora máscara mortuária, e logo ela faria o molde, seria o que lhe restaria dele, aquele molde de cera que seria vendido na Christie's por dez mil dólares: e assim alguém se apropriaria de seu rosto para ir a um baile de máscaras, como outros haviam se apossado da voz e dos gestos dela, de suas atitudes, em Berlim havia duas pessoas que brigavam por isso: "Sou eu a verdadeira imitação!". Pareciam fantasmas irônicos e fatais a vagar. E agora eis-nos numa época de clones, duplos, zumbis, a impostura planetária geral, e tudo culmina no HIV, que se faz passar junto aos guardiões/guardiãs de nossas células como um de seus agentes!

— E aquela rosa de Warhol, por quê? — perguntou Charles.

— Ele tinha desenhado o cartaz de seu último filme, *Querelle de Brest*. Uma vez mais, tratava-se de algo muito corriqueiro e estranho, um já visto nunca visto, *unheimlich*: rosto perfilado usando uma boina de marinheiro com borla branca, uma língua cor-de-rosa enfiada na orelha. "Será possível...?", pensei, eu vira o cartaz, depois... "Será possível..." Fora Rainer quem o tinha encomendado,* ele adorava Warhol, "um artista que entendeu o vazio e o frio, e, afinal de contas, ele é tão famoso...", dizia, com um pouco de inveja. Aquele era outro que também se fabricara, se refabricara... até o próprio físico, quase próximo a um robô — uma imagem de vídeo —, enquanto Rainer não fora além do operário-proxeneta, apenas uma imagem de cinema. "Bom, então, a última vez que o vi antes do fim foi em Munique, em seu aniversário, e, à noite, nós dois sozinhos na rua,... era curioso... ele ia tão devagar, tão devagar... tão cansado, fala-

---

* Ele também havia pedido um comentário sobre *Querelle* a Genet, em vão. Este lhe respondera numa carta: "Paris, 31 de março de 82. Caro senhor, escrito há quarenta anos, o livro *Querelle de Brest* está muito distante no tempo. Eu o esqueci, como a todos os meus livros. Diga isto ao sr. Fassbinder, ele me compreenderá, o senhor também. Cordialmente, Jean Genet". Ele também tinha mandado uma resposta para uma nota biográfica: "Seu registro de nascimento traz o seguinte: nascido em 19.12.18 às dez horas da manhã. De Gabrielle Genet. Pai desconhecido. Excetuando seus livros, nada se sabe sobre ele, nem mesmo a data de sua morte, que ele supõe próxima. Jean Genet". Trocando em miúdos, na primeira carta, ele diz ter esquecido seus livros, e na segunda, ele se situa unicamente neles: portanto, tudo o que se sabe dele é algo que ele mesmo esqueceu! É puro desespero: alguém quer esquecer a que está ligada sua vida: ao que ele escreveu, e, ao se aproximar do fim, ele apaga tudo, não salva nada.

va lentamente: 'Fique, fique um pouco comigo... você é a única mulher que eu....'. Ele nunca soubera exprimir seus desejos. E então... enfim, em geral, seus modelos estavam no cinema, James Cagney, coisas assim. Em suma, imitar o cinema... mas a pintura, é engraçado, em *Um corpo que cai*, uma mulher copia o penteado de um quadro, mas isso é cinema! E ele, tão lento e cansado, botara a língua para fora como alguma coisa obrigatória, como se tivesse copiado de alguém, e depois, me tomou em seus braços e quis me abraçar, 'como no cinema', pensei; será que ele queria imitar o cartaz de Warhol?... ou o quadro... era... era triste e ridículo... e tocante, ele queria fazer como vira nos filmes ou então dar um beijo à francesa, um beijo com a língua... fomos casados um bom tempo antes e ele era o famosíssimo diretor e estava ali, perto daquele estacionamento, à noite, vestido de branco, lenço preto no bolso do paletó, com a língua de fora, o chapéu borsalino colocado de banda, assim... ele se transformara num tipo grosso e macabro: exalava álcool e droga por todos os poros, e aquele cheiro característico que invade, impregna, envolve imperceptivelmente quando um grande drogado está presente, e eles continuavam a abastecê-lo e ele, de manhã, lá estava, diante de sua porta, vomitado, sujo. Ele pusera o chapéu que você lhe dera, era mesmo o único presente de aniversário que ele abrira, que eu lhe levara de sua parte, sim, ele o pusera ao contrário, me tomou em seus braços e estirou a língua como se desdobrasse uma ação; não seguindo certa ordem, todo descoordenado, todo desarticulado, como se fosse uma aula para ensinar a beijar.

"Era um pouco tocante, ridículo e obsceno, o chapéu da casa Motsch posto ao contrário e aquela língua para fora, estirada na noite, exatamente como no desenho de Warhol, com a diferença de que era um borsalino em vez de uma boina de marinheiro, e em direção a outra boca e não à orelha, mas entre os esboços, havia um em que um jovem marinheiro, boina com uma borla caída na nuca, estendia a língua para a boca de um rapaz sem chapéu. Ele se enganava quanto à ordem: primeiro ele estirara a língua, depois me tomara nos braços como um modelo copiado com todo o esmero, um filme em câmara lenta. Mas como, se ele não podia fazer as duas coisas ao mesmo tempo, não, tinha de ser na outra ordem... Primeiro, ele teria de... Foi isso que aconteceu na última vez em que o vi. Ele tentava uma última vez fazer como se faz no cinema, como ele vira fazerem, era sedutor em certo sentido. A última imagem que tenho dele, antes de sua morte, posso dizer que é aquela língua, à noite, entre os carros, era um pouco ridículo e triste, meu Deus, Charles, tão triste, era mesmo para rir ou chorar, ele que sempre fora tão ágil e esperto, e um pouco mau, graças a Deus... naquele bairro a cujos bares íamos tão freqüentemente, à noite, nos divertir escutando a linguagem das putas, dos malandros, aquela linguagem pequeno-burguesa, que o fascinava e o enojava, ele estava ali, completamente perdido, entorpecido, um gorducho desvairado, que estirava a língua, um idiota retardado completamente isolado, triste mas não descontente, seria a droga, a heroína? Eu era assim quando criança, com minha doença, minhas alergias. Não estávamos longe do Casanova, o bar noturno aonde íamos sempre, ele tinha lá seu lugar cativo, ali, naquele espaço onde o balcão faz um ângulo, podia assim observar melhor as pessoas disfarçadamente, escutá-las sobretudo, foi lá também que cantei pela primeira vez, num filme, era um filme dele, *O soldado americano*, eu estava com um vestido rosa cor da pele, de renda, muito justo, eu era muito magra na época, um grande decote e uma pequena cauda, a canção era "I'm sitting by the river with my tears". Agora, de repente, eu o imagino, isso me faz rir, me deixa triste, em vez do chapéu da casa Motsch, a boina de marinheiro com uma borla, uma figura do imaginário mítico que teria gostado tanto, sem dúvida, de encarnar como também a de um gângster americano. De brincadeira, ele punha a boina entre duas tomadas de Querelle..."

Então, na imaginação volúvel, instável de Charles, igual ao chapéu de Halston que passara da cabeça de Bette Davis para a de Jackie K. para voltar numa ventosa noite de festival para a cabeça de sua proprietária original, aquele acessório, uma borla, deambulava, passava do casaco de pele da garotinha no trenó, um conto de Andersen, para os marinheiros do mar Báltico na noite de Natal, coro para liturgia cristã, passava depois para os belos e angelicais crápulas das docas, para terminar, de forma burlesca, na cabeça, caída sobre a nuca, do célebre cineasta mostrando a língua dentro da noite.

Mas, divertida e triste, a imagem que sugeria a boina branca caída sobre a nuca, a língua estirada dentro da noite, gestos em câmara lenta, última imagem de alguém que vai morrer, ultrapassava tudo.

3. A FOLHA DE PAPEL

É uma folha de papel formato 21 x 29,7 cm amassada, manchada de vinho, de café, talvez de nicotina. Encontraram-na no chão, ao lado do leito do morto. Ela estava lá, jogada, alguém a apanhou, o policial, a faxineira ou o médico. A folha está coberta por uma escrita feita de um jato só, sem pontuação, só com uma pequena correção, duas palavras ilegíveis, depois de uma correção e uma pequena flecha remetendo a algo anterior. São dezoito parágrafos ininterruptos, como se ele já os tivesse escritos em sua cabeça e só precisou transcrevê-los, tranqüilamente, como se as palavras estivessem dentro dele havia séculos, e seu trabalho foi só recopiá-las, mas eram palavras, em estilo telegráfico, com alguns erros. Eram signos feitos com dificuldade, como se recortados a cinzel: antes feitos com estilete que com estilo, algo primitivo, cru. Ele imprimira força ao escrever, mas a letra saíra tremida, como escrita por um sismógrafo, meio atropelada, deformada, uma se apoiando na outra; infantil e velha, cada letra traçada com força e aplicação, tem-se a impressão de que a escrita lhe está escapando ao mesmo tempo que a vida, e que ele tentou desenhar as letras, sobretudo as maiúsculas.* É uma escrita irregular, viva, as frases dançam na linha, as palavras parecem atiradas sobre o papel, como quando escrevemos um bilhete urgente, uma página de anotações que a gente arranca diante de uma ameaça, sem ter tido tempo de pontuar, de tomar fôlego diante de alguém ameaçador. Havia uma numeração, de um a dezoito, não se sabe se se trata de etapas, capítulos, quadros, cenas, sinopses — não havia título —, da vida de Ingrid Caven. Eis o que estava escrito nos originais, sem alteração da pontuação e da sintaxe:

1. Nascimento + ódio da mãe + começo da alergia (Alemanha precisa de carne de canhão)
2. Primeira canção, noite feliz noite de paz
3. Alergia bem-amada
4. Universidade + alastramento da alergia, decisão pela psiquiatria é preciso coragem para viver
5. Stop da alergia, amor com psiquiatra, mulher de luxo entre palissandra, fim do amor
6. Fuga hábil muito desencorajada pela terrível chique Revolução (sic)
7. Breve vida sozinha com muitas histórias de homens
8. Trabalhar no teatro, viver em comunidade e um amor eletrônico (GVH)
9. Casamento, horror ao casamento, divórcio
10. África
11. Política segunda

12. Primeiro show no Pigall's
13. Jean-Jaques Schul + vários filmes ruins
14. Catástrofe em musical, ruptura com Jean-Jacques
15. Tempo de solidão, desejo de suicídio, drogas Schnaps e rapazes e as baratas no Chelsea H
16. Ataque na sala de espera, conhecimento do grande amor
17. *Sex and crime* e "olheiras"
18. Luta briga amor ódio felicidade lágrimas comprimidos morte + um sorriso

Trata-se de uma simples folha de papel encontrada e guardada por acaso, poderiam tê-la jogado fora, ainda mais porque essas palavras estão escritas no verso/atrás. Na parte da frente da folha, no lado "certo", há um roteiro em forma de diálogo, datilografado em máquina eletrônica, sem rasuras, um filme que Rainer já havia rodado fazia tempo, com um orçamento alto, seis, sete milhões de dólares, grande reconstituição histórica, cenários e trajes de época, da Segunda Guerra mundial, ele deve ter usado essa folha porque estava à mão e não havia outra, tinha pressa, sem dúvida, estava sem forças para se levantar, no final, vivia muito só. E foi no verso dessa folha, desse grande filme histórico, que Rainer escreveu suas últimas palavras: a vida de sua mulher, real, imaginária.

Mas, agora, aquele roteiro de orçamento elevado estava jogado para segundo plano, pouco importava aquele tipo de produção de que ele se queixava no final por ter ficado seu prisioneiro: o importante, naquele momento, eram aqueles rabiscos de palavras, garranchos mesmo, que ele traçara com tanta força e aplicação sobre a vida daquela a quem amava. Quase nada! Quase! Uma simples folha de papel... e que coincidência! Igual ao que aconteceu quinze anos antes com o vestido feito por Yves Saint Laurent, que usou o avesso do cetim negro, o lado escondido, o menos importante. E, agora, aquela folha de papel, o que interessava estava no outro lado, no verso, no avesso, no lado oculto, secreto, a que ninguém dá atenção, era esse lado que vinha à luz, que importava. Foi no verso que ele escreveu a "vida" dela, e ela também "escreveu" a dele, não na parte nobre das coisas, mas na parte "que se foi", que ela enobreceu com seu canto. Aquela mulher vive sob o signo do avesso.

Sim, uma vez mais, o avesso, igual a quando pegamos um tecido e o avesso chama mais a atenção que o direito, e aí ficamos sem saber o que é avesso e o que é direito, como a fita de Moebius, em que tudo tanto pode ser um lado quanto o outro, o vulgar pode ser tomado como nobre e vice-versa, é como o vestido que se faz com o avesso ou a bandeira ao vento em que não distinguimos um lado do outro. Naquilo que foi mas não é mais o lado nobre da folha, encontramos essa ponta de diálogo: "*But, tonight, in front of the men, it will work, I am sure, and then I will realize something you desire*". Uma coisa que você deseja.

O que estava escrito no verso daquela folha inquietava, porque, se os episódios de um a treze, se referiam a fatos bem reais, os de catorze a dezoito eram completamente imaginários. E ainda, aquela vida que ele achava melodramaticamente trágica, como um romance barato, ele a concluiu. Ele a dera como concluída, decidindo até por seu fim violento, ignominioso, infame, quando era ele que estava a caminho de, que ia morrer daquele jeito, algumas vezes o encontraram só, no patamar da escada, do lado de fora, diante de sua porta, caído, bêbado, drogado, entupido de soníferos, sujo com suas próprias fezes, nu no alto de sua glória. Do catorze ao dezoito, estariam as profecias vingativas ou o dedo inescrupuloso e manipulador de um roteirista eficiente? Parecia mais um destino que ele exorcizava com as palavras. Ela lhe havia escapado, ele a convocava, a evocava, se reapropriava dela pela linguagem, perto do seu leito de morte, através daquele esboço de história de uma vida. Era incrível: ele escrevera a vida elíptica, real e imaginária da mulher que amara, deixando ali seu próprio retrato, e depois partira.

Intrigante, perturbador até demais: pensando bem, não devia mesmo se tratar de um projeto de filme. Como iria rodar, realizar aquele fim terrível, aquela degringolada, aquela morte ignominiosa de Ingrid, estando ela viva, bem viva, muito viva, muito mais que muitos outros, cheia de vitalidade, muita vitalidade? No máximo, ele podia rodar os episódios de um a treze, inclusive, mas não do catorze ao dezoito. Isso não. Então, o que era aquilo? Parecia uma predição maléfica, previsão de destino como o feiticeiro que espeta agulhas na boneca, e ali a agulha era a caneta.

Havia palavras enigmáticas, sobretudo as últimas, aproximadas pelo sinal +: a morte + um sorriso, aquele rosário de tristezas e horrores terminava num sorriso!

Mais do que a história de sua vida, ele esboçava naquela esquálida sinopse o próprio retrato, pleno de escuridão e tristeza. Escrever sobre ela tinha sido uma forma de tê-la perto. Ele ainda quisera retê-la alguns dias antes, ele lhe dissera: "Fique... fique!", mas ela lhe escapara e ele tinha então tentado captar suas pistas, a ossatura de sua vida transformada em signos, por não tê-la ao seu lado, antes de ela sumir, e isso deixava claro ser uma prova de amor. Mas depois de ter refeito aquela vida à sua maneira: primeiramente nada feliz, depois uma derrocada: fracassos, doença, fugas, alcoolismo, golpes, amores funestos, filmes ruins, morte abjeta na lama, como Lulu, a "mulher sem alma", um verdadeiro folhetim, as últimas palavras bastante assustadoras: "a morte + um sorriso". Ele então a matava, e da pior maneira, pode-se dizer que ele a matava, imaginariamente, claro, mas ele sabia muito bem... tanto um quanto o outro tinham uma relação mágica, supersticiosa com o cinema e, por exemplo, ela não suportava, tinha até recusado um papel, atirar num ator e ele jamais a fizera morrer diante das câmeras e mesmo em *O mercador das quatro estações*, havia uma cena em que ela estava com um buquê de flores à beira de um túmulo e ele não quis dirigir a filmagem, passando-a para o operador... ficou à distância.

As correspondências eram espantosas, as osmoses entre o papel e o que se chama realidade, vida. É longa a lista de atores cujos papéis foram premonitórios ou causa de coisas que lhes aconteceram. Jayne Mansfield, apelidada de "o Busto", morreu num acidente de carro, a cabeça decepada por um caminhão que vinha em sentido contrário. Os papéis freqüentemente vampirizam seus intérpretes. E mais, escrito por alguém antes do instante final, isso adquire um viés um tanto inquietante, testamento, profecia... vaticinando a alguém os piores horrores.

Pensava ele que aquela morte no papel teria valor executório, acreditava ele nesse ponto da magia das palavras e... duas vezes, no passado, ele havia proposto o suicídio a dois, o suicídio à Kleist,* muito em voga no começo do século XIX e quando ele lhe dissera: "Fique... fique!" pela última vez, em Munique, ela ficara um pouco receosa, a voz dele estava estranha, uma voz desconhecida, uma *outra* voz, tão lenta, tão suave, anormal, pa-

---

* Em 20 de novembro de 1811, Kleist, com trinta e quatro anos, vai com sua amante Henriette, a mulher de um tesoureiro do rei, para um albergue nos arredores de Berlim, à beira do lago de Wannsee. Lá, eles passam a noite. No dia seguinte, almoçam tranqüilamente, muito felizes, tomam café. Ele escreve cartas em seu quarto, pede a um mensageiro que as despache, paga a conta do hotel. Caminham em direção ao lago cerca de cinqüenta passos e ouvem-se dois tiros de revólver. Era um prussiano um pouco triste, família de altos oficiais, versado em sonambulismo e na arte das marionetes. Escritor reconhecido, havia queimado pouco tempo antes cartas e manuscritos, entre eles um romance em dois volumes, *História de minha alma*. Falava, então, em se dedicar dali em diante à música. "Eu vejo essa arte como a raiz, ou melhor, a fórmula algébrica de todas as outras."

recia um pouco desencarnada, etérea, voz do além, de alguém que tinha partido e que queria levá-la também para o outro lado.

Heinrich von Kleist já havia proposto a uma outra esse tipo de viagenzinha, e Rainer duas vezes também, mas à mesma pessoa, uma vez na rua Cortot, perto do Sacré-Coeur, em Paris; a outra, na Alemanha! Sem ter tido o sucesso de Heinrich com Henriette, ele a fazia morrer "no papel" ao mesmo tempo que ele estava para desaparecer de verdade, em sua cama.

Assim, do episódio catorze ao dezoito, ele realizava de forma primitiva um desejo: vê-la tomar o mesmo caminho trágico que ele e morrer da mesma forma, não sobreviver a ele, embora ele a amasse, porque ele a amava muito. Não fora ele que pegou esse poema de Oscar Wilde e o colocou na boca de Jeanne Moreau, que o cantava como gerente de bordel em *Querelle de Brest*, o filme, o último que fez, com música de charanga, com um encantador refrão: "*Each man kills the thing he loves/ Each man kills the thing he loves/ La la la la la la la la/ Some do it with a bitter look/ Some with a flattering word/ The coward does it with a kiss/ The brave man with a sword, with a sword*".

Some do it with a pen, with a pen, alguns matam com uma caneta? Charles, naquele instante, está segurando aquela folha de papel e seu primeiro sentimento é que está tocando em alguma coisa, um precioso pergaminho, que não devia tocar, lê as palavras que não devia estar lendo. Era tudo o que ele sabia fazer, observar, escrutar, detalhar... De todos os ângulos, os menores, os oblíquos, os tortos, até um ângulo morto era importante, escrutador, um pouco policial, no fundo... um voyeur, isso o que ele era.

Ele estava ali agora, como um investigador, vampiro sobre sua presa morta, a relíquia de alguém que se dera generosamente, que não era avarento de seu trabalho e de seu amor, que se expusera... "O que eu tenho de ficar remexendo, analisando, procurando o sentido nessa sinopse de uma vida que é de fato um poema de amor cifrado, se soubermos lê-lo, de uma pessoa generosa, apaixonada loucamente por uma mulher? O que eu tenho a ver com isso? É uma história entre ela e ele. Entrei nela como um velho maníaco diante desse manuscrito a estudar palavras jogadas, em total abandono, em total esquecimento, por alguém que amara, fora infeliz e morrera. Essas coisas, essas palavras que lhe tinham escapado, esses prolongamentos de alguém, o que emana dele, tão frágil, uma emulsão, seu espírito, e eu me empenhando em decifrar algo que não me pertence.

"Tocar neste manuscrito é pior, mais tabu do que tocar no corpo, num certo sentido, toco no seu espírito, transcrito para o papel, que eu esquadrinho e disseco, um poema escrito para ela, cifrado, em forma de sinopse, poema *noir*, uma evocação, uma posse por meio das palavras. Sou lorde Carnavon à beira do túmulo e diante dos restos mortais sagrados dos dignitários egípcios, morto misteriosamente pouco tempo depois. Maldição...! E são muito mais sagrados esses restos que tenho em mãos, frases entrecortadas, encontradas pelo chão, restos dignos da lata de lixo, e eu querendo analisá-los, levar a folha de papel para um laboratório, analisar as manchas, tudo o que se esconde nas fibras do papel. Heroína? Cocaína? Dizem que noventa por cento das notas de dez e cinqüenta dólares que circulam nas grandes cidades dos Estados Unidos contêm essas substâncias. Eu mandaria tirar radiografias, radioscopias desse manuscrito, dar um banho químico, carbono 14, para saber o que ele carrega... 'E você aí, só escutando, só observando, não é?', foi o que disse a garota no iate, em Cannes, muito tempo atrás."

Mas, no momento seguinte, ele leu naquelas notas, nas entrelinhas, um pedido para não as deixar relegadas ao abandono, uma sugestão para comentá-las, até mesmo desenvolvê-las e, por que não, trabalhar sobre os episódios da vida de uma atriz, cantora, entre a Alemanha e Paris; na segunda metade do século XX.

Uma outra atitude seria considerar que aquela sinopse de uma vida, aquele vago plano encontrado no chão precisava de uma seqüência, pedia que alguém o retomasse, assim como acontecera na vida daquela mulher, Charles, de certa forma, havia continuado Rainer, pois tudo o que se escreve faz parte de um só e grande livro em que cada um escreve um capítulo, e aqueles tópicos de parágrafos de uma vida eram um convite para desenvolvê-los, tentar celebrar uma cantora, aliviando o lado negro, coisa difícil, haja vista a maldade de Charles, sua queda para o mórbido. Mas logo ele veria naqueles fragmentos sem objetivo claro, mas com aparência de algo necessário, urgente, uma espécie de garrafa lançada ao mar, testamento, palavras de esconjuro, ou ainda sonho ou poema, que trazia, de acordo com as circunstâncias, o sinal, a marca de uma verdade, mesmo nos trechos "irreais". "Dá para vê-lo caído de bruços, os braços pendentes, a mão inerte aberta, a folha que escorrega... e o que eu poderia escrever, por mais justo e preciso que fosse, iria, por contraste, adquirir um quê de exercício gratuito, joguinho literário, belas frases. E, nessa folha, mesmo nos itens catorze a dezoito, por mais fantasiosos, imaginários que sejam em sua imprecisão e fragmentação, soam mais verdadeiros que qualquer literatura. E o que eu poderia fazer senão acrobacias estilísticas como um cão de circo datilógrafo, aproximações e belas frases mais ou menos exageradas, reflexões de belo efeito sem necessidade, me dar o luxo de usar palavras talentosas e brilhantes? Enquanto ele, com sua mísera folha de papel, alcançou o cerne da vida: presentificou Ingrid evocando-a, esconjurando sua ausência, pronunciando palavras mágicas, fórmulas para que ela tivesse um destino funesto, lhe lançando uma maldição... Havia ali alguma coisa de irrefutável, como quem jura em juízo, pelo simples fato de que ela era testemunha da paixão de alguém em seus últimos momentos, quando se mente menos, e, mesmo se for um delírio, é um delírio verdadeiro. Diante daquele manuscrito, encontrado ao pé de uma cama, mísero verso de uma folha de papel amassada, manchada, a biografia que eu fosse escrever teria um ar de impostura.

"Eu já estou vendo-a impecavelmente digitada num Macintosch com monitor de catorze polegadas, igual ao roteiro do grande filme comercial que está do outro lado da folha, depois impressa pela sociedade Firmin-Didot numa impressora Cameron, o livro, encadernado, editado por Gallimard, em pilhas bem-arrumadas nas livrarias, a bela cinta de papel vermelho acetinado como um enfeite, depois oferecido num site da internet com palavras frias, assépticas. Esse pedaço de papel encontrado no chão merece mais que isso.

"Para que serviriam minhas palavras diante de um morto e de suas dezoito linhas sobre o mesmo tema, sobre a mesma mulher, um morto que a amara tanto? Traficar, me ocupar com o objeto sagrado de um morto, quase um pergaminho, manipular um cadáver, fazê-lo falar, dar-lhe vida, a ele e a outros, é o que sei fazer. Ressuscitar os mortos, exercício macabro de ventríloquo ou de titereiro manipulador, e achar que sou esse titereiro quando não passo de marionete, o escriba que mexe o braço, a caneta, ouvindo o ditado, mistura de presunção e diletantismo esnobe, com uma queda pelas celebridades, ghost-writer que se aproveita da fama dos outros, escritor-fantasma, ou melhor, fantasma de escritor que parou de escrever e agora se lança sobre um manuscrito encontrado, em vez de falar dele na primeira pessoa, ousar dizer 'eu', de abrir o jogo ou se calar.

"Não, decididamente, a única coisa que se sustenta diante desse manuscrito encontrado ao pé da cama e que reconstitui essa vida, que pode lhe fazer eco, lhe responder, é o canto de Ingrid Caven, seu canto, não sua vida, palavras que tomam forma no ar. Só isso faria eco àquele condenado que traçou sinais na língua impura, sofrida, obscura e furtiva do desejo e do sonho."

4. 44 W. 44

— É isso!

— Isso o quê?

— Nada. É como se estivéssemos depois.

— Depois de quê?

— No dia seguinte.

— Seguinte a quê?

Era um dia de outubro, um dia como qualquer outro, e lá embaixo, através das últimas folhas dos castanheiros, divisava-se, no fundo do parque, a ampla fachada da velha embaixada que virou centro de arquivos. O gato de coleira vermelha que saltava entre as árvores e assustava as gralhas desaparecera havia alguns meses, e também as três garotinhas de rabo-de-cavalo louro, castanho e ruivo, amarrados com fita preta, que no ano anterior riam e se divertiam com brincadeiras enigmáticas em russo, foram substituídas por um guarda que passeia com um cão na coleira. Mas continuavam lá as grandes lanternas de ferro forjado à *Franz Joseph*, que davam a impressão de que o tempo havia parado diante da grade.

    Charles, que, na verdade, não se chamava Charles, numa noite se achava sentado a uma mesa, numa espécie de jantar, e à sua frente havia um pequeno cartão com seu verdadeiro sobrenome, e Charles como nome. "Charles? Por que não? Está bem, Charles!", e durante o jantar e pelos quatro dias seguintes, isso foi num pequeno festival no interior aonde ele fora com Ingrid, ele tinha atendido com esse nome. De volta a Paris, divertira-se um pouco com isso e depois, de vez em quando, apresentava-se como Charles: "Como se chama?". "Charles!", e, às vezes, ele encontrava alguém que, para admiração de Ingrid ou de um amigo presente, lhe dizia: "Ah! Charles, como vai?", um pequeno engano que o divertia, era todo um começo de metamorfose, um começo, como tudo o que ele fazia. Ele não tinha a coragem de se metamorfosear muito, mesmo das drogas ele tinha medo. Mas quem sabe?, começa-se mudando o nome e, pouco a pouco, acorda-se numa manhã, depois de um sonho agitado, transformado em sua cama num verdadeiro inseto. Por isso, Charles não responde logo, fica calado, lá embaixo ouvem-se os latidos de um cão no parque, depois: "Tudo parece já ter acontecido, e o que acontece agora não parece ser definitivo... até as guerras parecem de brincadeira... tudo é assim: vozes eletrônicas... — Sim, limpas e claras. — O mesmo acontece com as imagens de alta definição. Esquece-se o original, e passa-se a viver com as imagens: uma velha senhora passeia com um carrinho de bebê numa aléia, uma outra se aproxima, 'que menininha linda', a velha remexe a carteira: 'Espere, a senhora ainda nem viu a foto dela!'".

    E logo ele diz que estivera pensando: "Eu pensei. Fazer alguma coisa. Mudei de idéia: escrever sobre você talvez, finalmente, uma biografia, mas não estava seguro". Do mesmo jeito que não está seguro de chamar-se Charles.

Bastaria escrever a partir dos dezoito pontos daquele manuscrito encontrado ao pé da cama: pegar as últimas palavras de um homem e interpretá-las, comentá-las, fazer anotações, como se fosse um texto sagrado. "Deixo-o como está: não vou tocá-lo, escrevo em torno das palavras de um outro, não vou mexer em nada." E, sobretudo, seria cômodo: "Arquivos vivos à mão! Meu modelo diante de mim, em minha casa, durante vinte e quatro horas, sete dias na semana". Ele já tentara começar, sem dar-lhe continuidade. "Por favor, me mostre como você agradece ao público, no final, com a mão se abrindo." E ela o fazia de bom grado, até com um leve sorriso. "Mais uma vez, por favor. Assim. Obrigado. Agora pode me cantar o começo daquela canção que Hans Magnus escreveu para você? — 'A mulher de negro'? — Sim, essa." E ela se pusera a cantar tranqüilamente como para si mesma, eles estavam na cozinha, sem olhar para ele: *"Ich habe keinen Fehler gemacht/ Um viertel nach eins bin ich aufgewacht.* — O que está dizendo? Pare, você sabe bem que não entendo uma palavra de alemão, salvo *Achtung* e *Kaputt*". E ela ficou improvisando desajeitadamente em francês, e, evidentemente, sem o ritmo e as rimas, a canção ficou meio prejudicada:

"Eu não cometi nenhum erro/ Acordei à uma e quinze/ Senti o vento na minha pele nua/ Olhei seu relógio: brilhava, verde na escuridão/ Eu sabia: agora estava acabado/ No táxi eu chorei ainda/ O amor é um terrível inimigo".

"Agora me diga como estava Rainer na primeira vez em que você o viu no Action Theatre, você sabe, quando ele estava de costas." Ela se voltou então contra a parede da sala, de costas para Charles, a cabeça enterrada e de lado, uma mão no quadril: lembrava uma das poses de Fassbinder, que ela fez sem pestanejar.

"Não me lembro mais, mas qual foi a peça dele em que você atuou bem no começo da carreira? — *Katzelmucher*: eu era a garota da aldeia, usava salto alto, anágua, cabelos pretos à Farah Dibah, e entrava no palco cantando Harry Belafonte, 'Island in the Sun'." Charles teve direito a alguns compassos e a dois ou três passos de calipso. "Por falar em salto alto, nunca lhe contei este sonho? Estou com Rainer numa loja de calçados, numa galeria do subsolo e, entre todos os pares, ele me mostra um que quer comprar para mim. O salto do sapato ficava na frente, o calcanhar então ficava rebaixado em relação aos dedos, o oposto da bailarina fazendo ponta." Ela lhe fala também de um cantor magríssimo de Berlim que a imitava, Tim, seu duplo masculino, suave, lânguido... vivia rodando, todo silencioso, atrás dela, um zumbi, um vampiro louco para se encarnar... nela... com uma capa de lobo ficava pra lá e pra cá em volta do camarim, à espreita. "Não deixe seu vestido, ele vai roubá-lo e usar", dissera-lhe Charles. Tim lhe roubara as entonações, o fraseado musical, até os "erros", a seguia por toda parte, um cadáver ambulante, afetado, um ar doentio, alguns eram assim... — E, pergunta Charles, o primeiro recital de verdade que você faz, o de Munique, na pequena sala em Schwabing... — Sim, todos estavam lá, os atores, os jovens diretores alemães, Rainer, naturalmente, com um pequeno buquê de lírios, e eles estavam tão felizes, tinham gostado tanto, foram ao meu camarim no intervalo, e eu tinha bebido muito champanhe com eles, eu ria tanto, mal me mantive em pé na segunda parte, queria então me esconder dos refletores e eles continuavam em cima de mim, a me perseguir, então virei de costas para cantar, para me esconder um pouco, foi um achado e depois passei a usar esse artifício e canto freqüentemente de costas. — Repare só, isso lembra a liturgia católica, o padre na missa... — A sala estava lotada, gente do lado de fora, Kurt Raabe, com o nariz na vidraça: "Quero entrar, quero entrar", eles riam, todos estavam se divertindo muito, alguns em pé sobre as mesas, uma inacreditável bagunça cheia de entusiasmo, uma *fiesta*, e eu mesma era quem tentava acalmá-los, com minha atuação um pouco fria, lenta, com as músicas! Eu tinha três pares de sapatos: salto alto, salto baixo, sapatilhas, três vestidos; o branco curto, primaveril, o da garotinha, o vermelho bem decotado, glamoroso, o negro, fatal.

Aquilo não passava também de uma tentativa inútil, com aqueles gestos, rindo, de evocar o passado, recuperar fragmentos perdidos, dar um pouco de vida aos fantasmas comicamente. Mas, quem sabe, uma vez pacificados, eles não ficariam voando em torno do sofá grená onde ela estava sentada, diante da janela envidraçada, ou por entre os castanheiros desfolhados do parque "russo", enquanto, ao longe, os sinos da igreja Santa Clotilde tocavam? Ela contava, gesticulava como tinha sido, e Charles ia anotando.

Esse pequeno número do pintor e seu modelo durou algum tempo, mas logo ele ficou cheio de dúvidas: "É um pouco tolo, eu sei, mas esses retratos biográficos não me agradam muito, me parecem um balanço, um inventário-balancete, não têm vida, parece que a pessoa já morreu, está congelada em palavras, coagulada na tinta seca, petrificada na brancura de mármore do papel, uma estátua fabricada". E ele acrescentou que pintar-lhe a vida seria roubar-lhe a vida e citou um provérbio inglês: "*If you can't do it, paint it!*". "Posso inverter: *If I paint it, you shall not do it!* Se eu pintar o teu canto, não cantarás mais!". Mesmo assim — ele não sabia muito bem o que queria — e fora adiante. Seria muito idiota não escrever nada sobre aquela mulher! Seria um belo retrato, uma biografia e também uma crônica da época, e que época! Que história! A metade de um século: a guerra, pai oficial da marinha, primeiro espetáculo aos quatro anos e meio para os soldados, a criança meio doente, uma voz de ouro, grande vocação para a música, quase cega, a cura, o encontro com o mais famoso e inquieto cineasta europeu, o casamento, vira a queridinha do maior costureiro, triunfo no palco parisiense, o maior auê na cidade, e, simultaneamente, os filmes: um formidável melodrama *success story*. E havia também muitos detalhes picantes, ironias da história. Ele repensava, particularmente, aquela apresentação aos quatro anos e meio, lá naquele terrível inverno do mar do Norte, diante de todos aqueles soldados, a corrida desenfreada no trenó pela neve, a garotinha envolta no casaco de pele branco, os pompons, o chocalhar dos sininhos: uma imagem extraída diretamente de uma opereta com algo muito kitsch naqueles tempos de guerra, fantasia para um massacre. E vinha ao espírito de Charles que, no mesmo momento, bem mais ao Sul, também diante dos soldados, uma outra mulher alemã tinha cantado: Marlene, maçãs salientes, nariz fino disfarçado pela maquiagem, narinas dilatadas, algo a ver com uma máscara de gato. Não dava para deixar isso passar em branco. Ele tentara então anotar mais coisas. E ela, um dia: "Charles, você não se procupa mais comigo, não lhe interesso mais, você só pensa nela!". — ...?! — Em Ingrid Caven! — Você passa todo o tempo com a Ingrid Caven de seu livro, enquanto eu, você pouco está ligando para mim... uma Ingrid Caven imaginária... E eu, a verdadeira, não existo! Quando estou falando com você à mesa ou na cama, tenho a impressão de que você só escuta o que pode servir para compor sua heroína. Dou a você uma radiografia de meus pulmões porque você acha que é um documento como outro qualquer, um elemento de minha vida, e você a amarrota, estraga, não posso nem levá-la mais para mostrar ao doutor Dax. Parece-me estar ouvindo um conto, uma história de Edgar Poe, que eu li faz muito tempo. O livro deve estar por aí, espere, o conto se intitula "O retrato oval", e a história se passa num castelo: "Era uma vez uma jovem de raríssima beleza, tão amável quanto alegre. Maldita a hora em que ela viu, amou aquele pintor e casou com ele... um homem estranho e ensimesmado que vivia sonhando... ele trabalhava dia e noite para pintar aquela que o amava tanto, mas que, a cada dia, ficava mais triste e pálida... ela se sentou durante várias semanas no sombrio e imenso quarto da torre onde a luz que caía sobre a tela pálida entrava apenas pelo teto. O pintor raramente desviava os olhos da tela para olhar o rosto de sua mulher. E ele não queria ver que as cores que espalhava na tela eram tiradas das faces daquela que estava sentada perto dele. E depois de muitas semanas, quando não havia mais muita coisa para fazer a não ser um retoque na boca, uma pincelada no olho, o espírito da mulher palpitou ainda como a chama no bico da lamparina. E ele deu então o toque na boca e a pincelada no olho; e durante um momento o pintor ficou em êxtase diante do trabalho que fizera; mas um minuto depois, como não parara de contemplá-lo, ele tremeu e ficou muito pálido — foi tomado pelo pavor; e com uma voz assustada, saiu gritando: Meu Deus, é a própria *Vida*! Ele se voltou bruscamente para sua bem-amada: — ela estava morta!".

E, de fato, pequenos sinais tinham se produzido: ela se pusera a tossir muito, o enfisema, teve de cancelar um ou dois recitais em condições inacreditáveis, tudo enquanto ele estava tentando escrever. E estava só no começo, os episódios de catorze a dezoito do roteiro ainda estavam longe: o fracasso, as olheiras, o álcool, a droga... Mas Charles sempre esperava o pior... Andava preocupado com as predições maléficas do manuscrito encontrado, aquele clima de sortilégio, *Mane Tecel Phares*, fórmula de ameaça profética escrita por uma mão misteriosa, está no Livro de Daniel, capítulo V. E havia mais: um certo atraso, pois já se passara muito tempo, ele achava que talvez tivesse tido, passivamente, uma parte de responsabilidade em... Bom! Rainer dissera a Ingrid uma vez mais, mas isso foi dez dias antes da morte: "Fique!... Fique!...", aquelas duas simples palavras, as mais simples do mundo, que, ainda agora, a perturbavam às vezes à noite, acompanhadas da velha, da eterna pergunta: "E se eu tivesse ficado, será que...?". Mas se ela não ficara, foi porque alguém a esperava em Paris: Charles! Este não tinha culpa de nada, era inocente, mas ele achava que... Sempre ele tinha aquela atitude, aquele ar de inocência, a pessoa que não intervém, neutra, que nada impede, está ali apenas, no seu papel. E agora ele pretendia concluir, ou parafrasear, ou glosar em cima daquele manuscrito deixado por alguém por cuja morte ele era talvez, talvez um pouco, em parte, responsável.

"Vou parar com tudo isso, com todas essas idiotices. Isso me preocupa! — Tuas superstições, tuas grandes frases, Edgar Poe e todo o resto, tua história do manuscrito maléfico e profético, a mão, independente do corpo, que escreve sozinha no escuro, é um álibi para a tua preguiça. Agora, meu caro Charles, já é hora de pôr a mão na massa! — Não! E eu não preciso de álibi. Não me sinto culpado por não fazer nada."

Ele estava contente de sua decisão, pois achava também que o mistério, algo raro, de algumas pessoas num palco era a coisa mais importante, muito mais do que o que se chama uma vida e as palavras, todas as palavras do mundo, são impotentes para contar, elas capitulam, são proibidas, mesmo Hemingway não conseguiu descrever o mistério de la *suerte* de Ordonez. E ele, Charles, seria incapaz, evidentemente, de exprimir em palavras a magia daquele corpo feito música...

Mit einem phantastischen Lichtstrahl

Havia sido longo e difícil e agora o público estava atento sem esboçar grande reação na hora, diante daquela música de timbre tão inusual, esboço da composição em doze tons em ritmos irregulares, nem cantada, nem recitada, nem gritada, apenas a articulação do inominado, ele preferia, claro, quando ela cantava a "Ave-Maria" ou fazia acrobacias ao longo da escala cromática em "Xangai", uma cançoneta dos anos 20, em ritmo de foxtrote:

Shanghai, near your sunny sky/ I see you now/ Soft music on the breeze/ Singing through the cherry trees/ Dreaming of delight/ You and the tropic night.

Ela manejava perfeitamente a linguagem dos signos, os cordões da sedução e podia seduzir, fazer rir ou chorar à sua maneira, com um pequeno gesto ou com uma entonação, igual ao toureiro que diverte ou faz a platéia estremecer sem muito esforço, ajoelhando-se de costas para o touro cansado ou até agarrando o chifre como se fosse um telefone — "Alô, touro?" — facilidades de Luiz Miguel que exasperavam Hemingway, que preferia a transparência de Ordonez, de qualquer maneira, ele não amava de forma alguma as evoluções e os adereços do barroco. Mas ali se tratava de uma outra coisa, evitar todo lirismo sem cair, principalmente, numa ascética aridez de uma épura, como geralmente acontece.

Sim, fora difícil a busca de um som novo, atual, de uma outra voz. O começo de uma aventura, como se aquilo devesse transformá-la, não só a voz, mas também uma outra disposição de espírito, *Geist,* uma nova forma. Uma aventura, pelos caminhos mais longos, por atalhos pedregosos e instáveis, coisas aparentemente sem importância, como acontece nos romances, digressões, inserções, encontros imprevistos, até um pouco suspeitos ou do terceiro grau, a que os bem-comportados sem rumo chamam de desordem.

Ela voltara então a seu antigo amor da música pela música, uma coisa só dela, o estudo da partitura, como aos sete anos, e aos dez, e depois aos quinze na Floresta Negra, Koenigsfeld, Champs du Roi, oitocentos metros de altitude, seus dois hotéis, seus sanatórios, seu clima benéfico para a pele, seu grande cinema, onde ela entrega, com orgulho, foi ela quem escolheu, o maravilhoso buquê de flores à célebre pianista Elie Ney, que foi até lá para uma noite de gala, igualzinho ao que lhe aconteceria, muitos anos depois, o buquê que recebera de uma cândida jovem sarda toda envergonhada, e o pensionato, o ressoar, ao lado, do sino da igreja, ela canta Haendel, no refeitório que faz as vezes de auditório com cinco solistas, adultos, ela está um tom a menos, poderia alcançá-lo facilmente usando um recurso e ninguém perceberia: não! Ela pára na hora e, para espanto de todos, pede que recomecem *da capo,* como se obedecesse a uma ordem cósmica, a Deus, e que as formas musicais tivessem preexistido a tudo e que ela estivesse a seu serviço.

E, depois, foi a vez de *Amar, beber e cantar,* as turbulências, os shows extravagantes, mas isso estava acabado, bem acabado, a tranqüilidade morna, ilusões perdidas, muitos tinham morrido ou tinham mudado tanto, voltados para si mesmos, cada um no seu canto, como depois de um golpe frustrado a um banco, o assalto que deu errado: "É isso aí, rapazes, cada um pro seu lado, cada um tome seu destino, assim é mais difícil de ser preso, melhor que a gente nunca mais se veja, é mais seguro... *Adios! So long!*", e desde então foi o silêncio.

Ela, então, se dedica aos estudos, aos exercícios. E aquilo foi compensador: nas linhas da pauta musical, os fios repletos de sinais, o mundo presente perdia sua arrogante, se bem que amorfa, importância, aliviava seu peso. Foi a música que a aliviou daquela doença: às marcas caóticas e indecifráveis que se inscreviam em sua pele amarfanhada ela opunha os sinais matematicamente ordenados numa folha de papel. A partitura a acompanhava sempre, levava-a aberta pela rua, lendo-a, ou dobrada em dois dentro da bolsa, dobrada em quatro dentro do bolso, amassada: uma simples folha de papel... como qualquer outra, encontrada junto a um morto e que parecia, por meio das palavras, conduzi-la ao fracasso. E então, aquela que ela hoje tinha diante dos olhos, sem que o soubesse direito, a réplica, o desenfeitiçamento de si mesma. A partitura também estava um pouco manchada — em vez de nicotina, vinho e droga, tinha manchas de café, pó compacto — o mesmo formato, 21 x 27,5 cm. Dava para colocá-las uma diante da outra ou então uma contra a outra: magia negra, magia branca. Sim, um desenfeitiçamento, graças a uma fórmula inscrita à mão, à tinta, numa simples folha de papel milimetrado: 1 = Decifrar, 2 = Absorver, 3 = Mandar passar em seu corpo *von Kopf bis Fuss*, da cabeça aos pés. Por meio dessa operação, na qual o terceiro item era, evidentemente, o mais delicado, e até mesmo incerto, mágico, criava-se um corpo à parte. Partitura. Mas bastava então apenas esconjurar o manuscrito de Rainer com o canto e com a música? Não seria preciso também esconjurar uma época ardilosa que nos reduz a um corpo inerte sem espírito e imaginar todos nós jogados na sarjeta, *drogados, com grandes olheiras, tempo de solidão, desejo de suicida?* Pela fórmula escrita na folha havia talvez ali uma chance de ela escapar aos sortilégios das feiticeiras! Abracadabra!

Ela sabia o que procurava, mas não conseguia definir bem o que era: um som atual, o mesmo que para um outro seria o tom, o movimento, a nuança de uma frase que se pressente em alguma zona da consciência: minúsculas utopias, as mais recentes, especiais, exatas, para alguns. Talvez passemos a vida assim, em busca de alguma coisa que já existe e a nos transcrevermos em sons, em palavras, e o mistério ser apenas isto: alguns sons, algumas palavras que nos escapam.

Aquela busca começara no passeio à beira-mar em Trouville, ela caminhava toda tarde, ensaiando as mesmas notas, as mesmas frases: *Mit ei-nem phanta-sti-chen Lichtstrahl*, sob uma luz fantástica, tratava-se do "Pierrot lunaire", de Arnold Schoenberg, uma música complicada: distante das antigas tonalidades.

Não estava longe do monte Canisi, em Deauville, onde — fazia vinte anos — ela encontrara Yves pela primeira vez. O próximo ensaio foi em Saarbrücken. As mesmas notas, perto de um balanço, nos terrenos baldios, as rochas, as muralhas, um cenário que parecia feito para aquela música. E para terminar, Nova York, sempre a mesma coisa, na Sixth, na Fifth Avenue.

A música unira esses três lugares diferentes, sem relação: o mar, o subúrbio pobre, a rua mais luxuosa do mundo. Ela os aproximava.

Seu canto tinha vários cenários como pano de fundo, muito diferentes. "É como o projeto de Rainer... Ele dissera: "Tenho uma idéia...". Plano geral do Champ de Mars: a torre Eiffel. Plano seguinte: Ingrid Caven na galeria do segundo pavimento da torre. Ela canta um trecho de uma canção de Piaf. Enquanto canta, panorâmica sobre: uma jovem que pula a grade e se atira no vazio... "Filmaremos em Nova York...", acrescentara ele. Plano da ponte do Brooklyn numa hora de rush: Ingrid dentro de um carro em movimento canta uma estrofe de uma canção americana conhecida... depois uma outra estrofe, mas sem os matadouros, no Meat Market... "E depois", continuava ele, "faremos a volta ao mundo... Filmaremos em Tânger, Istambul..." Plano de Ingrid que canta na basílica de Santa Sofia. "Ao mesmo tempo", concluía ele, "comporemos uma nova canção. Escreverei a letra..."

Fassbinder escrevendo em primeiro plano "... e você vai ensaiar essa canção e teremos todos os tipos de problema pela frente... — eles aparecem discutindo com as pessoas e depois entre si — e no final a canção vem por inteiro. Seu tema será tudo o que nos aconteceu... A volta ao mundo em uma canção".

"Um longa-metragem, eu como única estrela! Um papel de sonho! De ouro, mesmo. Hesitei muito: eu sabia que o filme era um pretexto para ele estar de novo comigo. Se eu quisesse ter feito carreira — mas o canto foi a minha primeira paixão, desde pequena, dado como uma bênção, muito muito jovem, devolvida a Deus como uma oferenda —, eu teria aceitado, ele já era famoso então, mas, eu sei, em Las Vegas, iria pedir-me em casamento de novo e, num certo momento, em algum lugar do planeta, eu o largaria no meio de uma canção, ou talvez no fim da canção, e eu não queria usá-lo, nossas relações nunca foram dessa natureza, amávamos o artifício e a extravagância, não a carreira.

"Ele não queria que eu fosse sua atriz, mas sua mulher, para ele todas as atrizes eram putas estúpidas, umas boçais, ele tinha também esse lado pequeno-burguês que os homossexuais têm. Todo durão... mas no fundo... 'Minha mulher', dizia ele, 'põe um chapéu, óculos de sol e vai ler um livro na praia' — ele devia ter visto isso no cinema ou lido num romance de Simmel.

Mas agora ele achava que era sua última cartada! Em Las Vegas, mais uma vez iria haver o vestido de noiva. Eu não queria abusar dele, usá-lo. Você sabe, Charles, antes de mim, ele não falava com ninguém, estava fechado totalmente em si mesmo."

Ela caminhava pela beira da praia, a maré alta, solfejando, de sandálias, às vezes de pés descalços, as ondas batiam e pareciam querer, só por causa dela, ser seu metrônomo turbulento e livre, o grande ruído do mar a impedia de ouvir a própria voz com os ouvidos. Não escutava mais o eco, a "imagem" de sua voz, podia ensaiar melhor sons inauditos.

O oceano, o Velho Oceano, recobria sua voz, ela não se ouvia mais cantar, não se ouvia mais. Não havia retorno. Sua voz não passava mais pelos ouvidos e ela ouvia sons vindos da laringe, que ela não reconhecia.

E depois ela fora a Saarbrücken ver a mãe, que vivia agora num apartamento muito grande para ela. O conjunto da casa, o que tinha sido, do tempo do avô, a casa-da-música, rua de la Fontaine, acordeões, banjos, tubas, flautas em todos os andares, tinha sido vendido ao banco. Mas suas mãos, graciosas e ainda cheias de vida, pareciam conservar, em seus movimentos, a lembrança de detalhes divertidos, brincadeiras maliciosas, mas também, às vezes, parecia vir à tona a educação das Ursulinas, mãos de adolescente cruzadas com recato, pousadas sobre a longa saia plissada do uniforme: azul-marinho com uma blusa branca debruada de azul, chapéu com duas fitas brancas atrás. "Fui passear", escrevia Ingrid a Charles, "e ensaiar, como sempre gostei de fazer, caminhando. Caminhei em direção ao rio, fui para os terrenos baldios, lá onde depois da guerra estavam as fábricas, as fábricas de Saarbrücken, suas enormes carcaças, as altas e longas chaminés e suas sombras finas projetadas tanto na noite como nas igrejas, eu ainda vejo aquelas carcaças, eu ainda ouço o ruído de ferro dos vagões do trem, trago-o nos ouvidos", e ela dizia que Schoenberg era essa força. Sombras finas, recortadas como em Von Sternberg, como nas igrejas, sombras rendilhadas, fluidas, descontínuas, e os ruídos de ferro dos vagões. "Sim, eu os ouço ainda."

 As fábricas de Saarbrücken ferro e fogo
    céu amarelo
       ruído de ferros dos vagões
         freios
           e ruínas com
vazios
    e estruturas
       esqueléticas

 a fuligem nas janelas
    da casa
capaz de induzir ao medo
esse grande espaço quase deserto
e quase morto
elementos separados

universo despedaçado

o avesso das coisas

um esqueleto?
   a ossatura
   carcaça

estranho e frio
cristais duros

"Eu não procurava forçosamente o agradável, mas o que está além do prazer e do desprazer, do belo e do feio."

Essa passagem brusca, arroubo brutal, de um prosaico quase falado, cotidiano, a um canto musical, os tumultos, saltos, contrastes violentos pareciam falar de hoje: de repente, um Mirage 2000, um míssil Tomahawk dispara, arranca e de novo o silêncio, depois uma cratera, filamentos avermelhados na noite, e de novo o silêncio de hospital: feridos envoltos em gaze, um mundo devastado onde não restam senão ruínas. Música intergaláctica, ficção científica ou muito cotidiana, ou que faz pressentir a existência de uma outra oculta. Isso se parecia com um mundo sem o homem, sem o seu olhar. Terra devastada.

"Foi ali que brinquei, nos bairros horríveis, nos bairros pobres. Caminhei entre os montículos de carvão, entre as carcaças de carros, as altas chaminés, um mundo aos pedaços, estranho e frio, eu refazia esse caminho com Schoenberg, encontrava nele sensações que tive em criança: sentia de novo o cheiro inquietante do salitre, um medo misturado com erotismo difuso, um vago suspense, o que eu procuro mais ou menos ainda e acho cada vez menos num mundo que ficou claro e limpo. Eu treinava sons puros, as vogais, não bem articuladas, eu achava que estava só naquele triste parque infantil, no balanço, no meio de um descampado.

"Foi quando eu vi que eles me observavam. Estavam um ao lado do outro, mudos, imóveis, impassíveis, meio recuados, uns cinquenta metros para o lado, um pouco inclinados, o garoto e a menina, deviam ter seis, sete anos, a idade que eu tinha quando ia brincar ali, eles me observavam com ar sério e espantados, como se eu fosse um animal ou um samurai emitindo gritos. Caminhei um pouco mais só por caminhar, tentando não dar atenção a eles. Eram sons nada belos, desagradáveis, eu retomava o mesmo som de forma diferente, próximo de um grito animal ou de sonoridades japonesas, secas, nasais, ooonnh! ou guturais. Animal, e também eu imaginava o que poderia ter sido o som de um mineral se ele pudesse cantar, o que tinha muito pouca relação com o que chamamos música, nem um pouco humano. Eles devem, talvez, ter-me achado uma aficionada de algum Nintendo: o imperador Kong ou um samurai? ou por alguma história em quadrinhos, um mangá. Ooonngh! Aiiinng! Hoooh!"

Aquele cenário de carcaças de carros, de montículos negros, seria hulha? Aquele grande espaço quase deserto e quase morto combinava bem com aqueles elementos musicais isolados pelas ravinas ao redor, uma música intergaláctica estranha e fria, boa para provocar o medo, insípida, ela também uma carcaça. Depois", escrevia ela a Charles, "descera do balanço e pegara o caminho de volta, caminhava tranqüilamente, o espírito vazio, relaxada, por entre os montículos e chegou ao bulevar com suas casinhas limpas corretamente pintadas de cores claras.

"Mas as duas crianças tinham me acompanhado até o açougue, estavam intrigadas.

— Já vimos você ontem — disse a garotinha, quando nossos olhares se cruzaram e eu lhes sorri ao sair com o pacote de carne, uma costela de boi.

— Sim, já vimos você ontem — disse agora o menino — você fazia uns sons estranhos, assim aohhhnng, como nos mangás japoneses... a gente viu... você fazia uns sons engraçados com a boca.

— Você estava sentada no nosso balanço — disse a garotinha. — Você está fazendo o quê aqui? Por que você dá aqueles gritos como Bruce Lee?

— Não — disse o menino — não é Bruce Lee, é Jacky Chang.

— Sim, como nos jogos eletrônicos.

— Eu estava ensaiando...

— Você é cantora?
— Sou.
— Aparece na TV?
— Não muito... às vezes.
— Mas o que você faz não parece música...
— Não, é um exercício."

Ela se afastou levando o embrulho com a costela de boi, continuou com seus sons ainda um pouquinho, agora um pouco mais baixo, seus exercícios, sua pesquisa, para dar uma forma atual àquela música tão cheia de força e que, no entanto, evocava também uma terra devastada, que se aproximava de um mundo sem o homem.

E os exercícios continuam, agora em Nova York. Ela caminha devagar por essa cidade eletricamente nervosa e se sente pequeníssima, pequeníssima, lentíssima, curiosíssima, atentíssima, ela olha demais as pessoas, vai se meter em encrencas, ela não respeita as leis da selva: não se atrasar, não fixar os outros animais, sobretudo nos olhos. Deve ser a mais baixinha, sem dúvida, naquele trecho da Sixth Avenue. Ali ela desaparece. Debaixo daquele chapéu, some mais um pouco: é um chapéu de copa cilíndrica bastante alta, um pouco deformado, veludo e algodão, marrom e amarelo, impressões da África, comprado por vinte dólares, não mais que isso, num tabuleiro de liquidação de Canal Street, os negros estão bem ali: Broadway Melody, Minstrels e Cotton Club.

Sobre a blusa xadrez de algodão leve Yoshi Yamamoto, ela colocou uma jaqueta militar cáqui de lã. Os sapatos são um pouco pesados demais: é difícil dar pequenos passos com eles, os saltos são muito altos para correr.

Folhas amassadas de velhos fax escapam do grande bolso cheio de partituras fotocopiadas — é mais fácil assim para trabalhar com elas. Manchas de café, de creme de beleza, de chuva, apagaram aqui e ali uma nota. Numa, no verso, no alto à direita, finamente manuscritas com tinta preta, seis letras: P. Raben. Elas significam: antiga cumplicidade musical.

O pentagrama repleto de números, colcheias, duplas colcheias, claves de sol, curvas em diagonal, traços horizontais, uma verdadeira algaravia aquela folha. Às vezes, ela a puxa para estudar rapidamente, pára então de caminhar, depois a enfia no bolso e volta a caminhar cantando em voz baixa, às vezes só mentalmente, as cordas vocais vibram em silêncio, dois graus para o leste e depois pega a direção norte, em frente! Que frescor! Que irresponsabilidade! Ela esqueceu a guerra, e sobretudo o pós-guerra, pois a guerra, como para toda criança, também tivera algo de festa e ela gostara de brincar entre as ruínas da Alemanha ano zero, depois veio a reconstrução em silêncio, um silêncio teimoso, já sem memória, atmosfera de chumbo.

Por que ela não veio morar aqui antes, por mais tempo? Ela vai cantando pela Sixth Avenue, depois dobra e se encaminha em direção àquela nesga azul, lá embaixo, até o East River, sob uma luz tão suave. Sente-se como Joséphine, não, não aquela com cinto de bananas que seu avô foi aplaudir no Cassino de Paris, mas a outra Joséphine, a rainha das ratazanas de Kafka, a que estava sempre um pouco triste e estranha porque adoravam seu canto, mas ninguém sabia dizer por quê, e, pensando bem, "seria mesmo aquilo um canto?". Rápidas passadas, de repente, mais uns três pulinhos, ela está longe.

Ei-la na Sixth Avenue, a avenida das Américas, uma avenida para as três Américas, ao pé do Rockefeller Plaza e sua árvore de Natal de cinqüenta metros; lá em cima, o restaurante-cabaré Rainbow and Stars, em pleno céu, no trigésimo sexto andar, e, bem na esquina, a Radio City Music Hall com sua eterna atração: as Rockettes.

As Ro-o-ocke-e-e-ttes!!!... Cinqüenta impecáveis pares de pernas, exibindo todos os seus músculos, nervos, tendões, aquelas pernas americanas que enlouqueciam Bardamu — ele também preferia as dançarinas—, o deixavam fora de si, o impediam de dormir no hotel Lodge Cabin, uma centena de saltos altos mal raspando o chão e sapateando mecanicamente *tap dance* no imenso palco, o ruído que toma conta de todo o espaço dessa gigantesca nave art déco, o templo do music hall, uma nau; é o mesmo ruído de sempre, uma pequena lufada de energia frenética, estimulante, uma ducha, desde Flo Ziegfeld, excitante, tão alegre, jovem, ele atravessou décadas, um ruído seco, um ruído que não cansa, poderíamos ficar ouvindo-o horas seguidas, que atua como uma verdadeira droga, quando o ouvimos é como se nossos ouvidos se purificassem dos outros ruídos, de uma infinidade de cacofonias estridentes, ribombantes, duras e amorfas, e, ademais, havia aquela maquinaria humana coletiva que parecia teleguiada, o sorriso vazio, o mesmo em cinqüenta rostos, sem expressão, pintado. Aquilo lembrava as memórias de Bebe Daniels: "Quando dançava no *Bathing Beauties* de Mack Sennet, eu ficava à direita de Mary Pickford e ela me pisava sempre o pé esquerdo!".

Um ruído tão belo quanto o das rotativas, em ritmo ternário — um pouco mais acima, na 45th Street, um pouco mais tarde, meia-noite e meia, uma hora —, do *Times*, de onde saíam três milhões de exemplares, página após página, clac-ca-lac, clac-ca-lac, canção de ninar e ruído selvagem, e os caminhões brancos NEW YORK TIMES, com caracteres negros, à espera, lá fora.

Os dois mecanismos: as pernas das garotas, as rotativas imprimindo as notícias do mundo inteiro tinham alguma relação, tudo isso no coração da cidade, ali onde, diz-se, uma rocha magnética submersa nas águas lhe dá aquela energia trepidante, é uma lenda talvez. "Então? Verdade ou lenda? O que fazemos, chefe?", pergunta o jornalista neófito. E o velho redator: *"Print the legend!"*.

Na Radio City, Judy Garland cantou, mesmo gabarito que ela, e como ela possuída pelo canto. Uma voz instrumental tão forte que habita aquele corpo de criança parece um dom divino, os pais, os vizinhos se extasiam com o prodígio. Ela continua a caminhada para o norte sem jamais perder de vista que, à direita, está o East River, à esquerda, o rio Hudson, ela está numa ilha. Todos esses tesouros numa ilha! O porto lá embaixo, as gaivotas. Pena que Baudelaire não possa mais dar uma volta por aqui: *"L' énivrante monotonie/ Du métal, du marbre et de l'eau./ Et des cataractes pesantes,/ Comme des rideaux de cristal,/ Se suspendaient éblouissantes/ À des murailles de métal"** na noite, "recamada de ouro puro", ele, o homem das multidões. Na saída da Radio City, na esquina da Sixth Avenue com a 54th Street, ele estaria bem servido. Negras, muitas negras! Muitas mulatas saem dali naquela noite, há um espetáculo sul-americano. Drogas, todas as drogas! E, é verdade, hoje há um pouco menos o tipo de maquiagem que ele amava. Charles Baudelaire em New York City! Charles na Ilha dos Tesouros!

Ela já havia estado ali com Rainer, mas alguns ruídos ti-

---

* "Embriagadora monotonia/ Metal, mármore e água./ Cataratas caindo/ como cortinas de cristal,/ deslumbrantemente caindo/ de muralhas de metal" (N. do T.)

nham desaparecido: aquela música dos anos 60 e o underground, o metrô, já se pode até zombar dele, projetava suas sombras mais para o céu que para a terra, há até um que chamam de "metrô aéreo", não é mesmo?, underground aéreo, e o Velvet Underground, com seus ruídos de ferragens e de órgão de igreja, tinha inspirado a revolução de veludo tcheca, o presidente Vaclav Havel o lembrava constantemente. Lou Reed cantava, então, "Walk on the wild side" e "I'll be your mirror": ela também e Rainer tinham caminhado um pouco, um tempo, pelo lado perigoso da vida e tinham sido o espelho um do outro, o que dava certa força.

Nas vitrines das lojas, no gesso das marquises, nos toldos, nos grandes pinheiros aqui e ali, as eternas decorações de Natal, e já era janeiro, uma rapsódia de guirlandas, bolas douradas, pequenas coroas de azevinho, cascatas de pequenas lâmpadas parecendo uma cabeleira prateada em *dreadlocks* elétricos, uma frágil confeitaria de fios de açúcar fosforescente. Mas, assim como numa partitura musical, um novo termo se anuncia, a princípio discretamente, por um leitmotiv, um breve acorde, quatro ou cinco notas, o que significa aquela fita vermelha que aparece de repente no galho de uma árvore, primeiramente aquele motivo inédito de decoração, penetrando na festa sem ter sido chamado? Um pouco mais adiante, na avenida, reaparece nos casacos de pele da Saks, aquela fita como um contraponto um pouco fúnebre àquelas pacotilhas kitsch, depois vira abertamente tema principal, e só se vêem borboletinhas vermelhas cor de sangue que voaram dos casacos de pele para os pinheiros do passeio, para as fachadas dos edifícios, em torno das pesadas portas abertas de St. Patrick, de onde escapam — a missa para os mortos começou — os sons do órgão.

Aquela música se misturava aos ruídos da avenida, o trepidar dos automóveis sobre o asfalto rachado, suspensões prejudicadas, rodas desniveladas na rua mal pavimentada, os quebra-molas, verdadeiros tobogãs, e os outros ruídos da cidade: um surdo ruído sem fim, um rumor distante no ar, o próprio rumor do abismo.

"A Quinta Avenida engoliu meu carro!": *Fifth Ave. swallowed my car*, era o que estampava, no dia anterior, a primeira página do *Post*, quando o rompimento de uma canalização de gás produzira um buraco na avenida; no mesmo momento, um ou dois edifícios ruíam na Broadway. Le Corbusier tinha dito com precisão: "Nova York é uma catástrofe, mas uma bela catástrofe". Ali se estava sobre uma ilha à beira do abismo. Nuvens de fumaça que saem do chão, emanações, dizem, de um terreiro subterrâneo, e outras mais densas saem de uma enorme cavidade ciclópica no alto de uma torre.

Ela entrou na catedral, e diante da variação de luz e do cheiro, sentiu como um pequeno deslumbramento, ajoelhou-se meio automaticamente, um gesto esquecido que voltava com toda a força, e, de novo, irremediavelmente, voltou à infância, àquele contínuo rumor de origem desconhecida, entremeado de frágeis ruídos, tímidos, esporádicos, a impressão de pequenos preparativos perpétuos, ela, perto da abside, ajustando seus pés aos pedais, as pernas um pouco curtas, ela tinha seis, sete anos, o despertar de uma vida, ela tocava para Deus. Muitas das vozes que a ouviam se foram, muitos risos, e não só daqueles que Charles, um pouco cáustico, tinha apelidado de sua *velvet mafia*, sua guarda rosa, é para eles que se eleva agora o som dos órgãos. Ela tenta se recolher. Há muito tempo que deixou de ser crente, procura apenas uma pequena comunhão, que eles lhe dêem um pouco de seu espírito. Os turistas vão e vêm pelas laterais da igreja, olham as fotos dos santos, a programação paroquial da semana, as máquinas fotográficas a tiracolo e usam Nike, depois de um dia de compras.

E ela não suporta mais os cheiros de igreja. A comunhão com amigos ficará para depois. Vamos embora, diz-se ela, eles não virão, seu espírito não está aqui.

Ela não quer mais saber de lembranças, da infância, e do futuro, da morte, prefere o agora, seja lá como for, mesmo com toda a sua feiúra, mas é uma feiúra mais bela que o belo passado morto... Mais música, por favor! E tudo recomeça: em sua cabeça, tal uma rampa de lançamento, vêm uns compassos de piano, esquematizados, motivo... 1... uma pequena parada... e hop! a voz se alça e decola 1 2 3 4 — 1. *Phan-tas-tischen Lichtstrahl*. Entre dois toldos, dois dosséis, suspensos à beira de uma marquise, ondulam bandeiras ao vento, enrolam-se e se desenrolam nos mastros, naquele movimento em que não se distingue mais o avesso e o direito, os dois lados uma coisa só.

À sua volta, as pessoas caminhavam, peito erguido, o olhar perdido à distância, como se tivessem de atravessar a cidade e ir muito além, em direção ao oceano, às imensas planícies... Ela vai cantando pela rua, *She is sin-ging in-the-street/ She is happy again,/ She walks in the town,/ She is sin-ging in-the-street*, em silêncio, apesar de tudo, elas fazem seu trabalho, pulsam ao ritmo daquela partitura, suas cordas vocais: *esses dois fios de seda impalpáveis*, era assim que Leopold Bloom, que também gostava de passear pela cidade e se casara com uma cantora, as definira de forma um tanto divertida. Mas ela, ela fora recentemente ao doutor Erkki, seu especialista da voz, ele fizera-lhe uma fibroscopia: introduzira uma fibra óptica flexível que filmava a traquéia, a fibra conectada a uma câmara de cinco centímetros, e ela cantara um pouco e vira ao mesmo tempo numa tela o filme de seus dois fios de seda: dois pequenos lábios, na realidade, umas mucosas infladas, irrigadas com filamentos de sangue, branco e vermelho, e pulsavam, sim, e ela vira o que dava à sua voz aquela característica que tantos amavam, aquele tom rouco, *husky*, além do que o cigarro dava, havia uma camada de gelatina envolvendo as cordas.

Schoenberg queria "sentir, enfim, o hálito dos outros planetas", no momento, ela se contentava com o planeta Manhattan... *Mit einem phantastischen...*

Ela procura um som que contenha os ruídos de hoje, incluindo os da rua, os mais simples, os mais vulgares, como Lotte Lenya em sua época, longe dos sons puros da ópera... Retoma a mesma frase ininterruptamente, gosta desse tipo de exercício reiterativo, desde pequena, as *Invenções*, de Bach, primeiro os exercícios, a graça vem depois...

Ela não sabe bem para onde está indo, como Charles lhe diz às vezes: "A melhor maneira de não se perder é não saber para onde está indo...".

Subindo mais um pouco a avenida, Gucci, depois o Disney Building: na altura do segundo andar, como duas gárgulas neogóticas *funky*, dois Mickey Mouse, de pedra escura, quase negra. Como se fosse um ratinho eletrônico e a cidade uma gigantesca tela de computador, ela gira agora bruscamente dois graus para leste, depois pega a direção norte para a Madison Avenue. Lá adiante, mais para cima, ela sabe que está o Central Park, floresta artificial, e o hotel Plaza iluminado, castelo ainda coberto de neve, suas altas torres com ameias, e os fiacres estacionados, os velhos cocheiros tranqüilos com seus uniformes de opereta: grande capa bordô, chapéu cilíndrico na cabeça, o chicote bem guardado no estojo de madeira. Ali ela respira um pouco mais, retoma a frase com aquele ritmo engraçado: *Lichtstrahl...*

E é justamente com *Lichtstrahl* que um ponto em suas costas se relaxa — entre a quarta e a quinta vértebra —, naquele ponto em que, ela bem sabe, se alojam alguns sons, e no momento em que relaxa aquele ponto, sai uma voz incomum, irreconhecível, mas que, mesmo assim, lembra-lhe alguma coisa, ou melhor, alguém. Quem seria? Ela canta de novo a mesma frase, relaxa de novo o ponto. Sim, agora ela já sabe o que é, mas claro, claro: Candy Darling! Parece que a está escutando agora... Aquela voz de falsete despedaçada, vinda de uma enorme boneca de grande boca bem desenhada, vermelha. Mas era uma voz frágil, a mais frágil possível, fragilidade de cristal, gargarejante, sim, um som de lixa crispante, como se nela rolassem fragmentos de carvão e metal, e é também uma voz um tanto desafinada. Ela cantava, luminosa, revirando os olhos, à la Jesus, a balada falsa, a balada de Bobby McGee, que Janis Joplin inventara. O Barão rodava na Baviera *A morte de Maria Malibran* e ele lhe tinha enfeitado os cabelos com lírios. Ela própria um lírio: decididamente, o Barão gostava dos lírios. "Naquela noite, no Lido, em Veneza, *soft music on the breeze*, como na canção, ele colocara vários lírios no largo decote de seu vestido de chiffon de seda vermelha, era o Festival e ele, que, naquele grande jantar de abertura, deixara cair de propósito várias vezes suas lentes de contato para ficar procurando-as sob a mesa, *dreaming of delight*, de quatro, com a ajuda, diga-se, dos jovens e belos criados venezianos."

Era aquele som que ela procurava, um canto que não era canto, nu, sem adornos, marcado pelos sons da cidade, pela época, nem ópera, nem cabaré, nem *music hall*, o ar daquele fim de século caótico entrava naquele corpo e saía pela boca, uma travessia.

E agora, na avenida, bem quando aquele ponto entre a quarta e a quinta vértebra relaxa, é aquela voz que vem substituir a dela, uma voz de fantasma que vem habitá-la por um momento. Tal como a sua tinha habitado o corpo de Linda Lovelace, a rainha do pornô, na versão alemã de *The Devil in Miss Jones*, que ela dublara, vozes que passam de um corpo a outro, se encarnam num outro lugar, como o *pill-box-hat*, o chapéu de Halston, que viajou por algumas cabeças. As pessoas se vão, as vozes ficam... E os chapéus...

De volta ao hotel, ela conta seu passeio a Charles.

— É curioso — diz ele — você procura um tom, um som para a música intergaláctica de um profeta puro, uma espécie de Moisés com suas Tábuas da Lei em forma de partitura, que chegou a escrever uma obra intitulada *Salmo 128*, onde diz que Webern era um Abraão que se sacrifica à moda, de Kurt Weil nem precisa falar, vendera a alma *for a song*. Ele recusou um libreto porque havia cenas um pouco eróticas. E em quem, finalmente, você encontra esse som que dá o tom? Numa espécie de travesti furiosamente decadente, apodrecido pelas drogas, kitsch degenerado, monstruoso anjo pré-rafaelita vestido de renda e ouro e prata...

— São os caminhos do Senhor...

— Caminhos ou descaminhos?

— Deve haver uma relação entre Moisés e Candy Darling, entre o sombrio profeta e a boneca vestida de renda bordada de ouro e prata!

— Sim, você! — disse ele rindo. — Que perfume é esse, é novo?

Ela foi até o frigobar e pegou uma barra de chocolate Hershey.

— *Eau d'Issey*, de Issey Miyake.

— Esqueci de lhe perguntar. Foi tudo bem, ontem à noite, no 999?

— Pravda 999. Muito bem, muita gente, demais até. A Rússia está na moda.

— E o ambiente?

— Barroco *downtown* local: kitsch e moderno, um misto

de luxo à Vaticano e McDonald's. Veludo e metal. Na penumbra, ao chegar, vi botas muito bonitas sob uma mesa e de lá vinha uma voz, falava alemão, mas um alemão vivo, cortante, sem origem.

— Wolfgang!

Wolfgang Joop! Um prussiano em Nova York. *Todchic*, seu jeito de ser, mesmo de jeans e camiseta: questão de espírito uma vez mais. Bons ingredientes, *samplings* de Potsdam anos 20, que, através dele, se incorporavam a Manhattan de forma rápida e insolente, ritmada, sarcástica, sempre no presente. Um bom espécime.

— Jim estava lá?

— Estava, mas não demorou muito, voltou para trabalhar num roteiro. O filme se chamará *Dog's ghost — the samurai way*.

— Com quem?

— Mais uma vez com Johnny Depp, acho.

— Quem mais estava? — pergunta Charles, sempre com um ar um tanto de desprezo, de quem gosta de ouvir nomes.

— Modelos, você iria gostar, e alguém que pensei que era Cindy Sherman, mas quando me aproximei e disse olá, não era ela, mas depois me disseram que era ela, sim. Apenas um pouco retocada, um duplo dela mesma, Monica Vitti com look de Madonna... Entendeu?

— Não...

— Um cara me disse: "É terrível, agora tudo lembra alguma coisa, todo mundo lhe lembra alguém, não sabemos mais o que é da pessoa, nem quem é quem!".

"E daí?", eu disse.

"E daí, só há remakes, *sequels*, réplicas!"

"E daí?"", eu disse.

"E daí, nada..." E ele ruidosamente aspirou uma carreira que tirou sei lá de onde...

Depois ela decidiu ir tomar um pouco de ar lá fora. Na porta, o leão-de-chácara quisera lhe carimbar o antebraço com o nome da boate, Pravda 999, uma espécie de senha para que ela pudesse voltar, e ela, fazendo-se de desentendida, não deixou, aqueles números no antebraço deviam lhe lembrar vagamente alguma coisa. Ela já estava lá fora sob um frio glacial, e voltou só para casa.

— E você, o que fez?

— Fiquei aqui. Escutei também os ruídos da cidade. E as vozes das pessoas no bar do hotel. Você sabe, gosto do modo como os nova-iorquinos falam, é engraçado, parece que estão atirando balas, projéteis... E também me deixa tranqüilo, compreendo bem as palavras a ponto de não me sentir isolado, mas não completamente, o sentido me escapa um pouco e ouço melhor a melodia do que falam.

— Prefere a música ou a letra?

— Com você é diferente! Primeiro, você é estrangeira, não fala o francês muito bem...

— Ah é!

— E, além do mais, você é uma cantora... uma estrangeira que canta...

— Vamos tomar qualquer coisa lá no bar?

— O.k...

Nos corredores daquele hotel, eles sempre se perdiam. Iam em frente, voltavam, passavam pela porta do quarto.

— ... já ia me esquecendo... ao sair da catedral St. Patrick...

Ela voltava a pensar no trajeto que fizera.

— ... da catedral St. Patrick, eu tinha visto bem lá no alto do edifício em frente, no trigésimo quinto ou quadragésimo andar, aqueles três algarismos que a gente vê...

— Merda, como esse elevador demora...

— ... de noite, de muito longe, na Quinta Avenida: 666, lá

no céu, a gente pode vê-los de qualquer lugar, e imagine o que me disseram aqueles três seis, o signo da Besta do Apocalipse de são João. É um dragão de sete cabeças e dez chifres.

— Gosto muito desses longos panôs brancos transparentes que caem lá do alto no hall... Não, lá à direita do bar... vamos... não...vamos para o terraço envidraçado.

— ... e de noite lá estou eu naquele clube: o 999, os mesmos números só que invertidos!

— ... Coca!...
— Scotch!
— *Ice?*
— *No!*

— Sim... e aí? Eram os refugiados nas catacumbas? A respeito do apocalipse, vou lhe contar uma coisa: já está, faz algum tempo, acontecendo, mas é um apocalipse sem dragões, sem anjos, sem cavaleiros e sem trombetas. É tão disfarçado e tão lento, ou numa velocidade tal, tanto faz, que nem percebemos. É um vírus transmitido por tubos catódicos, megassociedades civis, e sobretudo por seus sons, sua linguagem é um vírus que entra pelo ouvido! E mais, é um vírus imperceptível, disfarçado, como todo o resto, vírus mais sutil, mais perigoso que o gás ZX, CX, gás mostarda, sarin, que, no mínimo, matam você na hora...

— Você viu o barman... ele se parece com...

— Sim... cada vez mais há mais duplos... quanto mais se anda, mais se vê... E é esse vírus que vai fazendo sumir fatias do tempo, pedaços da História, como o fim dos anos 60, começo dos 70, por exemplo. Essas épocas se volatilizaram, e ninguém se lembra mais de algumas pessoas, do espírito das cidades, lembram-se menos que do pós-guerra... ou que de 1900 quando eu nem...

— A gente começa a falar assim quando... está ficando deprimido... não seria um apocalipse pessoal?

— Não, eu estou bem, obrigado... E digo mais: esse vírus entra pelo ouvido que, como você sabe, está ligado a todos os músculos do corpo, aos sons, à linguagem, e depois ao corpo e ao pensamento. Há os que resistem, você, por exemplo, e até utiliza boas armas: você emite contra-sons, mas você é muito minoria... Todo mundo parece desencarnado, repare. E todos tão humanos. O tempo ora se acelera, ora vai devagar. E agora que vivemos uma tranqüilidade insípida, uma espécie de nova era glacial, temos dificuldade de entender épocas passadas: aquelas em que o tempo acelera, em que as coisas acontecem. É quando se produzem os Rainer, os Mazar e outros, e hoje pensamos neles como personagens inverossímeis e excêntricas de cartoons quando, na verdade, eram os melhores representantes da época, os mais vivos.

— É bom que falemos deles, não? Tenho a impressão de que querem abafar, esquecer, eliminar, limpar algumas partes do século para poderem se entediar mais tranqüilamente.

— Sim, os religiosos judeus dizem que morremos duas vezes: uma vez fisicamente e a segunda quando nos esquecem. Mas de onde vêm essas vozes? "Chefe! Chefe! *Damned!* Que me enforquem!... Não estou entendendo nada, chefe, toda a equipe da expedição desapareceu dos radares... Evaporou-se! Volatilizou-se! (ele estala os dedos, o polegar e o médio) sem mais nem menos! Intrigante... Nem a menor pista... uma falha, uma fenda invisível do tempo. Não é a primeira vez que isso acontece: um pequeno fragmento de tempo é suprimido do Tempo... É como se esse pedaço não tivesse relação de continuidade com o que veio depois...

— Faas-cinante! Como diz o senhor Spock, levantando uma sobrancelha, em *Star Trek*... Não, sem brincadeira, chega de brincar, Spielvogel, com seu triângulo das Bermudas do tempo...

— ... e, como há continentes perdidos, há também épocas

cujas pistas não desapareçam, apenas estão mortas, não falam, não nos dizem mais nada. As espécies que viviam então desapareceram sem deixar vestígios, talvez enviadas para um outro planeta. A gente acha que as conheceu, as viu, mas elas têm tão pouca relação com os nossos dias... não temos mais nem palavras. Talvez estejam num outro *continuum* temporal, bem perto do nosso mas em outro lugar...

— 'Teletransporte Scottie!', é isso? — disse Arbogast rindo.

— ... e não só desaparecidas, mas difíceis, impossíveis de serem lembradas... Falo da memória viva... Chefe! Chefe! Não estou entendendo nada, sete anos desapareceram dos radares. Volatilizaram-se. Sete anos desapareceram, sumiram numa falha do tempo que se fechou sobre eles como areias movediças, como aqueles continentes engolidos de que falam as lendas, a Atlântida...

— Não sobrou nem um só sobrevivente, meu caro Spielvogel?

— Sim, chefe, muitos para dizer a verdade, mas num estado lamentável: quase todos doentes de peste, todos meio ausentes, como se vivessem no passado ou no futuro, eles estão aqui e não estão, mergulhados numa nostalgia sonhadora ou num otimismo idiota. A cabeça cheia de velhas caraminholas do passado, ajoelham-se para beijar o traseiro do Futuro, figurantes de um velho filme gasto que passa ininterruptamente, o rosto um pouco desfigurado pelo nitrato de prata. Daqueles anos restam coisas, mas coisas mortas, congeladas, presas no gelo.

— Sim, eu sei, há teorias sobre isso: falhas espaço-temporais, mas pare de sonhar com seu espaço-tempo e de se fazer de poeta, isso não serve para nada...

— Alguém disse, Mr. Arbogast: 'O que se tem de salvar é o que não serve para nada...'.

— Volte para a Terra, Spielvogel, para a verdadeira vida...

— Alguém disse: 'Viver? Nossos criados fazem isso por nós!'.

— Você começa a me cansar. Melhor vigiar com seus radares, seus sonares, seus quasares...

— O Alcazar?

— ... olho no futuro e pare de se preocupar com o passado, e também com o presente, está claro? O.k.?"

E uma imagem passou pela cabeça de Charles, foi se sobrepor àquela rua de Nova York, uma rua que tinha um ar dos tempos antigos: a rua de Ponthieu tarde da noite, um cruzamento, duas grandes portas traseiras que se abrem, um joelho, uma perna que giram, uma outra perna, garotas que saem, portas que batem. Mazar agitado, a mecha sobre o olho, acompanhado de seu pálido médico lunático, sonambúlico, um todo elétrico, o outro em câmara lenta, mas juntos, parecendo saber bem o que querem, como imantados. Passa agora um grande carro preto, uma limusine que pára um pouquinho no cruzamento: atrás, deitado, adormecido, um homenzinho calvo, os suspensórios pendentes. Mazar o conhecia, ele dissera a Charles: "É Pierre Lazareff. De noite, em sua mansão, quando não consegue dormir, chama o motorista: 'Vamos, Garoto, rua!'. Em Paris, ele chama todo mundo de Garoto, conhece todo mundo". Rodam durante muito muito tempo pela cidade, bem devagar, e ele termina adormecendo um pouco, dorme no carro andando. Na mesma hora em que as rotativas de seu jornal, que não param nunca, trepidam, giram a toda a velocidade, naquele ritmo ternário: tchac-a-tchac, tchac-a-tchac, ele, adormecido, passeia em seu carro bem lentamente. Charles gostava da idéia, da imagem, da rapidez acelerada das impressoras e da lentidão hipnótica das rodas da limusine, aqueles dois ritmos simultâneos e totalmente distintos, como no samba, a música brasileira, e também no futebol: Garrincha, o número 7, de pernas tortas,

feio e sublime, parecia jogar em dois tempos simultaneamente, era lento e rápido, como uma droga. E a imagem desaparece.
— O que foi?
— Não sei. Ouviu esse grito?
Era algo entre o grito, o urro e a sirene de uma ambulância ou do carro de bombeiros, algo assim entre o homem, o animal e a locomotiva... Havia algo dos três... Foi quando a garota apareceu: quinze, dezesseis anos, magra, de boné, patins, um lenço escondia a parte inferior do rosto, ela vinha grudada na traseira de um caminhão que ela segurava com uma mão, enquanto agitava a outra, dando sinal ao motorista, cujo rosto ela via pelo retrovisor, para que ele corresse, desabalasse... O caminhão, premido pelo trânsito, não podia diminuir a velocidade. Corria... Ela imitava o som de uma ambulância, uma sirene... de ambulância. Com dois dedos da mão livre ela apontava para a frente, para o espaço adiante, todo o espaço, dona dele, de toda a cidade, de todo o mundo, crê ela, a garota-locomotiva. Taaan! Taaan! Dois sons estridentes... ela é uma ambulância... virou um bólido, uma guerreira, Diana caçadora.
Há muitas iguais a ela nesta cidade que também se parece com uma locomotiva. De cima, do avião, é tão compacta, empilhada, hermética: monstruosa. Tão bela! Taaan! Taaan! Mais alto, mais estridente que a sirene de verdade de uma ambulância. No oceano de carros, o chofer do caminhão não pode diminuir a velocidade. Assustado, ele põe o corpo um pouco para fora, ela agita dois dedos apontando o horizonte e mais além! Taaan, Taaan!
Ela emite um grito inumano naquela região ultrachique da Madison Avenue. Quando ela passava, as pessoas paravam como quando passa um cortejo presidencial e sua escolta. Durante aqueles poucos segundos, tudo parara. Ninguém ria, ninguém sorria: cada um reconhecera obscuramente um som de loucura

dentro de si, de que também seria capaz. Era ela que exprimia, como no bunraku japonês, os grandes sons da marionete principal encapuzada que ficam a cargo do recitador ao lado. Aquilo tinha a sua beleza. Era naquilo, mas levado ao extremo, que nossas vozes, nossas músicas estavam se transformando.

— Ouviu isso?

— Ouvi... uma voz, talvez um corpo do futuro... Ele continuava com os olhos no jornal.

— Ela gostaria de ser uma máquina!

— E você, não?

— Não.

Dali onde estavam, apesar de ser no meio da cidade, 44West44, vislumbrava-se uma nesga de azul. "O que é aquele azul?", perguntava-se Charles. Levou alguns segundos para descobrir que era o rio lá, ao longe, dali se viam apenas alguns centímetros quadrados, mas aquele pequeno retângulo azul dava a todo o resto uma outra luz, especial. Era uma colagem, um elemento que fora colado à paisagem, estranho, luminoso, ao pé das altas torres de cores sombrias. Por uma ilusão de óptica, a pequena faixa azul parecia pertinho, não, de outro ângulo, diríamos que não havia profundidade de campo, não havia perspectiva, e que tudo estava no mesmo plano. E, graças àquele trecho de águas azuis, sabíamos que estávamos numa ilha, e, também, aquele trecho da paisagem entrava em relação conosco, e lá ao longe o azul, no ângulo que a luz tinha invadido, começou a cintilar como um pedaço de mica.

Shangai near your sunny sky dream of delight...

— Escute só! Está ouvindo?

— Pensei que era engano... ilusão dos sentidos...

I found the distant Eastern land a paradise... como essa coisa tão antiga chegou até aqui...?
Shangai longing for you all the day through... Era a letra medíocre daquele velho foxtrote que o vento trazia, parecia vir do fundo do bar futurista... *Near the tropic night...* Não! Vinha lá de cima, de algum andar, de algum quarto talvez, um rádio... ou da rua, alguém... *There in that land of mimosa...* mas não, não havia ninguém... *How could I know I would miss you so...*
Eles se certificaram: ninguém!

"Veja! Leilão na Christie's. São quatro séries dos auto-retratos de Warhol segundo Holbein: dois milhões de dólares..." No jornal, via-se Holbein magnificamente vestido, veludo, sedas e segurava uma caveira na mão espalmada acima do ombro, e ao lado os remakes feitos por Warhol. "É engraçado porque ele próprio tem a pele macilenta, as maças proeminentes, as órbitas afundadas, o olhar vazio, fixo... Parecia.. enfim... ele segura uma caveira quando ele mesmo... Agora, perto do fim, ele mostrava o lado oculto, que sempre esteve presente, a outra face, o duplo encantador do príncipe das noites jet set de Manhattan: uma caveira segurando outra. Dupla caveira...! Incrível! Uma era a outra!... Um dia, me levaram a Montauk, à casa de Peter Beard, o fotógrafo, quando ele estava em sua casa de campo, um antigo moinho, em Hamptons, à beira-mar, num fim de semana. Warhol estava lá numa noite, todo despenteado, camisa aberta, não aquele que conhecemos pelas revistas, do jet set chique, não, estava de jeans, numa poltrona, com uma caveira sobre os joelhos, colocada ao contrário, como um cinzeiro, uma bola de boliche, bem natural, como sabia fazer com tudo: ele poderia descer a Quinta Avenida sapateando, com três leopardos brancos na coleira, e todo mundo teria a impressão de que... enfim, ninguém ia reparar naquilo. De repente, aquela caveira parecia tão natural, ali, que... Não, não tinha nada de forçado, ela, ali, parecia ser a coisa mais natural... Era como se fosse um visitante, um ausente presente, semi-invisível, relacionado com aquele ser oco, igual a um manequim, uma marionete, um invólucro com contornos definidos, algo de extremo-oriental, tudo o que Warhol toca, de que ele se aproxima, fica tão leve, um bom sujeito, de verdade. Ele segura a caveira como se ela não fosse nada, uma insignificância, sem nenhuma conotação fúnebre, sem nenhum espírito de troça. Nenhuma ênfase, nenhum humor, neutro. Os dois erros que ele não cometeu: um, fazê-la girar como um pião sobre os joelhos; dois, tomá-la e olhá-la cara a cara como um pobre Yorick...

"Ele adorava as escapadas à noite, as festas, o mundo, a diversão, mas tudo isso não impede que num canto exista uma caveira. E naquele fim de semana, ela estava lá, com o visitante. O telefone tocou, era para ele. 'Alô... *oh! Really?... oh! Really?... Good!... Great!...*' Sua voz era neutra, apenas quatro ou cinco palavras, sempre as mesmas. Era Lee Radziwill, a irmã de Jack O., ao telefone. Ele, sempre com a caveira sobre os joelhos como um cinzeiro ou um bebê: 'Seu retrato? Sim, quarta-feira... Não, não vale a pena... Esteja na esquina da 42 com a Broadway, diante da cabine Photomat' e traga muitas moedas de vinte e cinco centavos!'. O retângulo azul do Hudson faiscou mais uma vez. Um aviãozinho arrastava no céu uma faixa com seis letras gigantes DAEWOO, o vento embaralhou um instante o D, o A, o E, e só restou WOO.

Charles, folheando o *Times*, parou na página de esportes, olhava a dupla folha completamente aberta, uma foto: uma jaula e uma pessoa mascarada, vestida como um cavaleiro ou um picador, tendo nas costas o número 99, em grandes algarismos brancos. Um desportista legendário, o maior jogador de hóquei no gelo. Ele lia baixinho como para si mesmo:

"Durante duas horas e quarenta e cinco minutos, o tempo pareceu parar no Canadá. Wayne Gretzky, o único herói vivo do país, o príncipe do passatempo nacional, o formidável Gretzky apresentava-se pela última vez. Era como se Michael Jordan ou Joe Di Maggio tivessem decidido parar no mesmo dia... Ele era casado com uma atriz americana. Assim como todos os norte-americanos de uma certa idade se lembrarão sempre onde estavam no dia em que mataram Kennedy em Dallas, os canadenses poderão também lhe dizer onde estavam no dia 9 de agosto de 1988 quando Gretzky foi transferido do Edmonton Oilers para o Los Angeles Kings. Gretzky foi o introdutor de um estilo de jogo cheio de graça e inteligência enquanto o estilo canadense era agarrar, empunhar e, se preciso fosse, bater. Foi por isso que aquele frágil rapaz, de elegantes deslocamentos e com um entendimento misterioso do gelo, fora no começo sistematicamente afastado pelo establishment do hóquei canadense... Sob os projetores do Stadium, não havia nada de tão livre e de tão hipnótico...".

— Escute isso: "Nada de tão livre e de tão hipnótico quanto Wayne Gretzky em plena corrida. Durante a festa de despedida no Madison Square Garden, diminuíram as luzes e se projetaram na superfície lisa do gelo, *the smooth white ice*, imagens de Gretzky em jogadas espetaculares com o Los Angeles Kings, o St. Louis Blues e os Rangers de Nova York. Aquilo criava um efeito fantasmagórico bem de acordo com aquele fino jogador de movimentos suaves...".

— Sim, parece até ficção.

— É... entre a crônica e o conto, os contos de Grimm, as lendas nórdicas que você bem conhece... agora essas coisas acontecem nos Estados Unidos... No esporte principalmente, no mundo dos espetáculos também, com a ressalva de que... enfim... o final na maioria das vezes não é feliz: álcool, droga, o duro poder do dinheiro... Fim das lendas... Escute mais essa, ouça, o cara escreveu: "... de agora em diante, o jogo está desesperadamente superorganizado e sob o domínio dos *coachs*. Não há mais espaço para ensaio e erro. Se hoje Wayne Gretzky chegasse e tentasse fazer a bolinha ricochetear entre suas pernas, imediatamente dois *coachs* iriam lhe dizer que nunca mais fizesse aquilo, o colocariam no banco de reservas. Pois bem. É por isso que não há mais nenhum Wayne Gretzky em lugar nenhum".

— A propósito de managers, de fim de lendas e de frágil elegância, eu não lhe contei, revi em Paris Yves, revi, seja lá, se posso falar assim. Fazia tempo... Enfim, um ou dois...

— E...?

— Fui ao desfile.

— E...?

— Nada... Bem.. Virou um clássico... intemporal! Eterno... Depois todo mundo foi cumprimentá-lo, e eu fiquei à distância, no outro lado do salão, e quando as pessoas, uma a uma, se afastaram, ele ficou alguns instantes sozinho e olhava na minha direção mas sem me ver, o olhar no nada. Aproximei-me sorrindo, o beijei, ele não disse uma palavra, parecia estar longe dali. "Eu sou In-grid", acentuei a primeira sílaba, à maneira alemã, para fazer um pouco de graça, como ele também se divertia quando pronunciava meu nome. "Mas claro, claro, eu sei... vi você do outro lado..."

Mas via-se que ele estava ausente, seriam as preocupações? Os tranqüilizantes? Ficara ainda mais reservado? A voz suave, sempre aquele defeito de fala, rapidamente ela relembrou a época de *Águia de duas cabeças*, de *A mão azul* e dos lírios brancos do *Scribe* e dos jardins de Marjorelle em Marrakech, aonde ela não quis ir, "Vamos! Vamos... você vai ver a quantidade de pequenos muros cor-de-rosa e de cactos quebrados", ele a chamava de "minha rainha", falava pouco então, tão tímido, enrubescia logo, um sorriso triste, mas com ela houve logo cumplicidade: os dois se divertindo sentados no chão como duas crianças na "villa" de Deauville... igual a Rainer, igual...

O que aconteceu então? Parece que houve uma metamorfose. "Eu sou In-grid!", sim, ele sabe: "Eu sei!". Todo mundo se agitava, falava alto, uma cacofonia familiar e sem consideração por toda parte.

Muitos penteados *"I shall survive"*, que Hillary e Lady Di tinham lançado quando de suas crises conjugais: mechas soltas na testa, por trás batido em forma de capacete, e bem no alto um corte bem recente chamado "Corte caseiro", um pouco malfeito de propósito, e custava mil e oitocentos francos. Era assim o cabelo de uma jornalista que dava tapinhas nas costas dele: "Genial, Yves!".

Minutos antes, os ecos de seu silêncio e de sua discrição inquieta se espalhavam, contagiosos, por todo o salão onde ele se achava, e até mais além, mas, agora, tinha-se evaporado aquele ar de mistério, a graça e o brilho tinham empalidecido. De pé, trôpego, sorrindo, o ar juvenil de sempre: "Obrigado! obrigado! obrigado!".

Sua Eminência, como sempre, protetor, vigiava tudo, à distância, e o motorista, quepe na mão, esperava na porta para levá-lo de volta. E as pessoas não paravam de tagarelar por todo canto, falavam alto, contando as novidades. O indiferente e anônimo mundo das finanças estava à espreita não muito longe dali. Quem maneja os bonecos? Ninguém? Todo mundo? Ninguém. Os costureiros são transferidos de uma casa para outra a peso de ouro, transferências de fim de temporada, como as estrelas do futebol e de tudo o mais, todos têm seu preço: "Qual o seu?". Mesmo quem não sabe tem o seu. Dali em diante, Yves ia, quase por obrigação, raramente, à avenida Marceau, aos ateliês: "É meu cão Mouloud que quer sair, aí eu o sigo, ele conhece o caminho!". A imagem se apaga um pouco, as linhas "Trapézio", "Mondrian", "Balés russos" estão no museu da Moda. Pode ser que em quinze, vinte, cinqüenta anos, aquele Y, aquele S, aquele L estejam ainda ali, sempre delicadamente entrelaçados, mas enigmáticos como os algarismos ou os fragmentos de uma escrita indecifrável. Não é impossível, mas durante muito muito tempo, muito tempo ele sobreviverá... a alma leve do costureiro, de suas roupas, um ar de lenda um pouco vaga se reencarnarão em algum outro lugar, talvez até bem longe dali. E, quem sabe, talvez também para descobrir tudo isso, apareça um outro Sua Eminência.

E aqueles dois continuaram falando, perdidos em Manhattan, mas poderiam ter sido outros dois. *Observer*, a nave espacial, vê a cena em detalhes: Charles volta mais uma vez a cabeça para o pequeno retângulo azul-cobalto, parecia um papel colado à cidade, Ingrid sorri e leva o copo aos lábios, tira um de seus brincos da orelha... Quatro minutos depois, um inglês desvia o olhar do Tâmisa, sete minutos depois, um parisiense repõe o seu copo na mesa... A *Observer* vê o mundo em quarenta minutos, Brahma, é mesmo, em um segundo, a técnica faz o que pode... E então eles se calaram e tudo ficou em silêncio à sua volta, um desses momentos em que as coisas parecem estar em câmara lenta, suspensas, sem motivo. Estamos na West 44, em 7 de janeiro de 2000...

Zurique, 20 de julho de 1917, Spiegelgasse, a ruela do Espelho, 17, uma escada estreita, primeiro andar, sem janelas, paredes negras, pequeno estrado, cinqüenta metros quadrados apenas: um cabaré chamado Voltaire. O monóculo arrogante, um judeu romeno dândi exilado lê um poema que não é de sua autoria, escrito vinte e cinco anos antes na baía risonha e silenciosa de Rapallo, ele fala pela voz de um outro, ele próprio transformado em médium, não possui nada, é sua força, recita: "Está próximo o tempo em que o homem não lançará sobre os homens a flecha de seu desejo, em que as cordas de seu arco não poderão mais vibrar: 'O que é Amor? O que é Criação? O que é Sehnsucht-Desejo? O que é Estrela?', pergunta o último homem e ele dá uma piscadela. A Terra será, então, pequena e nela saltitará o último homem que tudo apequena".

E esse tempo tinha chegado. Mas um outro exilado, um cineasta muito velho, mais um vagabundo, natural de Viena, agora em Hollywood, Billy Wilder, jovialidade sobre fundo negro amargo — e são as últimas palavras de sua autobiografia —, oitenta e três anos depois, responde como um eco, mas inocentemente, ao jovem da ruela do Espelho, o poeta do cabaré e o célebre *filmmaker* multimilionário, o morto e o vivo, parecem dialogar involuntariamente fora do espaço temporal: "A situação é desesperadora, mas não é séria".

O pequeno retângulo volta a brilhar...

Agora, quase imóvel, a mão direita pousada sobre o ombro esquerdo, porque a alça do vestido havia resvalado, ela atacou a suíte do "Pierrot lunaire". Atacou com força, mas distanciada:

Dans un fan-tas-tique rayon de lumière

Ela fizera um longo caminho para chegar até ali...

... E é como se fosse ontem... o piano entre as ruínas, as roseiras selvagens entrelaçadas... Sua vida tinha sido uma dificílima travessia! Havia também aquele sentimento de que quase nada havia acontecido. "Encontre o gato", estava escrito na coluna de "Jogos" do jornal: perdido na paisagem, entre as folhas da árvore, no rendilhado do telhado, um trecho do céu, as nuvens, sem outros contornos a não ser o das coisas à volta, é difícil encontrá-lo. Dizemos: refaça sua vida. Mas também os arabescos e meandros desenham, ao final, um motivo pouco claro, pelo menos para nós: sobra uma forma vazia, parece que falta uma peça. Talvez não façamos senão isso: trabalhar sobre a música do tempo, operando às vezes algumas fraturas, como aquela folha de partitura a serviço de Deus na infância, rasgada em 1968, recuperada recentemente a serviço de... ninguém, desse jeito, a troco de nada, só pelo prazer. Trabalhar sobre um motivo indefinido: o que têm a ver as imagens de uma garotinha desfigurada, mumificada, toda envolta em bandagens, adolescente patética, quase cega, com a jovem mulher insolente, divertida, vencedora, humor nórdico temperado com uma romântica *Sehnsucht*? E seria ela a mesma pessoa que fazia rolar as panelas pela escadaria do grande hotel, escorregava de sua cadeira e se escondia sob a mesa de Marie-Hélène de Rothschild, em traje de noite branco, e escapava à vigilância cuidadosa de Sua Eminência na véspera da estréia, ou se escondia num armário para que os asseclas de Fassbinder não a levassem de volta para a Alemanha, a quem o chablis fazia dizer horrores, que virava mesas, e que no palco era só disciplina, rigor, fantasia cinzelada, timing perfeito, concentração relaxada?

Mas, se olhada bem de perto, dava para ver que sua fantasia incrível, seu dinamismo, sua força vinham daquelas situações ridículas em que ela gostava tanto de se perder. Assim como sua doença lhe dera, sem dúvida, aquele misterioso distanciamento, aquela solidão, para o palco. E as ruínas, o salitre, os acasos, ela não os tinha descartado do mundo das formas precisas e, sobretudo, sobretudo ela não converteu suas dolorosas experiências num rosto de mulher-que-venceu-suas-dores. Ela não se aproveitou disso, não assinou um cheque com seus males, não mascarou, não dramatizou: ela está ali, viva, bem ali, agora. Ela nunca pensou naquele longo caminho percorrido. Conheceu a guerra, a doença, o terrorismo, todos os seus amigos mortos pela epidemia, espectros, fantasmas, mas bem naquele instante a coisa mais importante do mundo é um pequeno passo a dar, uma nota sustentada em *Sprechgesang*, a maquiagem, *die Maske*, de bom efeito sob a luz, um leve maneirismo com a mão: dar um pequeno passo de lado, para o lado, não ficar prisioneira do passado: corpo que sugere um outro mundo, índice indeciso de uma outra coisa.

Vamos, firmeza! Mas sem perder a doçura, e confiar no destino! Não havia caminho percorrido, progressos, avanços, mas instantes que se sucedem com suas zonas de sombra, caminhos que não levam a lugar nenhum, a não ser àquele instante fugaz. É isso uma vida? partes, trechos de estrada interditados, escadas que vão dar numa parede, atalhos, subterrâneos, como ela acabara de atravessar as coxias bem devagar, aquela bagunça, sem saber direito por onde estava andando, não teria descido ao subsolo?

Pronto, chegamos ao fim. Na Grande Halle de elegante construção, o relógio na parede de metal marca a hora: 11h22. As pesadas portas de ferro, lá em cima a grande cúpula, se abrem lentamente para a noite, algumas luzes ao longe, o metrô aéreo, tudo parece no ar, músicas pelo espaço, muito antigas e parecem estar vindo do futuro. Ela, por sua vez, se entregava a um mundo livre e hipnótico: tinha, e passava, a impressão de inventar e também de não fazer nada mais que descobrir formas já existentes. Um som, um gesto carreava um outro como se se fizessem por si sós e seu corpo fosse então um instrumento da música. Durante alguns segundos, quase solta no ar, como se um titereiro manejasse à distância e com precisão os fios que a seguravam, ela parecia um fugidio hieróglifo animado, só isso, e, numa súbita reviravolta, e nossa vida opaca e caótica dava a impressão de quase não existir diante daquela irrealidade, bem ali naquele palco: tudo fora muito rápido, mas intenso. A História, a dela e a nossa, se apaga, e em seu lugar fica aquele signo efêmero desenhado pelas luzes do palco, dominado pelo poder das palavras, enfeitiçado pela música. Acabou! Ela agradece os aplausos. Primeiro, inclina-se lentamente, contritamente agradecida. Reapruma o corpo, sorri, e, com um largo movimento do braço agradece, aponta a platéia que não cansa de aplaudi-la, alguns em pé, os quatro músicos, pianista, contrabaixo, violino, saxofone, a folha branca iluminada sobre o piano, faz um gesto largo com a mão envolvendo tudo o que está a sua volta, tudo, até o vazio, ela parece dizer: Acabou. Ponto final!

ESTA OBRA FOI COMPOSTA EM ELECTRA PELO ESTÚDIO O.L.M., TEVE SEUS
FILMES GERADOS PELO BUREAU 34 E FOI IMPRESSA PELA GRÁFICA BARTIRA
EM OFSETE SOBRE PAPEL PÓLEN SOFT DA COMPANHIA SUZANO
PARA A EDITORA SCHWARCZ EM OUTUBRO DE 2002